Mord im Weinkeller

Herausgegeben von Busch & Heuner

Mord im Weinkeller

12 Kriminalgeschichten mit ausgesuchten
Weinempfehlungen sowie vielen Rezepten
für exquisite Weinbegleitspeisen

Illustrationen von Bengt Fosshag

Gerstenberg Verlag

Fernando Martínez Laínez' Krimi *Gelobt sei der Wein* wurde von Sarah Pasquay aus dem Spanischen übersetzt.

Carmen Iarreras Krimi *Marsala* 1906 wurde von Reinhild Weskott aus dem Italienischen übersetzt.

Folgende Krimis wurden von Andrea C. Busch und Almuth Heuner aus dem Englischen übersetzt:
Ann Granger, *Bis zum letzten Tropfen*
Kris Neri, *Der Traubensafthändler*

Serge Dounovetz' Krimi *Und immer wieder Rote* wurde von Sarah Pasquay aus dem Französischen übersetzt.

Bibliografische Information Der Deutschen Nationalbibliothek
Die Deutsche Nationalbibliothek verzeichnet diese Publikation in der Deutschen Nationalbibliografie; detaillierte bibliografische Daten sind im Internet über *http://dnb.d-nb.de* abrufbar.

2. Auflage 2007

Satz aus der Amelia Pro und der Chianty
Gestaltung und Satz: typocepta, Wilhelm Schäfer, Köln
Druck und Bindung: Westermann Druck, Zwickau
Printed in Germany

www.gerstenberg-verlag.de

ISBN 978-3-8369-2582-2

Inhalt

Ralf Kramp

Ein außergewöhnlicher Jahrgang

Ihre Hände waren knotig, und ihre Rücken waren gebeugt. Vom Rütteln der Champagnerflaschen hatten sich ihre Finger im Laufe eines halben Jahrhunderts zu regelrechten Haken gekrümmt, das Verdrahten der Korken hatte die Haut in derbes Leder verwandelt, und ihre Körper waren vom Bücken in den Kellern schief und krüppelig geraten. Philippe und Michel sahen aus wie zwei alte Chardonnay-Rebstöcke. Zahnlos pflegten sie, wenn man sie auf ihr Alter ansprach, zu strahlen und behaupteten: »Wir sind vieilles vignes. Nicht mehr so ertragreich, aber dafür ganz besonders gut!« Dabei bäumten sich ihre buschigen Augenbrauen auf wie tanzende Eichkater.

Beinahe täglich konnte man sie sehen, wie sie am westlichen Ortsrand von Vercy die Straße bergan wackelten. Man musste früh aufstehen, um ihnen zu begegnen. Philippe und Michel liebten die scharfe, anregende Luft, das Licht der ersten Sonnenstrahlen, die besonders neugierig und forsch die weißen Kreidenarben zwischen den gewundenen Süntelbuchen des nahen Waldes aufblitzen ließen. Ihr Weg führte sie zu der Stelle am Waldrand, an der die Straße begann, sich bis nach Louvois im Süden zwischen den Bäumen des Montagne durchzufressen. Hier stand das Haus von Danièle.

Das schmutzigweiße Haus mit den schmutziggrünen Schlagläden war seit Jahrhunderten im Besitz der Delormes. Philippe und Michel hatten schon bei Danièles Eltern, bei Ginette und Lucien, gearbeitet, als sie noch junge Burschen gewesen waren. Sie hatten im Krieg mitgeholfen, die billigen Flaschen im Teppichstaub zu wälzen, bis sie alt aussahen, damit der deutschen Wehrmacht nicht der kostbare Champagner in die Hände fiel, während die wahren Schätze in den Stollen im Kreidefelsen versteckt blieben.

Und sie hatten beide um Danièle gebuhlt. Danièle mit ihrem kastanienbraunen Haar, mit ihrem Näschen, so spitz wie eine Kiebitzfeder, mit ihrer vollen, fast trotzig anmutenden Unterlippe, Danièle, die schönste Frau zwischen Reims und dem Grande Montagne. Immer wieder hatten sie sich gegenseitig die Nasen blutig geschlagen, um einander auszustechen, aber Patrice war ihnen schließlich zuvorgekommen. Der rundliche Patrice, dessen grenzenloses Glück allerdings nur zwei Jahre gewährt hatte, bevor irgendetwas begonnen hatte, ihn von innen heraus zu zerfressen. Etwas Böses, das ihn abmagern ließ und ihn zwang, jeden Bissen, den er zu sich nahm, jeden Schluck, ja, selbst seine geliebten Andouilettes wieder auszuspeien. Nichts hatte er am Ende seiner Tage mehr bei sich behalten können. Und der Sarg, der im Januar, einen Tag nach dem Fest des Heiligen Vinzenz, im Schatten von Saint-Jean-Baptiste in die hart gefrorene Erde gelassen wurde, hatte nicht viel mehr als Knochen, Haut und einen schwarzen Anzug enthalten.

Danièle hatte kein zweites Mal geheiratet. Und Philippe und Michel waren seit jener Zeit immer in ihrer Nähe geblieben. Sie verrichteten ihre Arbeit auf dem Weingut voller Leidenschaft für die sauren Trauben und das köstliche Elixier, das aus ihnen gemacht wurde. Aber die unentwegte Liebe zu Danièle war das, was sie in Wirklichkeit beflügelte. Ihre Nähe, ihr Duft, ihr Lachen.

Seit vielen Jahren waren die Rebstöcke nun schon verkauft. Danièle hatte die Lust an der Kellerei verloren. Der Anbau war für einen stattlichen Preis an Gustave aus Mailly gegangen, das Haus aber hatte Danièle behalten. Seither kratzte das Wetter über sein Dach, und Wind und Regen bürsteten mit gelassener Beharrlichkeit die Farbe von seiner Fassade. Auch wenn Danièle, wie ihr Haus, wie Philippe und Michel, älter und älter wurde, war sie es doch, die das Leben weiter durch die Adern des Château Delorme pulsieren ließ.

Selbst wenn die anderen im Ort die beiden Alten aufzogen, weil sie Tag für Tag zu dem alten Haus pilgerten, auch wenn sie Danièle insgeheim eine couleuse nannten, eine Champagnerflasche, aus der die Kohlensäure entwichen war, so trafen sie sich doch jeden Morgen, bei Wind und Wetter, am Musikpavillon. Zumeist war Michel derjenige, der ein paar Minuten früher am Treffpunkt erschien, eine filterlose Zigarette rauchte und mit seinem rasselnden Husten die ersten Anwohner aus dem Schlaf riss. Dann tauchte wenig später Philippe auf, die Baskenmütze unablässig zwischen den schwieligen Fingern wendend, sie knetend und knautschend und ausbeulend, so, als müsse sie eine ganz bestimmte Form haben, um sein schütteres Haar zu bedecken. Und erst wenn er sie fest auf seinen Schädel gepresst hatte, wackelten sie einträchtig nebeneinander zum Château am Waldrand hin.

Dort kochten sie Kaffee und deckten den Tisch. Im späten Winter rupften sie Krokusse aus dem Gras, im Frühling knickten sie Kirschzweige ab, im

Sommer schnitten sie Margeriten und Schafgarbe, und im Herbst pflückten sie Astern. An jedem Morgen, an dem Danièle in ihrem lavendelfarbenen Morgenmantel im Salon erschien, den Duft des Schlafes im weißen Haar, leuchtete ein Blümchen auf ihrem Frühstückstisch.

Jedes Jahr nach dem Harmoniefest im Mai aber wurden die beiden Alten von einer ganz besonderen Aufregung gepackt. Von jetzt an war es nämlich nur noch eine knappe Woche bis zu Danièles Geburtstag.

Dieser Tag war im Jahre des Todes ihres unglücklichen Gatten zu etwas ganz Besonderem geworden. Danièle hatte sich in jenem Frühjahr feierlich geschworen, das Leben fortan für ihren toten Patrice mit zu genießen. Mit einem mutwilligen Glanz im Blick hatte sie Philippe und Michel erklärt, sie werde zum Zeichen ihres unbändigen Lebenswillens ein Bad in dem kostbarsten Champagner nehmen, den sie in ihrem Keller auf Lager habe.

Philippe war damals der Erste gewesen, der ihr hatte helfen dürfen, die klauenfüßige Emailwanne im Badezimmer im ersten Stock mit dem Inhalt zahlreicher Flaschen Premier Cru zu füllen. Und dann hatte sie ihm mit einem Blick tief in die Seele geschaut und begonnen, sich auszuziehen. Und als er immer noch stocksteif da gestanden hatte und nicht imstande gewesen war, sich zu rühren, da hatte sie begonnen, seine Hemdknöpfe zu öffnen, und ihm erklärt, dies sei so etwas wie die Grappillage, jene freundliche, alte Tradition, derzufolge jene Reben, welche Wochen nach der Ernte auf den Rebstöcken verbleiben, der Öffentlichkeit geschenkt werden. Der vorzügliche Lagerschaumwein, der sich von seinen zehn Grad Kälte kaum der Wärme des Maitages angenähert hatte, ließ Danièle vor Vergnügen und Lebenslust aufkreischen und bescherte Philippe nie gekannte Wonne.

Michel, der während des ganzen Abends missmutig vor dem Haus gesessen, eine Zigarette nach der anderen geraucht und den lustvollen Geräuschen aus dem ersten Stock gelauscht hatte, verschlief am nächsten Morgen und schwor sich, von nun an nie wieder seinen Freund zum Haus der frivolen Witwe zu begleiten. Zwei Tage blieb er zu Hause und verlor sich in der Betrachtung seiner Schweine, die in ihrem Koben gemütlich vor sich hin grunzten. Wenn ihn der Trübsinn im Griff hatte, half ihm oft die Gesellschaft der sorglosen rosigen Tiere, doch dieses Mal half sie ihm nicht.

Aber dann war Danièle im Dorf aufgetaucht. Sie hatte sich eines Morgens vor seine Haustür gestellt und die Fassade hinauf gerufen: »Aber mein lieber Michmich. Im nächsten Jahr habe ich doch schon wieder Geburtstag!«

Und im nächsten Jahr war er es gewesen, der die Flaschen in den ersten Stock hinaufgetragen und entkorkt hatte, der die Wanne gefüllt und wenig später Danièle im brausenden Nass geliebt hatte.

Seither waren viele Jahrzehnte vergangen, und Jahr für Jahr hatte sich die Zeremonie wiederholt. Wenn das Harmoniefest verklungen war, bereiteten sich Philippe und Michel vor, und niemals waren sie enttäuscht worden.

Bis zu jenem Tag im vorigen Jahr.

Bis zu jenem Tag, an dem Pascal auf dem Hof erschien. Philippe erinnerte sich später daran, den jungen Mann schon auf dem Fest bemerkt zu haben, etwas abseits stehend, die Feiernden über den Rand seines Glases hinweg betrachtend. Philippe sagte, schon da sei ihm die Falschheit im Blick des jungen Fremden aufgefallen.

Pascal war plötzlich da. Er kam mit dem warmen Nachmittagswind, der den Duft des Kaffees vom Haus auf den Kies bedeckten Vorplatz wehte. Er sagte: »Ich suche Arbeit.« Und er blickte an der verwitterten Fassade des Châteaus hinauf. »Hier gibt es doch sicher Arbeit, oder?«

»Aaaach«, hatte Michel in seiner unnachahmlich langsamen Art gesagt. »Nicht so viel Arbeit, dass wir sie nicht bewältigen könnten.«

Und Philippe hatte mit Nachdruck genickt und mit dem Zipfel der vor ihm auf dem Tisch liegenden Baskenmütze gespielt. »So viel ist das nicht. Das schaffen wir spielend.«

In diesem Moment war Danièle erschienen. Sie trug ein Tablett mit einer alten fleckigen Aluminiumkanne und drei großen Kaffeeschalen vor sich her. Als sie Pascal sah, wie er sein Profil gegen die Nachmittagssonne wandte, begannen die irdenen Schalen vor ihrer Brust leise zu klimpern.

Und als Pascal sie dann anlächelte und mit gurrender Stimme fragte: »Gibt es hier nicht ein bisschen Arbeit für mich?«, zögerte sie einen Moment, setzte das Tablett ab, ließ den Blick einmal von seinem Gesicht an seinem schlanken Körper hinab bis zu seinen Füßen und wieder hinauf wandern, und murmelte schließlich:

»Doch … doch, doch.«

Pascal suchte eine Betätigung, die ihm Kost, Logis und ein wenig Bargeld einbrachte. Er kam aus Paris, das hörte man. Und er hatte ein bewegtes Leben hinter sich, das zeigte eine Narbe unter seinem linken Auge, die Danièle durchaus reizvoll fand, und die Tatsache, dass ihm an der linken Hand die Kuppe des Zeigefingers abhanden gekommen war.

Er erklärte gleich zu Beginn, dass er keinerlei Papiere vorweisen und unmöglich einen Lohn quittieren könne. Danièle erklärte eilfertig, dass er sich deswegen keine Gedanken zu machen brauche, und übersah geflissentlich die besorgten Mienen ihrer beiden Freunde, die eine Ahnung hegten, warum dieser Kerl hier unterschlüpfen wollte.

Pascal zog mit einem Rucksack, in dem er seine wenigen Habseligkeiten transportierte, in das kleine Zimmer, in dem bis vor fünfzehn Jahren das alte Dienstmädchen Clothilde gewohnt hatte.

An diesem Abend zerfurchten tiefe Sorgenfalten die Stirn von Michel, als er seine Schweine betrachtete, und Philippe öffnete eine Flasche Marc, mit dem festen Vorsatz, sie innerhalb weniger Stunden zu leeren.

Am nächsten Morgen kam es ihnen zunächst so vor, als seien die Geschehnisse des Vortages ein Produkt ihrer Phantasie, aber als sie das Haus von Danièle erreicht hatten, fanden sie Pascal bereits mit einer Schale Kaffee am Frühstückstisch vor. Er zwinkerte ihnen unverschämt zu und sagte in anzüglichem Tonfall: »Sans année, meine Freunde, sans année. Sie ist wirklich ohne Jahrgang.«

Und über der Lehne des Stuhls neben dem seinen lag der lavendelfarbene Morgenmantel. Da wussten Philippe und Michel, dass sie sich Sorgen machen mussten.

Und als dann der Geburtstag von Danièle gekommen war, da erschienen Philippe und Michel gekämmt und verlegen, jeder mit einem Strauß Lilien bewaffnet, auf Danièles Schwelle.

Philippe wäre in diesem Jahr an der Reihe gewesen, die Wanne zu füllen und das erotische Zeremoniell zu begehen. Aber Danièle nahm nur mit einem unverbindlichen Lächeln die Blumen in Empfang und lehnte jede Hilfe kopfschüttelnd ab.

»Nein, nein, meine Freunde«, flötete sie. »Heute ist ein Feiertag. Da solltet ihr eure morschen Knochen schonen. Pascal ist schon dabei, alles herzurichten.« Im Hintergrund klirrten die Flaschen, und auf Danièles Wangen stahl sich eine ahnungsvolle Röte.

»Dieser Hund!«, knurrte Philippe. »Dieses Frettchen, dieser Bock, diese Ratte.«

»Ganz hübsche Tiernamen hast du für ihn. Aber das ändert nichts. Unsere Zeit ist vorbei, Philippe. Ich sage es dir. Aus und vorbei!« Michel schnippte seine Zigarette in den Kies und klopfte seinem Freund auf den krummen Rücken. Dann verabschiedeten sie sich, und Michel hörte noch, wie Philippe im Fortgehen murmelte: »Wir werden sehen. Wir werden sehen.«

Michel hatte sich in seinem langen Leben stets darum bemüht, nichts aufzuschieben. Und so machte er sich nach einer schlaflosen Nacht mit seinem Fahrrad und seinem kleinen Anhänger auf den Weg zum Château. Wenn es nun also zum Bruch ihrer Freundschaft mit Danièle kommen sollte, so ließ es sich wohl kaum aufhalten. Er bedauerte diese unverhoffte Wendung des Schicksals schmerzlichst, aber er radelte durch das Morgengrauen mit dem festen Vorsatz, seine persönlichen Gegenstände aus Schuppen und Keller zu holen. Die Dinge, die im Haus waren, wollte er bei späterer Gelegenheit an sich nehmen, wenn er sicher sein konnte, dass das skurrile Liebespaar die Geburtstagsnacht endgültig beendet hatte.

Er stutzte, als die Reifen seines Gefährts auf dem feinen Kies ausrollten. Ein vernehmliches Schnarchen mischte sich unter das aufgekratzte Gezwitscher der Vögel. Es hätte aus Danièles offenem Schlafzimmerfenster kommen können, das als schwarzes Rechteck über ihm in der Fassade zu sehen war. Doch es kam aus dem Schatten der alten Linde, und als Michel von seinem Rad stieg und sich vorsichtig der Quelle des sägenden Geräuschs näherte, entdeckte er seinen Kumpel Philippe, der grotesk verrenkt zwischen den Wurzeln des Baumes schlief, umgeben von drei leeren Marcflaschen.

»Du liebe Güte«, hauchte Michel. »Philippe, Alter, wolltest du dich aus lauter Kummer zu Tode saufen?« Er tätschelte die stoppelige Wange seines Freundes, aber der sackte nur mit einem grunzenden Röcheln zur Seite und schlief weiter. »Das ist sie doch nicht wert, die dumme Kuh.« Und er dachte an Pascal, diese Made, die sich in den Speck gesetzt hatte. Pascal, der hatte etwas verdient! O ja ... Wütend blickte Michel auf und stutzte erneut, denn zwischen dem Grün der noch nicht erblühten Pfingstrosen an Philippes Seite ragte etwas Helles, Leuchtendes hervor. Ein nackter Fuß! Schlief da etwa noch jemand seinen Rausch aus? Insgeheim beschlich Michel schon eine bange Ahnung, als er den Kopf reckte, um an Philippe vorbei seinen Fund zu betrachten. Dort lag der junge Pascal, nackt bis auf die Unterhose. Er schnarchte nicht und lag völlig reglos da. Pascal, das begriff Michel mit dem zitternden Griff an den schlanken Hals, war tot.

Philippe war nicht wach zu bekommen. Selbst mit einem Eimer Wasser, den Michel über ihm ausgoss, war er nicht zu wecken. Er lag beinahe genau an der Stelle, wo vor vielen, vielen Jahren Michel zum ersten Mal dem Liebesspiel Danièles und seines Freundes gelauscht hatte. Und gleich neben ihm lag der junge Mann, an dem er sich fürchterlich dafür gerächt hatte, dass in diesem Jahr er der Bademeister von Madame hatte sein dürfen.

Michel schaffte es im aufglimmenden Morgenlicht nur mit Mühe den fast nackten Leichnam auf seinen Anhänger zu laden. Bevor er für den heimlichen Transport eine Plane über ihn breitete, betrachtete er noch einmal die Leiche. Die Lippen, die vermutlich noch vor wenigen Stunden Danièles Körper liebkost hatten, waren blau angelaufen, und auf der Stirn prangte ein kreisrunder purpurroter Fleck, so als habe Philippe dem Nebenbuhler mit dem Schlag eines Schusterhammers die schöne Stirn zertrümmert.

Dann deckte er ihn zu, spannte ein Seil im Zickzack über die Ladung und bestieg sein Rad. Jetzt musste er nach den Schweinen sehen. Das würde ihn beruhigen.

Philippe saß noch immer an den Baumstamm gelehnt da. Er hatte einen furchtbaren Kater. Das Stöhnen, das sich seinem Brustkorb entrang, war herzzerreißend. Michel hatte in Danièles Küche einen Kaffee gebraut, der so schwarz und stark war, dass man damit die Eichenfässer hätte imprägnieren können. Langsam flößte er seinem Freund etwas von der heißen, dunklen Flüssigkeit ein und stützte dabei Philippes Kopf beinahe zärtlich mit der Linken. Über ihnen war die Sonne aufgegangen. Sie schickte ihre blinzelnden Strahlen durch das Blätterdach, unter dem die beiden Alten kauerten.

»Die Schweine haben es erledigt«, flüsterte Michel mit fürsorglichem Unterton. »Pascal ist für immer verschwunden.«

Philippes Augen weiteten sich. »Pascal?«

»Verschwunden, weg. Der geile Bock springt nicht mehr.«

Er erntete ein langsames Nicken. Dann tasteten Philippes zitternde Finger nach der Kaffeeschale. Er schlürfte. »Ich habe viel getrunken«, murmelte er. »Viel zu viel.«

»Das kann man so sagen.« Ächzend erhob sich Michel. »Wir werden nicht mehr darüber reden.«

Philippe schüttelte langsam den Kopf. »Ich ...«

»Kein Wort mehr. Vorbei und vergessen.«

Philippe deutete vage in die Höhe, in die Richtung des Schlafzimmerfensters. »Und sie? Was ist mit ihr? Sie wird fragen.«

Michel zuckte mit den Schultern, steckte sich eine Zigarette an und blickte nach oben.

Über ihnen regte sich etwas hinter dem Fenster. Ein Geräusch war zu hören, und schemenhaft spiegelte die Scheibe das Aufschütteln des weißen Federbettes.

Wann war Danièle jemals so lange im Bett geblieben? Sie würden ihr beibringen müssen, dass der junge Mann, der sie um den Schlaf gebracht hatte, nichts anderes als ein verwegener Taugenichts gewesen war, den es schon im Morgengrauen wieder weitergetrieben hatte. Würde sie diese Enttäuschung verkraften? Würde jemals wieder alles so sein können, wie es war, bevor er sich bei ihr eingenistet hatte?

Michel warf Philippe ein Bündel zu. Darin befanden sich Pascals Kleidungsstücke, die in Küche und Wohnzimmer verstreut gelegen hatten. »Das muss verschwinden«, sagte er und blies den Zigarettenrauch aus. »Vielleicht im Ofen.«

Philippe nickte. »So was fressen die Schweine nicht, was?«

»Nein, so was nicht.«

Als Danièle über ihnen im Fenster erschien und sich genüsslich reckte, als die Maisonne ihr wirres Haar in gleißendes Silber verwandelte, ergriff die beiden Männer eine große Traurigkeit. Sie seufzten beinahe gleichzeitig.

Der Sommer kam und ging, der Herbst verstrich, der Winter zog über die Champagne, und das Jahr war beinahe so rasch vorüber wie ein Lidschlag. »Es geht immer schneller«, hatte Michel im Winter traurig gesagt. Sein rasselnder Husten wurde immer stärker, und Philippes Rücken krümmte sich immer mehr, sodass er aussah, als suche er fortwährend angestrengt nach etwas auf dem Boden vor seinen Füßen.

Und wieder packte sie eine geheime Erregung, als es auf den Geburtstag ihrer Freundin zuging. Doch in diesem Frühling war ihre Unruhe ein wenig anderer Natur als in früheren Zeiten, denn Danièles Jahrestag und das Datum des Verschwindens des Fremden waren untrennbar miteinander verschmolzen. Und mehr als einmal glaubten Philippe und Michel, einen wehmütigen Zug im Gesicht ihrer Freundin erkannt zu haben. Sie hatten nie wieder über Pascal gesprochen. Seine Kleidung war von den Flammen gefressen worden, und die Erinnerung an ihn verblasste langsam. Einmal war ein Polizist auf dem Hof erschienen, der sich mit kaum verhohlenem Desinteresse und unter Zuhilfenahme einer recht unscharfen Photographie des Verschwundenen danach erkundigte, ob er unter Umständen früher einmal auf dem Château aufgetaucht sei. Michel und Philippe hatten das Photo ausführlich betrachtet und ihre Köpfe geschüttelt. Nein, so einer war hier noch nie vorbeigekommen.

Und nun war er wieder da, der Geburtstag, und schon im Morgengrauen lag etwas in der Luft, das man beinahe knistern hören konnte. Sie sprachen weniger und zitterten mehr als sonst. Als schließlich Danièle erschien und mit bebenden Nasenflügeln den Kaffeeduft einsog, umspielte ein mädchenhaftes Lächeln ihre Mundwinkel. »Es wird ein bezaubernd schöner Tag«, sagte sie und deutete auf den flammend roten Streifen am Horizont. »Ein Tag, an dem man zu alten Traditionen zurückkehren sollte.« Und über den Rand ihrer Kaffeeschale hinweg sah sie Philippe mit katzenhaftem Blick an. »Es ist dein Tag, mein lieber Philippe. Der Tag, um den du im vorigen Jahr betrogen wurdest.«

Ihre Worte hatten die magische Wirkung einer Zauberformel. Von einem Moment auf den anderen wich die Spannung, die in den letzten Tagen zwischen ihnen geherrscht hatte, und Philippes Herz hüpfte vor Freude. Er sah sich bereits Flaschen schleppen, sah, wie Korken durch die Luft schossen, und hörte das Geräusch des Champagners, der in der Emailwanne plätscherte. Michel und Philippe dachten oft an dieselben Dinge. Das war schon immer so gewesen. Und so schossen auch in Michels Phantasie in diesem Augenblick die Korken aus den Flaschenhälsen. »Ein Korken«, murmelte er. »Natürlich, ein Korken.« Vor seinem geistigen Auge manifestierte sich das Gesicht des Toten, auf dessen blutleerer Stirn ein kreisrundes Mal prangte.

Philippe sah ihn fragend an, aber Michel erwiderte den Blick nicht. Seine Augen hefteten sich auf Danièles Antlitz. Sie schlug die Augen nieder und flüsterte: »Ja, ein Korken. Es tut mir leid, was ich euch angetan habe, meine Freunde.« Und nach einem Moment der Stille fügte sie hinzu: »Ich werde nie vergessen, was ihr für mich getan habt.«

Die Augen der Alten weiteten sich. »Du weißt ...?«, krächzte Philippe.

Danièle nickte. »Ich wusste, dass ich ihn euch überlassen konnte. Keinen Moment habe ich daran gezweifelt, dass euch etwas einfallen würde, wie man ihn verschwinden lassen konnte.« Sie sah Michel unverwandt an. »Ich nehme an, die Schweine?«

Er nickte. »Natürlich, die Schweine. Die blauen Lippen ... ertrunken?«

»Ja ja, ertrunken. Er war im Grunde genommen nur ein ungeschickter Tölpel. Als Liebhaber wie ein Vulkan. Dem habe ich nicht widerstehen können, verzeiht. Aber sonst ...« Sie zuckte entschuldigend mit den Achseln. »Der Korken traf ihn mitten auf die Stirn, und dann fiel er rücklings in die Wanne.«

»Du?«, stammelte Philippe, der nun auch begriffen hatte, was sich zugetragen hatte. »Ich dachte, Michel ...«

»Und ich dachte, Philippe ...«, erwiderte Michel.

»Als ich seine Beine vor mir in der Luft zappeln sah, da habe ich zugepackt und nicht mehr losgelassen.«

Das Morgenrot war über den Berg geklettert und trieb eine glühende Flut in den Raum. Selbst die Schatten der Küchenmöbel waren tiefrot.

Zu dritt saßen sie um den alten Holztisch, an dem schon so viele Generationen die Mahlzeiten geteilt hatten. Sie schwiegen und tranken Kaffee, und in ihren Köpfen verwoben sich die einzelnen Fäden der Geschehnisse zu einem dichten Stoff. Philippe war der Erste, der die Sprache wiederfand. »Aber wieso denn nur?«, fragte er.

Danièle warf die Hände in die Luft. »Ach, er war so unverschämt jung, so unglaublich wohlgestalt. Er hat all meine Falten gesehen und meine welke Haut. Das hat nie wieder passieren dürfen. Das versteht ihr doch?«

Sie blickten einander an, zählten die Jahre in ihren Gesichtern, ließen die Blicke voll tiefer Liebe über die zerfurchten Landschaften wandern. Sie dachten an Champagner und an die Badewanne. Sie erinnerten sich an goldene Tage und tiefes Glück. Und sie verstanden es.

Champagne

Champagner steht wie kein anderer Wein für Luxus und Glamour. Sein exklusives Image rührt jedoch nicht daher, dass er ein besonders rares Gut wäre – allein in den Kalksteinstollen unter dem Firmensitz von Moët & Chandon lagern 100 Millionen Flaschen!

Nur Schaumwein, der in der Champagne hergestellt wird, darf Champagner heißen. Die Champagne, bestehend aus den drei Hauptregionen Montagne de Reims, Vallée de la Marne und Côte des Blancs, ist eines der nördlichsten Weinbaugebiete der Welt (ein besonde.rs kühles Gebiet im Norden der Region wird von den Einheimischen »Sibirien« genannt). Zu den 17 Spitzenlagen der Champagne, den Grands Crus, gehören Chouilly, Oiry, Avize, Cramant, Ambonnay und Mailly. Das kühle, wechselhafte Klima in dem relativ kleinen Gebiet bewirkt, dass die Trauben nicht immer ganz ausreifen und einen hohen Säuregehalt haben, wodurch sie sich hervorragend zur Herstellung von Schaumwein eignen, der ja Kohlensäure enthalten muss.

Für die Champagnerherstellung werden nur drei Rebsorten verwendet: Pinot noir (Spätburgunder, rot), Pinot Meunier (Schwarzriesling, rot) und Chardonnay (weiß), die auf den Kreidefelsen sehr gut gedeihen; die fertigen Schaumweine sind weiß oder rosé. Die Traubenernte beginnt Ende September. Maschinelle Ernte ist in der Champagne nicht erlaubt, die Trauben werden ausschließlich von Hand gelesen. Im Frühjahr, wenn die erste Gärung abgeschlossen ist, findet dann die so genannte Assemblage statt, bei der aus den unterschiedlich lange gelagerten Grundweinen die verschiedenen Cuvées komponiert werden. Eine Cuvée kann aus 200 verschiedenen Ausgangsweinen bestehen. Damit aus dem stillen Wein ein prickelnder Schaumwein wird, müssen ihm danach neue Hefe und eine Zuckerlösung beigegeben werden. Bei der nun folgenden Flaschengärung, die Schaumwein auszeichnet, bildet sich außer Alkohol auch Kohlensäure. Da die Flaschen also unter hohem Druck stehen, müssen sie dickwandiger sein als andere Weinflaschen, und sie haben die größeren, charakteristisch geformten Korken.

Die Mindestlagerzeit für Champagner beträgt 15 Monate. Während der Lagerung werden die Flaschen täglich mehrfach gerüttelt, damit sich die Hefe am Korken anlagern und schließlich in einem komplizierten Verfahren entnommen werden kann, ohne dass Kohlensäure entweicht.

Buchweizenpfannkuchen mit Kaviar

Für etwa 25 Stück

125 g Buchweizenmehl
60 g Weizenmehl
1 Päckchen Trockenhefe
60 ml handwarmes Wasser
40 g Zucker
50 g Butter
3 Eier
500 ml Milch
1 Prise Salz
Butterschmalz zum Braten
6 Wachteleier, hart gekocht
50 g Forellenkavier
25 g schwarzer Kaviar

Beide Mehlsorten in eine Schüssel sieben.
Hefe in einer Schüssel in warmem Wasser auflösen. Mit 20 g Zucker und $^1/_3$ der Mehlmischung verrühren. Zugedeckt 30–60 Min. gehen lassen, bis der Teig das doppelte Volumen hat.
Butter zerlassen und abkühlen lassen. In einer Schüssel Eier, Butter, 250 ml Milch, 170 ml Wasser, restlichen Zucker und Salz verrühren. Hefemischung unterrühren und so viel von der Mehlmischung, bis ein dünnflüssiger Teig entsteht. Zugedeckt 30 Min. gehen lassen. Restliche Milch aufkochen und langsam unter den Teig rühren.
In einer großen Pfanne bei mittlerer Hitze etwas Butterschmalz zerlassen. 1 EL Teig hineingeben und zu einem dünnen Pfannkuchen von etwa 8 cm Durchmesser verstreichen. Wenn nach 10 Sek. die Blasen aufbrechen, Pfannkuchen wenden und 15 Sek. backen. Herausheben und sofort zweimal falten. Warm stellen.
Pfannkuchen mit je einem Viertel Wachtelei und beiden Kaviarsorten garnieren.

Forellenrauten

Für etwa 16 Stück

2 Räucherforellenfilets (etwa 150 g)
1 EL Zitronensaft
4 Blatt Gelatine
250 g Sahne
2 cl Sherry
Salz, Pfeffer
abgeriebene Zitronenschale
1 großer Zweig Dill
1 EL Forellenkaviar
Salatgurke

Filets kleinzupfen und mit Zitronensaft im Mixer pürieren. Gelatine in kaltem Wasser einweichen.
Sahne steif schlagen und mit Sherry, ausgedrückter Gelatine und Fischpüree mischen. Salzen und pfeffern.
Eine rechteckige flache Schale mit Klarsichtfolie auslegen und die Forellencreme hineingeben. Abgedeckt etwa 2 Stunden im Kühlschrank fest werden lassen.
Dill waschen, trockenschütteln und Blättchen abzupfen. Gurke in nicht zu dünne Scheiben schneiden. Folie von der Creme nehmen, Creme auf eine Platte stürzen und in Rauten schneiden. Mit Dill und Kaviar garnieren und auf die Gurkenscheiben setzen.

Ciabattabrote

Für 1–2 Brote

½ Würfel Hefe (20 g)
15 g Honig
300 ml lauwarmes Wasser
250 g Mehl
250 g Grieß
15 g Salz
Mehl zum Bestäuben

Hefe und Honig in der Hälfte des Wassers auflösen. Mehl, Grieß und Salz in eine Schüssel geben, in der Mitte mit einem Löffel eine Mulde bilden, Hefemischung hinein gießen und mit dem Knethaken langsam verrühren. Das restliche Wasser nach und nach hinzugeben und zu einem geschmeidigen Teig kneten. Teig zu einer Kugel formen, mit dem Messer leicht einritzen und zugedeckt an einem warmen Ort etwa 1 Stunde gehen lassen, bis sich das Volumen verdoppelt hat.
Teig mit den Händen gut durchkneten, damit die Luft entweichen kann.
1–2 längliche Brote formen, flachdrücken und auf dem Backblech 30–40 Min. gehen lassen, dann bei 225 °C etwa 25 Min. backen.

Avocadopüree

Für 4 Stück

2 Avocado
1 Limette
250 g Sahne
Salz, weißer Pfeffer aus der Mühle
rosa Pfefferkörner

Avocados halbieren und Stein auslösen. Fruchtfleisch vorsichtig komplett aus der Schale kratzen, ohne sie zu beschädigen.
Limetteschale mit Zestenreißer abschälen. Limette auspressen und den Saft mit dem Avocadofleisch pürieren. Sahne steif schlagen und unter das Avocadopüree heben. Salzen und pfeffern.
Creme in die halben Schalen füllen und mit der abgezogenen Limettenschale und rosa Pfeffer garnieren.

Erdbeerkonfekt

Für 25–30 Stück

500 g frische Erdbeeren mit Stiel
50 g weiße Schokoladenkuvertüre
50 g schwarze Schokoladenkuvertüre
1 EL Kokosfett

Erdbeeren vorsichtig waschen und mit Küchenkrepp trockentupfen.
Die Schokoladensorten jeweils im Wasserbad schmelzen und mit je ½ Esslöffel Kokosfett geschmeidig rühren. Eine Hälfte der Erdbeeren in die weiße, die andere Hälfte jeweils halb in die dunkle Schokolade tauchen und zum Trocknen auf Pergamentpapier oder Backpapier setzen.

Brombeerbaiserspeise

Für 8 Portionen

18 Löffelbiskuits
Saft von 1 Orange
225 g Brombeeren
550 ml warmer Vanillepudding
3 Eiweiße
1 EL Zucker

Löffelbiskuits auf den Boden einer gläsernen Servierschüssel legen.
Mit Orangensaft beträufeln.
Brombeeren waschen und verlesen und auf die Biskuits geben.
Pudding über das Obst gießen und setzen lassen.
Eiweiß steif schlagen. Zucker vorsichtig unterheben. Baisermasse über den Pudding geben und bis zum Schüsselrand verstreichen.
Im vorgeheizten Ofen bei 220 °C ewa 10 Min. backen, bis die Baisermasse braun wird. Erkalten lassen. Gekühlt servieren.

FERNANDO MARTÍNEZ LAÍNEZ

Gelobt sei der Wein

Das war ein Wein! Ein Wein, der mit wohltuender Wärme in den Körper floss, sich durch alle Bahnen bis in die verborgensten Winkel verteilte und in das feine Gewebe des Gaumens eindrang wie die Hitze einer Feuersglut, eine Symbiose subtiler Geschmacksnoten. Gelobt sei der Wein!

»Ein fabelhafter Wein! Ein unglaublicher Wein! Ein Feuerwein, der den Körper wärmt«, rief der Sergeant der Guardia Civil begeistert aus. Von dieser Stunde an hatte der Wein seinen Namen. Es war nicht mehr irgendein Wein, sondern Feuerwein, und alle Welt begann, ihn so zu nennen.

Ich blickte hinunter auf Iñez' Leichnam, und erst spät wurde mir bewusst, in welch eigenartiger, ja fast surrealer Situation ich mich befand. Vor nicht mal einer Woche hatte ich noch mein ereignisloses Leben in Madrid gelebt. Als einziger Sohn wohnte ich bei meiner Mutter, der Witwe eines Verwaltungsbeamten im höheren Dienst, die meine Zukunft mit wenig Zuversicht betrachtete und deren Prophezeiungen so düster und ungewiss klangen wie die des Orakels von Delphi. Mein Journalistikstudium hatte ich – nach Wiederholung so einiger Kurse – gerade abgeschlossen, doch alles, was ich damit anfangen konnte, bestand im Grunde darin, am Morgen die Zeitungen zu lesen und Radio zu hören. Ich schien geradezu prädestiniert, die Liste der Arbeitslosen für eine ganze Weile zu verlängern. Als ich eines Abends nach einem weiteren Tag erfolgloser Jobsuche nach Hause kam, hielt meine Mutter eine Überraschung für mich bereit: ein Telegramm, das sie, wie es so ihre Art war, bereits für mich geöffnet hatte. Ihre Augen sprühten vor Freude,

doch sie riss sich zusammen, um mir mit ernster Miene die Neuigkeit zu verkünden:

»Das Telegramm ist für dich. Es ist von einem Rechtsanwalt aus Haro und teilt dir mit, dass dein Onkel Francisco gestorben ist und dich als seinen Erben eingesetzt hat.«

Ich wusste, dass meine Mutter und Onkel Francisco, der Bruder meines Vaters, sich auf den Tod nicht hatten ausstehen können, den Grund dafür habe ich nie erfahren. Ich hatte meinen Onkel Francisco tatsächlich nur drei- oder viermal in den letzten Jahren gesehen, ihn, den eingefleischten Junggesellen, aber als redegewandt und lebenslustig in Erinnerung behalten. Er war Winzer im Rioja in der Gegend von Haro, wo meine Großeltern väterlicherseits herstammen.

»Was habe ich denn geerbt?«, fragte ich meine Mutter.

»Seine Bodega. Scheinbar liefen die Geschäfte aber nicht besonders gut.«

»Hat er denn kein Bargeld hinterlassen?«

»Doch, aber das ganze Bargeld hat er seiner Haushälterin vermacht, die sich die letzten Jahre um ihn gekümmert hat. Einer gewissen Iñez. Du kannst dir ja wohl vorstellen, wie das Verhältnis zwischen den beiden war …«

Ich habe nicht die leiseste Ahnung vom Weinbau, aber da war nun einmal die Bodega, und ich musste mich um sie kümmern. Schlimmstenfalls konnte ich das Weingut immer noch verkaufen, vorausgesetzt, es lag keine Hypothek darauf, was jedoch ziemlich unwahrscheinlich war.

Also machte ich mich zwei Tage später auf den Weg und erreichte eines schönen Morgens meinen neuen Grundbesitz. Rund zehn Hektar Weinberg mit zahllosen knorrigen Weinstöcken, deren Wurzeln sich in den kalkhaltigen, lockeren, bräunlich-gelblichen Boden gebohrt hatten. Neben dem Haus befand sich der Weinkeller, ein etwas heruntergekommenes altes Gebäude aus Stein, in dem sich jedes Jahr im Herbst auf wundersame Weise rund 60 000 Kilo Tempranillo-Trauben, die auf den Weinbergen meines Onkels wuchsen, in Wein verwandelten.

Pedro und Juan, die beiden Angestellten meines verstorbenen Onkels, sowie Iñez, die sozusagen Mädchen für alles war, erschienen, um mich zu begrüßen und mir ihr Beileid auszusprechen. Iñez, eine Frau um die fünfzig, schien mir umgänglich und aufrichtig. Über die anderen beiden wollte ich mir noch kein abschließendes Urteil erlauben, obgleich es ziemlich offensichtlich war, dass es sich bei ihnen um verschlagene und ängstliche Typen handelte. Nachdem wir die Begrüßung hinter uns gebracht und – wie es sich gehört – des Verstorbenen gedacht hatten, führten mich Juan und

Pedro in den Weinkeller und zeigten mir den Nachlass: eine Reihe von Fässern, in denen junger Wein reifte, rund 12 000 Flaschen Crianza-Wein und nahezu 3000 Flaschen eines Weines, den sie als »tot« bezeichneten. »Den sollten Sie so bald wie möglich loswerden, der ist nichts wert«, sagten sie. Ich nickte.

Am Abend entspannte ich mich bei einem üppigen Essen, denn Iñez hatte reichlich Tapas für uns zubereitet. Sie erzählte mir, dass das Gut in der Tat mit einer Hypothek belastet war und dass es daher sehr schwierig würde, es zu halten, zumal ich ja nichts von Wein verstünde. Ich versuchte, sie über die Ersparnisse auszufragen, die Onkel Francisco ihr hinterlassen hatte, doch sie wich mir aus. Es konnte wohl nicht viel sein, und außerdem war es ihr Geld, ich konnte nicht von ihr erwarten, dass sie es für die Rettung fremder Interessen riskieren würde.

Pedro und Juan hatten mich bezüglich des Kaufinteresses von Señor Ponce bereits vorgewarnt, und dieser erschien auch pünktlich um zehn Uhr am nächsten Morgen auf dem Gut; ein elegant gekleideter, selbstverliebter Wichtigtuer, der aus Bilbao angereist war. Er wollte mit mir über den Kauf der Bodega verhandeln, für die er mir einen überraschend hohen Preis bot. Abgesehen von den ersten Höflichkeitsfloskeln verlief das Gespräch jedoch in angespannter Atmosphäre, und schließlich schob ich dringende Angelegenheiten vor und bat ihn, am nächsten Tag wiederzukommen, dann würde ich ihm eine endgültige Antwort geben. »Wie Sie wünschen«, gab er in höflichem, aber argwöhnischem Ton zurück.

Ich nutzte die Zeit, um ausführlich mit Pedro und Juan zu sprechen. Waren sie anfangs noch wenig redselig, so kamen, je mehr Gläser Wein wir leerten, nach und nach immer neue Teile der Wahrheit ans Licht, und bald konnte ich mir die wahren Absichten des Señor Ponce zusammenreimen. Er war Vertreter eines Betriebs, der billige Weine ankaufte und unter einem eigenen Label vertrieb. Sein Plan schien darin zu bestehen, Onkel Franciscos Bodega und damit seinen Namen, der unter Kennern offenbar einen ganz ausgezeichneten Ruf genoss, für seine schmutzigen Geschäfte zu nutzen. Unter dem ehrwürdigen Markennamen meines Onkels wollte er mittelmäßige Weine zu teuren Preisen an den Mann bringen. Der überhebliche Ton, den Pedro mir gegenüber an den Tag legte, und Juans zynisches Lachen weckten den Stolz in mir. Ich wollte mich auf keinen Fall vor ihren Augen übers Ohr hauen lassen, und trotz des lockenden Geldes, entdeckte ich den alten Idealisten und Romantiker in mir wieder, der mir zwischenzeitlich abhanden gekommen war.

Als der elegant gekleidete Señor Ponce am folgenden Tag wiederkam, schlug ich sein Angebot also kurzerhand aus. Juans Lächeln gefror zu einer Grimasse, und auch Pedro wirkte plötzlich gar nicht mehr so überheblich. Der Vertreter aus Bilbao reagierte wortkarg und erinnerte mich in messerscharfem Ton an den Schuldenberg und die Hypothek, die auf der Bodega lastete. Er habe Freunde bei der Bank, die den Besitz pfänden lassen konnten, sollte ich nicht zur Vernunft kommen. In der Regel ist der Ruf nach Vernunft das Privileg derjenigen, denen es wirtschaftlich gut geht; die Opfer handeln fast immer unvernünftig – so meine empirische Beobachtung.

Bei seiner Abfahrt beschimpfte mich der Strohmann des dubiosen Weinvertriebs heftig. Ich warf ihm einen Stein hinterher, traf aber nicht. Als ich zum Haus zurück ging, waren Pedro und Juan verschwunden, wohl um über die unerwartete Wendung nachzudenken. Mein Abendessen bestand ein weiteres Mal aus Iñez' exquisiten Tapas, und ich begoss es mit einem Wein von schöner Farbe und würzigem Geschmack. Dann ging ich schlafen. Als ich Iñez eine gute Nacht wünschte, war ihre Antwort ein niedergeschlagener Seufzer.

Zwei Tage später weckte mich um drei Uhr morgens ein ungewöhnlicher Lärm. Draußen herrschte Aufregung. Autos fuhren auf den Hof, Polizisten liefen umher, Scheinwerfer leuchteten grell, und laute Stimmen erteilten Anweisungen, als erschwere die Dunkelheit die Verständigung. Als ich dazukam, stellte sich Sergeant Valbuena von der Guardia Civil vor und berichtete mir, sie hätten den Tipp bekommen, dass eine Leiche in meinem Weinkeller liege. Kommissar Valbuena führte mich in den Keller der Bodega, und wir schauten uns um. Und gleich dort, am Fuße eines großen Fasses, lag Iñez mit eingeschlagenem Schädel und mausetot. Scheinbar hatte man ihr mit einem stumpfen Gegenstand auf den Kopf geschlagen. Gleich daneben, auf einer Bank, die als Tisch diente, standen mehrere Gläser und eine Flasche, in der sich ein Rest Wein befand. Der Kommissar goss ein wenig davon in ein Aguardiente-Gläschen, probierte und konnte vor Begeisterung kaum an sich halten.

»Ein fabelhafter Wein! Ein unglaublicher Wein! Ein Feuerwein, der den Körper wärmt«, rief er aus. »Es scheint, als sei er dort herausgenommen worden«, sagte er und wies auf den »toten« Wein, der in Kisten verpackt vor einer Wand aufgestapelt war; eine der Kisten war geöffnet, und es fehlte eine Flasche.

Das also waren die Fakten. Erstens: Iñez war tot, vermutlich ermordet. Zweitens: Ein Wunder war geschehen, größer als das der Hochzeit von Kanaa – der tote Wein hatte sich in exzellenten verwandelt, Bacchus sei Dank!

Für den Kommissar war es ganz eindeutig, dass Iñez nicht unglücklich gestürzt, sondern erschlagen worden war. Ihr Schädel war stark eingedrückt. Wer waren ihre Trinkkumpanen gewesen? Mit dem ersten Licht der Morgendämmerung machten sich der Kommissar und sein ganzes Gefolge mit dem Leichnam auf den Weg zur Pathologie und mit einer Weinprobe zum önologischen Labor. Sie ließen mich wissen, dass sie mich über die Analyseergebnisse des »toten« und offenbar wiederauferstandenen Weines schnellstens informieren würden.

Die Analyse des önologischen Labors von Logroño lag bereits am frühen Morgen des nächsten Tages vor und war eindeutig: Der Feuerwein war aus einer Jahrhunderternte hergestellt worden, er war ein reinstes Luxusgut der Natur, ein Wunder ungeahnter stofflicher, vom Kosmos gelenkter Kräfte. »Jede dieser Flaschen des ›toten‹ Weins«, erklärte mir Valbuena, »ist von unschätzbarem Wert. Sie werden möglicherweise Angebote bekommen, von denen Sie nicht einmal zu träumen wagen.«

Ich folgerte, dass ich nun reich war und die Hypothek getilgt werden konnte. Während ich über die Glückspirale des Lebens sinnierte, erschien noch einmal der Typ aus Bilbao, der sein Angebot verdoppelte. Ich lachte ihm ins Gesicht.

»Sie wollten mich wohl übers Ohr hauen?«

»Wovon sprechen Sie?«, fragte er und erblasste.

»Von den Weinflaschen, Sie Schlauberger«, präzisierte ich.

Verwirrt trat er den Rückzug an. Der Stein, den ich ihm dieses Mal zum Abschied nachwarf, prallte von der Motorhaube ab und zersplitterte eine Ecke der Windschutzscheibe. Nachdem dies erledigt war, machte ich mich auf den Weg nach Haro, denn der Nachlassverwalter meines Onkels musste für mich noch einige Formalitäten erledigen. Als ich am späten Nachmittag wieder zurückkehrte und in den Keller hinunter stieg, entdeckte ich zu meiner völligen Überraschung, dass sämtliche Kisten mit Feuerwein, also dem toten Wein, verschwunden waren. Alle. Verschwunden waren ebenso der Lieferwagen und mit ihm Pedro und Juan. Ich benachrichtigte Kommissar Valbuena auf der Stelle, der kurz darauf vorfuhr und mich nach Logroño mitnahm. Schon eine halbe Stunde später hatte man die beiden geortet, und wir nahmen ihre Verfolgung auf. Kurz hinter Valdegovia, auf der Straße, die schnurgerade nach Lerón hinaufführt, holten wir sie ein. Sie flüchteten im Lieferwagen des Weinguts, der mit besagten Weinflaschen beladen war. Die Polizeisirenen versetzten ihnen einen solchen Schrecken, dass sie die Kontrolle über den Wagen verloren, sich überschlugen und schließlich am Straßenrand liegenblieben. Das Klirren tausender zerbrechender Flaschen verlieh dem Unfall zusätzliche Dramatik. Als wir zu dem Auto eilten, war Pedro, eingeklemmt zwischen Sitz und Lenkrad, bereits tot. Juan lag im Sterben und blickte uns furchterfüllt und mit jämmerlicher Miene an. Er wusste, dass er sterben würde, und verlangte mit kraftloser Stimme nach einem Schluck des Feuerweins. Wir gewährten ihm seinen letzten Wunsch, doch kaum hatte er den Wein probiert, entfuhr es ihm verächtlich: »Das ist er nicht, zum Teufel mit euch allen!« Der Kommissar und ich probierten ebenfalls davon, und wir mussten Juan Recht geben. Es war ganz gewöhnlicher Wein, kein Vergleich mit dem Feuerwein. »Dieses Drecksschwein«, hauchte Juan, mit Blick auf seinen toten Kumpan, »er hat den Feuerwein irgendwo versteckt, nachdem er Iñez umgebracht hat. Ihr könnt dem Wein Lebewohl sagen, der Teufel wird ihn trinken.«

Zwei Tage später – Iñez' Obduktion war abgeschlossen und hatte keine neuen Erkenntnisse gebracht –, beerdigten wir Iñez auf dem Friedhof von Haro. Nach der Beerdigung kehrte ich zur Bodega zurück, und am selben Abend erschien noch einmal Kommissar Valbuena mit einem Polizisten der Policía Nacional. Sie stellten mir Fragen über Fragen und versuchten, das Verbrechen noch einmal zu rekonstruieren. Für sie stand fest, dass Iñez' Tod auf das Konto von Pedro ging, von Juan geduldet, und nun suchten sie nach dem Versteck des Feuerweins. Sie durchsuchten die hintersten Winkel des Weinkellers, das Wohnhaus und die Nebengebäude, ohne etwas zu finden. Wir vereinbarten, dass sie mich wahrscheinlich noch einmal anrufen und vorbeikommen würden.

Als sie schon im Aufbruch begriffen waren, fragte mich Valbuena, ob mir in den Tagen vor dem Mord irgendetwas Merkwürdiges in Iñez' Verhalten aufgefallen sei. Ich verneinte, aber als ich später noch einmal darüber nachdachte, erinnerte ich mich, dass ich nachts ein paar mal aufgewacht war und gehört hatte, wie sie die Treppe im Haus hoch und runter lief – ich hatte mich nicht weiter darüber gewundert, sondern vermutet, dass sie irgendeiner häuslichen Notwendigkeit nachging. In einer dieser Nächte hatte ich vom Fenster meines Zimmers aus gesehen, wie sie hastig aus dem Weinkeller kam, aber auch dem maß ich keine größere Bedeutung bei. Letztlich war sie es, die sich hier um alles kümmerte, und ich wollte nicht den Eindruck erwecken, dass ich sie überwachte. Soweit ich wusste, hatte Iñez meinem Onkel immer treu gedient, und ich konnte mich auch nicht über sie beklagen.

Fünf Tage darauf erschien Señor Goyanes, ein Weingroßhändler, auf dem Gut. Er sagte, er habe meinen Onkel gekannt und bedauere seinen Tod. Nachdem er mir die Hand gereicht und mir sein Beileid bekundet hatte, kam er auf sein geschäftliches Anliegen zu sprechen. Er wollte etwa zweihundertfünfzig Kisten Crianza erwerben, und der Preis, den ich ihm nannte, schien ihm vernünftig. Das Geld würde ich gut gebrauchen können, bis ich entschieden hatte, ob ich die Bodega verkaufen wollte oder nicht. Wir schlossen den Kaufvertrag ab.

Am nächsten Tag fuhr Goyanes mit einem Assistenten in einem Lieferwagen vor, um die Kisten einzuladen. Einige Stunden später hatten sie ihre Arbeit beendet, ich bekam mein Geld, und sie fuhren davon. Ich blieb allein auf dem Weingut zurück, prüfte einige Fässer und dachte darüber nach, wie schlecht meine Chancen stünden, in diesem Geschäft, von dem ich nichts verstand, auf eigene Rechnung weiterzumachen, aber ich könnte es wenigstens versuchen. Doch zunächst einmal musste ich Ersatz für Iñez finden – was in Zeiten wie diesen gar nicht so einfach ist. Während ich über all dies sinnierte, beschloss ich, mir den Tag ein wenig zu verschönern. Ich nahm eine Flasche aus einer der Kisten mit dem Crianza, entkorkte sie und schenkte mir großzügig ein, um mir Mut für eine ungewisse Zukunft anzutrinken. Als ich das gefüllte Glas gegen das Licht hielt, konnte ich den intensiven rubinroten Widerschein des Weins sehen, der von zarten veilchenfarbenen Schattierungen durchsetzt war. Ich probierte einen Schluck, und auf einmal hüpfte mein Herz vor Freude. Der Wein rann wie ein Sturzbach flüssig gewordener, unverwechselbarer und nachhaltiger Geschmackerlebnisse durch meine Kehle. Kein Zweifel: Der Feuerwein war wieder aufgetaucht! Ich ergötzte mich an diesem Wunderwerk und beglückwünschte mich zu dem Fund, aber ich fragte mich auch sofort, woher dieser Wein kam.

Entschlossen, der Sache auf den Grund zu gehen, entkorkte ich zwei weitere Flaschen aus derselben Kiste und stellte fest, dass sie ebenfalls Feuerwein enthielten. Dann öffnete ich andere Flaschen aus benachbarten Kisten, aber es war ganz gewöhnlicher Crianza-Wein. Es war, als probiere man eine minderwertige Mortadella, nachdem man vorher eine große Portion feinsten Beluga-Kaviar verspeist hat.

In den folgenden Tagen versuchte ich das Rätsel zu lösen und öffnete eine Flasche Wein aus jeder Crianza-Kiste, die ich im Keller vorfand. Ein kleiner Schluck genügte, um zu erkennen, dass es sich nicht um Feuerwein handelte, aber das alles nahm viel Zeit in Anspruch, ich hatte ja 750 Kisten durchzuprobieren. Ich verließ kaum je den Weinkeller und mied jegliche Gesellschaft. Die Leute in der Umgebung hatten begonnen, über mich zu tuscheln, sie betrachteten mich wie ein seltenes Tier, und viele dachten wohl, ich sei nicht ganz zurechnungsfähig. Und sie hatten allen Grund dazu, denn ich verhielt mich in diesen Tagen wirklich wie ein Verrückter, verbrachte schlaflose Nächte, in denen ich Kisten öffnete, Flaschen entkorkte und Wein probierte. Wenn mich beim Morgengrauen dann Müdigkeit und Erschöpfung überkamen, legte ich mich auf ein altes Sofa im Keller und schlief ein paar Stunden. Nach dem Aufwachen nahm ich meine frenetische Suche gleich wieder auf, und so ging es Tag für Tag, bis ich völlig frustriert erkennen musste, dass mir nur noch drei Kisten des Feuerwein verblieben waren.

Ich bekam einen Anruf von Goyanes, der wissen wollte, ob er weitere Kisten des Weins haben könne, den er bei mir gekauft hatte. Er gratulierte mir zu der ausgezeichneten Qualität, behauptete, alle seine Kunden seien begeistert und verspürten plötzlich einen ernormen Durst. Mir war klar, dass er den Wein nach nur drei Tagen noch gar nicht weiterverkauft haben konnte. Goyanes fiel aus allen Wolken, als ich ihm mitteilte, dass es von diesem Wein nichts mehr gebe, alle Flaschen bereits verkauft seien. Er war überzeugt, dass ich ihm nicht die Wahrheit sagte, und als ich mich erkundigte, ob er noch ein paar Kisten übrig habe und ihm anbot, diese zum doppelten Preis wieder zurückzukaufen, verabschiedete er sich verärgert.

Pedro, Juan und Iñez hatten davon gewusst. Sie wussten, dass die Flaschen mit dem »toten« Wein ein Vermögen wert waren, weil sie Feuerwein enthielten, wahrhaftiges rotes Gold. Und ihnen war auch klar, dass es mir, einem dahergelaufenen Städter, der von Wein nicht das Geringste verstand, nicht weiter auffallen würde, wenn sie den Feuerwein gegen normalen Crianza austauschten. Möglicherweise hatten sie vorgehabt, die Flaschen an diesen Señor Ponce zu verkaufen, der ja so interessiert daran gewesen war, das Weingut zu übernehmen. Ich erinnerte mich an die letzten Worte des sterbenden Juan. Es konnte nur so sein, dass Iñez am Ende alles für sich behalten wollte und für ihre Gier die »gerechte« Strafe bekommen hatte. Zweifellos hatte sie mit ihren beiden Kumpanen an dem Fass stehend Feuerwein getrunken, und dabei musste es zum Streit gekommen sein ... Iñez hatte die beiden austricksen wollen, um alles für sich zu behalten. Und das war ihr auch gelungen. Während der Nächte, in denen ich schlief und Juan und Pedro nicht auf dem Gut waren, hatte sie geduldig die Flaschen mit dem Feuerwein gegen solche mit normalem Crianza ausgetauscht. Diese heimlichen nächtlichen Aktivitäten hatten schließlich ihr Schicksal besiegelt. Wenigstens hatte ihr der Feuerwein – der nun nach dem Zufallsprinzip der Freude einiger weniger Glückspilze diente – noch kurz bevor sie umgebracht wurde den Körper gewärmt.

Was mich betrifft, so beschloss ich, die Bodega zu behalten. Ich habe die Weinberge verkauft und lebe hier nun wie ein Einsiedler und grüble über den verlorenen Schatz nach. Die Leute gehen mir aus dem Weg, niemand kommt mich besuchen, außer hin und wieder meine Mutter. Ich weiß, dass ich nicht verrückt bin, denn noch immer bewahre ich einige Flaschen dieses ruhmreichen Weines auf, dessen Vorgeschmack auf das Paradies mein Leben für immer verändert hat.

Viel Zeit ist inzwischen vergangen, und niemand hat mehr von dem Feuerwein gekostet. Sein Ruhm aber hat sich über die Landesgrenzen hinweg verbreitet. Es herrscht ein stilles Einverständnis darüber, dass ich irgendwo an einem verborgenen Ort noch einen Teil des Weins lagere, und dieses Gerücht wird beharrlich weitergepflegt. Immer wieder suchen Leute in den Häusern und Kellern, in den Bergen und Wäldern des Rioja nach dem Versteck. Weinliebhaber aus aller Welt reisen an, und auf Expeditionen, die als normale Besichtigungstouren getarnt sind, begeben sie sich auf die Suche. Aber der vom himmlischen Scheiterhaufen auferstandene Feuerwein weigert sich, wieder aufzutauchen. Er ist in die Geschichte dieser Gegend eingegangen. Die Götter werden verhindern, dass er für immer verloren ist.

Gelobt sei der Wein. Amen.

Rioja

Die Rioja ist eine Region im Norden Spaniens, gesäumt von der Kantabrischen Gebirgskette und dem Iberischen Scheidegebirge. Das Anbaugebiet umfasst Teile der autonomen Region (La) Rioja, der baskischen Provinz Álava und der Region Navarra. Es wird vom Ebro durchflossen und ist nach einem seiner Nebenflüsse, dem Rio Oja, benannt. Der Ebro gliedert das Gebiet noch einmal in drei Teilregionen, die sich durch ihre klimatischen Bedingungen und ihre Böden unterscheiden. Im baskischen Teil, auf der Nordseite des Flusses, liegt die Rioja Alavesa, die kalkreiche Lehmböden aufweist und besonders stark vom kühlen Atlantikklima, bedingt durch den Golf von Biskaya, beeinflusst wird. Hier wachsen vorwiegend Weinsorten, die sich durch einen fruchtigen, mineralischen Geschmack auszeichnen. Auf der Südseite des Ebro befindet sich die Rioja Alta, das größte Teilgebiet. Hier ist es etwas wärmer als in der Alavesa, und auf den sehr eisenhaltigen Lehmböden gedeihen Rebsorten, aus denen elegante Weine mit mäßigem Alkoholgehalt gekeltert werden. Die dritte Teilregion, Rioja Baja, liegt ebenfalls am Südufer des Ebro, südöstlich von Rioja Alta. Im Vergleich zu den beiden anderen Gebieten ist es hier recht heiß, und auf den Schwemmböden des Ebro wachsen Rebsorten, aus denen tiefdunkle Weine mit höherem Alkoholgehalt entstehen.

In der gesamten Region dominiert zwar der Atlantikeinfluss, doch gelangen gelegentlich auch Strömungen vom Mittelmeer ins Ebrotal. Dadurch entsteht ein Zusammenspiel aus gemäßigten Temperaturen, ausreichenden Niederschlägen und auch hin und wieder Frosteinbrüchen, das die Entstehung eleganter Qualitätsweine, die das Anbaugebiet berühmt gemacht haben, ermöglicht.

Die wichtigste Rebsorte der Rioja ist der rote Tempranillo. Die Bezeichnung kommt von dem spanischen Wort »temprano«, früh, und weist darauf hin, dass es sich beim Tempranillo um eine sehr früh reifende Rebsorte handelt. Sie gedeiht am besten auf kargen Kalkböden, und ihre Beeren sind dunkelblau, mittelgroß und nicht besonders dickschalig.

Junge Weine, die aus Tempranillo gekeltert wurden, duften und schmecken häufig nach Kirschen. Wurde der Wein im Barrique (Holzfass, in Spanien häufig aus amerikanischer Eiche) ausgebaut, bekommt er eine Beerennote, oft auch eine Note von Pflaumen und Trockenfrüchten. Tempranillo gehört in Portugal zu den klassischen Grundtrauben für die Portweinherstellung.

Neben dem Tempranillo werden in der Rioja als weitere rote Rebsorten Grenache (Garnacha), Carignan (Mazuelo) und Graciano angebaut. Außerdem gedeihen hier die weißen Rebsorten Macabeo (Viura), Malvasia und Grenache blanc.

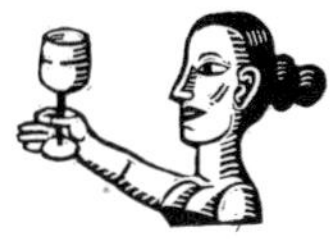

Eingelegter Schafskäse

Für 10 Stück

1 kg Schafsjoghurt
1 EL Meersalz
2 TL schwarzer Pfeffer, gestoßen
2 EL Zitronenthymian
1 rote Chili, entkernt und gehackt

Joghurt, Salz, Pfeffer, Thymian und Chili verrühren und in eine Schüssel gießen, die doppelt mit Mull ausgelegt ist. Zipfel zusammenbinden. Mullbeutel 24–48 Stunden im Kühlschrank frei über einer Schüssel aufhängen und abtropfen lassen, bis die Joghurtmischung fest ist.
Joghurt aus dem Mullbeutel nehmen und kleine Kugeln formen. Kugeln auf einer Platte zugedeckt 3–4 Stunden in den Kühlschrank stellen, bis sie fest sind. Käsekugeln in Scheiben schneiden und auf gegrilltem Brot servieren. Innerhalb von 3 Tagen verbrauchen oder ganz in einem sterilisierten Glas und mit Olivenöl bedeckt im Kühlschrank aufbewahren.

Gefüllte Weinblätter

Für etwa 30 Stück

40 Weinblätter (aus der Dose)
2 Schalotten
6 EL Olivenöl
150 g Naturreis
500 ml Gemusebruhe
je 2 Zweige Dill, Petersilie, Minze
50 g Pinienkerne
50 g Korinthen
Saft und abgeriebene Schale von 1 Zitrone
Salz

Weinblätter kurz in heißes Wasser legen und abtropfen lassen. Schalotten abziehen und fein hacken.

3 EL Öl erhitzen und Schalotten und Reis darin glasig braten. Brühe zufügen und zugedeckt bei geringer Hitze 35 Min. ziehen lassen, bis alle Flüssigkeit aufgesogen ist.
Kräuter waschen, trocknen und fein hacken. Pinienkerne in einer Pfanne ohne Fett anrösten, abkühlen lassen und grob hacken. Korinthen waschen und abtropfen lassen.
Kräuter, Pinienkerne, Korinthen und Zitronenschale unter den Reis heben, weitere 5 Min. ohne Hitze ziehen lassen und salzen.
Je 1 EL Reis auf die raue Seite von 30 Weinblättern geben, Blätter einschlagen und aufrollen.
Mit den restlichen Blättern einen großen Topf auslegen. Gefüllte Blattröllchen hineinschichten. Restliches Öl mit Zitronensaft und 750 ml Wasser verrühren und über die Röllchen gießen. Bei geringer Hitze etwa 50 Min. köcheln lassen. Über Nacht kühl stellen.

Gratinierte Tomaten

Für 4 Stück

4 große Tomaten
300 g Blattspinat
Salz
Muskatnuss
2 EL Öl
Pfeffer
1 Eiweiß
30 g frisch geriebenen Parmesan

Tomaten waschen, Kappe abschneiden und Fruchtfleisch herauslöffeln.
Spinat waschen und putzen, Stiele entfernen. In Salzwasser 1 Min. blanchieren, in Eiswasser abschrecken, abtropfen lassen, mit Salz und geriebener Muskatnuss abschmecken und mit 1 EL Öl mischen.
Tomaten innen salzen und pfeffern, mit dem Spinat füllen und außen mit dem restlichen Öl bestreichen.Ofen auf 200 °C vorheizen.
Eiweiß mit 1 Prise Salz steif schlagen. Parmesan unterheben. Mit Spritzbeutel auf Tomatenrand Rosetten spritzen. Auf oberer Schiene etwa 10 Min. überbacken.

Fischkroketten

Für 18 Stück

125 g Lachs
1 Knoblauchzehe
1 Frühlingszwiebel
Olivenöl
Salz, Pfeffer
50 g Mehl
225 ml Milch
Mehl zum Formen
1 Ei

Lachs würfeln. Knoblauch durch die Presse drücken und über den Fisch träufeln. Zwiebel würfeln und in einer Pfanne in Öl anbraten. Lachs zugeben, salzen und pfeffern und kurz braten. Mehl und Milch unter Rühren zugeben, bis sich der Teig von der Pfanne löst. Auf einen Teller geben und einige Stunden auskühlen lassen.
Teig in 18 Stücke teilen und mit etwas Mehl längliche Kroketten formen. In verquirltem Ei wenden und in heißem Olivenöl frittieren.

Pilzbrötchen

Für 8 Portionen

2 Knoblauchzehen
1 Schalotte
450 g Mischpilze, etwa Austernpilze, Braunkappen, Champignons, Stockschwämmchen und Steinpilze
5 EL Olivenöl
2 EL gehackter frischer Kerbel
2 EL gehackte frische Petersilie
Blätter von 1 frischem Zweig Rosmarin, gehackt
Salz und schwarzer Pfeffer aus der Mühle
frische Kerbelzweige zum Garnieren
8 Brötchen

Knoblauch und Schalotte fein hacken. Pilze abbürsten, Erde entfernen und zähe Stiele abschneiden. Größere Pilze in Scheiben schneiden, kleinere halbieren.

Olivenöl in einer tiefen, schweren Pfanne erhitzen und Schalotte bei mittlerer Hitze etwa 1 Min. braten.

Knoblauch, Pilze und frische Kräuter zufügen und etwa 5 Min. braten. Nach Geschmack salzen und pfeffern. Brötchen oben kreuzweise einschneiden und aufbrechen, Pilze darauf verteilen. Mit Kerbel garniert servieren.

Gemüsetartelettes

Für etwa 30 Stück

1 kleine Aubergine
8 Blätter Filoteig, aufgetaut
120 g Butter, geschmolzen
1 roter Paprika, entkernt
1 gelber Paprika, entkernt
1 orangener Paprika, entkernt
450 g Zucchini, beide Enden abgeschnitten
1 EL Olivenöl
1 Zwiebel, fein gehackt
2 Knoblauchzehen, fein gehackt
1 frischer Thymianzweig
1 TL Zucker
1 TL Balsamico
Salz und schwarzer Pfeffer aus der Mühle
8 frische Basilikumblätter, zerpflückt, zum Garnieren

Ofen auf 180 °C vorheizen. Aubergine in dünne Scheiben schneiden, auf ein sauberes Geschirrtuch legen und leicht salzen. Tuch darüberschlagen und einen beschwerten Teller daraufstellen. 20 Minuten ruhen lassen, damit der Saft austritt.

Währenddessen zwei Filoteigblätter in je 15 Quadrate schneiden und jedes Quadrat mit geschmolzener Butter bestreichen. Ein Blech für 15 Minimuffins oder 15 Tartelettförmchen damit auslegen. Restliche Teigblätter ebenso verarbeiten und die Quadrate in den Förmchen so übereinanderlegen, dass sie Sterne bilden. Filoteig mit einem feuchten Tuch bedecken, damit er nicht austrocknet. 10 Min. goldbraun backen. In der Form auskühlen lassen.

Paprika in Streifen und Zucchini in Scheiben schneiden. Auberginenscheiben abspülen, trockentupfen und halbieren.

Öl in einer schweren Pfanne erhitzen und Zwiebel und Knoblauch weich, aber nicht braun braten. Paprika, Zucchini, Aubergine, Thymian und Zucker zufügen und bei schwacher Hitze 20 Min. garen, ab und zu umrühren. Balsamico zufügen, salzen und pfeffern. Thymianzweig entfernen.

Filotarteletts aus der Form nehmen. Gemüsemischung verteilen und gefüllte Tarteletts mit Basilikum bestreuen.

Gazpachosalat

Für 4 Portionen

½ große oder 1 kleine Gurke
1 kleine rote Zwiebel
450 g feste Tomaten, geschält und entkernt
1 große gelbe Paprika
1 frische rote Chili
1 Knoblauchzehe, fein gehackt
1 EL fein gehackte glatte Petersilie
2 EL fein gehacktes frisches Koriandergrün
2 EL Olivenöl
1 EL Apfelweinessig
Salz und schwarzer Pfeffer aus der Mühle

Gurke längs halbieren. Mit einem Teelöffel Samen auskratzen und wegwerfen, dann Gurke kleinwürfeln.
Zwiebel und Tomaten kleinhacken. Paprika vierteln, Kerne und Scheidewände entfernen und Schote kleinwürfeln.
Aus den Chilies Kerne und Scheidewände entfernen und Schote fein hacken.
Alles Gemüse in einer großen Schüssel mit Knoblauch, Kräutern, Olivenöl, Essig, Salz und Pfeffer gut vermischen. Im Kühlschrank 1 Stunde ziehen lassen.
Überschüssige Flüssigkeit durch ein Sieb abgießen und servieren.

Gebratene Jakobsmuscheln mit Thymian

Für 8 Portionen

50 ml Olivenöl
2 Knoblauchzehen, fein gehackt
4 frische Thymianzweige
1 Lorbeerblatt
1 EL gehackte frische Petersilie
16 frische Jakobsmuscheln, abgespült
1 Schalotte, fein gehackt
1 EL Balsamico
2 EL Zitronensaft
150 ml Hühner- oder Gemüsebrühe
Salz und schwarzer Pfeffer aus der Mühle
24 kleine Spinatblätter zum Garnieren

Olivenöl, Knoblauch, Thymian, Lorbeerblatt und Petersilie in einer flachen Schüssel vermischen. Muscheln darin 1 Stunde kühlgestellt marinieren.
Eine schwere Pfanne bis zum Rauchen erhitzen. Muscheln aus der Marinade nehmen und von beiden Seiten je etwa 30 Sek. braten, damit die Poren geschlossen sind. Muscheln auf einem Teller warmstellen.
Marinade in die Pfanne geben, Schalotten, Balsamico, Zitronensaft und Brühe zufügen. Bei starker Hitze 5 Min. kochen, bis die Flüssigkeit deutlich reduziert ist. Lorbeerblatt entfernen, salzen und pfeffern.
8 Muschelschalen auf Tellern mit 4 Spinatblättern auslegen, je 2 Muscheln hineingeben und mit Sauce übergießen.

BEATRIX M. KRAMLOVSKY

Fruchtiger Abgang

Mit Schmutz kann ich nicht leben. Das konnte ich nie. Das gewann mir die Zuneigung meiner zweiten Schwiegermutter. Sie war eine einsame Kämpferin an dieser mit Staub gesättigten Ostwindfront, als mich Otto heimführte. Dörfer, vor allem so Flecken wie meiner hier, jahrzehntelang im Schatten des Eisernen Vorhangs, köchelnd im eigenen Dunst, übersättigt von der Erkenntnis, unwichtig zu sein, sind immer nur in den Augen angeheiterter Städter idyllisch. Ich komme aus einer ähnlichen Gegend, ich kenne diese Art Terrarium. Seit der Öffnung hat es sich verändert. Der Wein ist zum Spitzenprodukt avanciert, die Gegend wird von Joggern, Bikern und den Wiener Jetset-Trinkern als Erholungsgebiet genutzt. Nicht schlecht für uns. Natürlich sind wir auf die billige Konkurrenz hinter der Grenze schlecht zu sprechen, aber wenigstens fahren unsere Männer nicht mehr in konzertierten Aktionen hinüber ins Puff. Das hatte 'was Erniedrigendes für uns alle, und der Pfarrer plagte sich bei den Predigten.

Den Pfarrer mag ich übrigens. Er stand mir wirklich helfend zur Seite, als Karl von mir ging, und bei Otto gelang es ihm gar, mich zur Heldin zu stilisieren. Ich lasse nichts auf die Kirche kommen. Was wäre ein Dorf ohne seinen Geistlichen, der Feste segnet, die alten Rituale pflegt, alle Geheimnisse kennt und ein offenes Ohr für unsere Schwächen hat? Außerdem ist Hochwürden trinkfest.

Als ich vor fünfzehn Jahren in dieses Kaff heiratete, war ich jung, ambitioniert, hatte Träume von edlen Vinotheken und perfekt gehegten Gärten. Mein damaliger Schwiegervater war kein so schlechter Winzer, er wusste

jedenfalls, dass sein Sohn aus der Art geschlagen war, und unterstützte mich rückhaltlos. Aber ich war halt eine Zugereiste, eine eingeheiratete Fremde. So etwas erschwert den Start. Also legte ich mir den Anschein herzerfrischender Naivität zu. Obwohl ich von der Pike auf gelernt habe, eine echte Oinologin bin. Im Dorf war ich die erste Frau, die nicht dem Manne half, sondern die in den Weingärten bestimmte und der der Mann folgte. Alle schauten mir auf die Finger. Bei meiner ersten großen Weinpräsentation half mir der Schwiegervater. Karl hatte ja mit seinem Kunstprojekt zu tun, dieser blödsinnigen Korkenskulptur. Der Wein war zwar bei weitem noch nicht so, wie ich mir das vorgestellt hatte, aber von dieser Saison an hörten die Sticheleien der Nachbarn auf. Es begann sogar vorsichtige Fachsimpelei. Ich habe eine Gabe, ein Gefühl für Wein, das hat man oder man hat es nicht. Ich habe auch für andere Dinge ein inneres Gespür.

Unser Dorf liegt am Nordwesthang, die schattigste Lage unterhalb des Waldes, denn dem Wein gehören die sonnigen Gebiete. Unsere Kellergasse ist etwas Besonderes, ein eigenes Gemeinwesen, in seiner jetzigen Form wurde es schon vor dreihundertfünfzig Jahren angelegt, nachdem die Schweden durchgerauscht und die vielen Toten verscharrt worden waren. Für die Keller hatte man damals natürliche Gräben ausgenutzt, Scharten im Berg, Hohlwege angelegt, zu beiden Seiten Gänge in den Hang getrieben. Aber der Unterschied zu den übrigen Dörfern ist sichtbar: Wo andere den Boden für Arbeitsraum, Pressen, Schank schlicht ausgehöhlt, Mauern mit Tür und Fenster davor gesetzt, ein kleines gewölbtes Dach darüber gebaut haben, da haben unsere Vorfahren zusätzlich über den Kellertreppen jedem Häuschen einen barocken Portikus mit Säulen und gemauerten Bänken verpasst. Und nicht nur das. Die zwei Wege, schön gepflastert, führen parallel auf die halbe Höhe, wo bunt bemalte alte Lauben einen Platz mit einer alten Eiche umrahmen. Das klingt nach Eichendorff und Schubert, verdächtig nach Kitsch und klingelnder Kassa. Hier feiert das Dorf, hierher werden die Weinkäufer zu den öffentlichen Verköstigungen geladen, hier wird das Erntedankfest abgehalten. Im Advent, wenn das Land reifüberzogen unter den sibirischen Winden friert, dann öffnen die Keller wieder zum Verkauf von Glühwein und Weihnachtsschmuck. Vor ein paar Jahren haben uns die Wiener Schickimickis entdeckt. Einigen von uns wäre es jetzt allerdings schon recht, sie legten nur ihr Geld ab und verschwänden dann sofort wieder.

Karl hat immer gehofft, eines Tages von einem Städter entdeckt zu werden. So ein Blödsinn. Mich haben sie entdeckt. Meine Weine und meine Küche. Davon verstehe ich etwas. Ach, und meine Schwammerlkreationen! Ich sammle selbst und kaufe von den Pensionisten zu, die hinüber ins Waldviertel fahren und dort verlässlich ihre Plätze abweiden. Hier im Weinviertel wachsen nicht viele Sorten. Es ist zu trocken, was den Reben wiederum gut tut. Und jedes Mal, wenn eine Pilzsaison beginnt, denke ich an meine erste Tragödie. Ich habe gutes Essen immer auch als Möglichkeit gesehen, um bestimmten Weinen gerecht zu werden. Da entfalten sich Aromen erst so richtig, werden Eigenschaften verstärkt. Das ist so wie mit Gemälden, die brauchen auch den richtigen Rahmen und das richtige Licht. Ein guter Winzer ist, so wie ein guter Koch, ein Künstler. Er muss Ehrfurcht haben vor seinem Material. Ich habe Ehrfurcht. Drum hat mich Karl ja so geärgert.

Karl war kein Nichtsnutz, seine Hände waren ihm nicht zu schade für die Erde und sein Rücken nicht zu schwach zum Hochbinden der Reben. Aber Karl, der angebliche Künstler, hat meine Kunst mit Füßen getreten, auf sie heruntergeschaut. Handwerkerin am Grünzeug hat er mich genannt. Das empfinde ich als Missachtung der Schöpfung. Kinder wollte er auch keine. Nicht in dieser Welt, Susi, hat er gesagt. Ja, in welcher denn? Wir haben doch bloß diese eine. Aber da war nicht zum Reden mit ihm. Alles grauschwarz, bis er genügend getrunken hatte, trotz seiner Blutdruckprobleme, bis sein persönlicher Mond endlich rosa leuchtete.

Während meiner vierten Weinlese dachte ich daran, ihn zu verlassen. Aber es war doch so schön hier. Und die Stöcke trugen gut. Und ich hatte schon so viel Arbeit in die neuen Gärten investiert, und die Schwiegereltern waren so lieb, halfen mit, wo sie konnten. Eine Heimat, die man sich erarbeitet hat, gibt man eben nicht so leicht auf.

Den ganzen Winter über stritten wir. Kein Weihnachtsfriede. Aber beim Silvesterfeiern probierte ich zum ersten Mal Otto draußen im Hof.

Im Sommer eskalierte die Situation. Ein Jahrhundertwein würde uns ins Haus stehen, da war ich sicher. Und auch, dass Gott auf meiner Seite stand.

Karl war bis zum Schluss ahnungslos, ein Streithammel, aber glücklich, soweit er glücklich sein konnte. Er liebte meine Schwammerl. Und bei dem letzten Mahl hatte ich mir besondere Mühe gegeben. Meinen Schwiegereltern hat es auch geschmeckt, nur bekamen die frisch gepressten Rebensaft dazu. Mit frischem Salbei locke ich das Beste aus jungen Faltentintlingen. Karl aß zwei reichliche Portionen, trotz seiner Blutwerte. Dazu servierte ich ihm unseren Zweigelt, noch nicht auf der angestrebten Höhe, aber ich gebe mir Mühe. Meine wahre Spezialität ist der Grüne Veltliner. Aber der Zweigelt war richtig, um die Pilznote zu unterstreichen. Karl war zufrieden. Zu dem Zeitpunkt arbeitete er an einem Land-Art-Projekt, schleppte Bohlen und Steine herum und verstreute künstlerisch wertvolle Haufen. Ich finde, meine Arbeit im Weinberg hat entschieden mehr mit Land-Art zu tun.

In der Nacht war es dann soweit. Ich hatte ihm die Flasche in Reichweite gestellt, natürlich trank er. Ich keppelte ja auch, er solle es sein lassen. Also soff er mir zu Fleiß. Menschenkenntnis hilft immer. Klar stoppte das nicht die Übelkeit. Keiner dachte an Vergiftung. Ich rief die Schwiegereltern, die brüllten ihn an, wie er sich so gehen lassen könne und ewig diese Kotzerei. Den Arzt holte ich erst, als Karl kollabierte. Dann dauerte es noch. Im Spital pumpten sie ihm und uns allen den Magen aus. Uns ging es prächtig, wir hatten keine Symptome. Tintlinge dieser Art vertragen alles, bloß keinen Alkohol. Aber sagen Sie das einmal jemandem, der schwach und wütend und süchtig ist! Polizei und Ärzte redeten von einer tragischen Verkettung, einer Tragödie. Ach, dieser Wein! Ein unschuldiger Killer. Den Schwiegereltern war es schrecklich peinlich, dass Karl als Alkoholiker geführt wurde. Gute Winzer kennen nämlich den Unterschied zwischen berufsbedingtem Trinken und ständiger Sauferei.

Der Pfarrer richtete ein wunderschönes Begräbnis aus. Dann kam meine erfolgreichste Weinsaison. Ich holte mir die erste internationale Platzierung. Karls Vater zog sich zurück und übertrug mir die Gärten. Ein lieber Mensch. Mit Otto kamen sie beide klar. Ich wartete ja noch ein Jahr, um es publik zu machen. Genügend Zeit, um den Tratschmäulern Gelegenheiten zu bieten und trotzdem den guten Ruf zu wahren. Otto war eine wahre Freude, ein Schmankerl zwischendurch. Ein Genießer, ein Könner. Und unfruchtbar.

Das erfuhr ich, als ich einige überaltete Gärten meiner neuen Schwiegereltern frisch bepflanzte. Gestaltung an Gottes eigener Kreation. Ich bin ein guter Mensch mit gesundem Urteilsvermögen und Demut vor der Natur. Aber alles hat zwei Seiten, verzeihen Sie mir diese Binsenweisheit. Der Mensch ist die Krone der Schöpfung, heißt es, aber ich glaube das nicht. Ich glaube eher, die Welt ist eine Krone für sich, und wir sind alle miteinander der Schmuck darauf und von Gott dazu ausersehen, das Funkeln und Strahlen noch prächtiger zu gestalten. Ich putze einfach gerne. Und ich hege mit Liebe. Karl war zwar ein guter Kerl, aber ein schwacher Charakter. Und er war missgünstig; das zerstörte seine Persönlichkeit und seinen Körper. Sein Missgunst richtete sich gegen mich, gegen die kleinen Wunder, die ich den Trauben entlockt hatte. Das war nicht nur ungerecht, ich empfand das als falsch. Um noch ein Bild zu verwenden: als vergammle ein wertvolles Familienstück in einer staubigen Moderecke. Schmutz kann ich nicht ausstehen. Und nun Otto. Mein vermeintlicher Diamant.

Ich erzähle das so ausführlich, damit klar wird, dass es mir nie um Besitz oder Geld ging, sondern immer nur um Schönheit, ein fruchtbares Lob zu Gottes Ehren, und Liebe. Ich bin eine Liebende. Mein Land ist ein weites Land. Es lädt jeden zur Rast ein. Die Bauern sind freundlich, solange klar ist, dass es sich um Durchreisende handelt. Kommt ein Fremder in die Kellergassen, wird er zu einem Glas eingeladen. Manchmal zu mehreren. Ohne Hintergedanken, nur in freundlicher Bereitschaft, mit dem Fremden Genuss und Schönheit dieses Viertels zu teilen. Von meinem Hof ist noch keiner hungrig oder durstig weggegangen. Selbst wenn es ein armer Haderlump war, durfte er Platz nehmen. Gastfreundschaft ist etwas Heiliges. Aber was bringt der schönste Besitz, wenn da niemand ist, dem man ihn weitergeben möchte? Karls Eltern hatten ja Glück, denn die hatten wenigstens mich. Und Otto war ja auch ein Einzelkind, seine Cousins waren in die Stadt geflohen, weg von allem, das nach Bauernarbeit und niedrigen Löhnen roch. Ich kann es ihnen nicht verdenken. Aber ich bin nicht so. Ich liebe das Land. Ich brauche die Gewissheit, auf Erde zu stehen, die ich bearbeite, an Pflanzen zu arbeiten, die ich hege. Und ich brauche ein Kind.

Da stand ich also und sah mir die alten Stöcke an, drei Reihen Muskateller, denen über Jahre zu viel abverlangt worden war, ein Zierfandler, der da nichts zu suchen hatte, ein Neuburger, der zu wenig Reduktionsschnitte abbekommen hatte, und ein völlig vergreister Riesling. Sie alle gehörten weg. Der Boden musste aufbereitet werden, hier sollte mein Paradeveltliner zum Blühen und Tragen kommen. Otto war alles recht. Sein Mund arbeitete sich gerade meinen Hals hinunter, seine Hände zerrten an meiner Jeans. Ihm hat der Sex unter Gottes freiem Himmel immer den größten Spaß bereitet. Und während ich über Reben und Pfahlerziehung sinnierte, versenkte er seinen Pfahl animiert und animierend in mir. Vielleicht wird es endlich ein Baby, sagte ich. Zuerst schwieg er, erschöpft vielleicht. Dann zog er sich endgültig zurück, brachte alles in Ordnung und meinte so nebenher, in einem Ton, der verriet, dass er wusste, er hätte es mir zu Beginn erzählen müssen, es würde nie dazu kommen. Mumps und so. Danach drehte er sich um und ging hinunter zum Dorf. Und ich lag da auf meiner fruchtbaren Erde und heulte, bis ich heiser war.

Der Pfarrer meinte, unter diesen Umständen könnte ich eventuell die Ehe für ungültig erklären lassen, er schlug mir auch Adoption vor. Nichts für mich. Ich habe wunderbar regelmäßige Eisprünge, mein Bauch wartet nur darauf, Kinder auszutragen. Außerdem gilt die Ehe bis zum Tod. Da bin ich altmodisch. Und bei Scheidung hätte ich die neuen Weingärten verloren. Das wäre in mehrfacher Hinsicht nicht recht gewesen, denn Otto versteht viel zu wenig von gutem Wein, schon gar nichts von den neuen Qualitätsmerkmalen, die beim Veltliner gefordert sind, davon etwa, wie man die Pfeffrigkeit weiter entwickeln kann, ohne von der Fruchtigkeit zu verlieren. Jahrelang war diese Rebsorte gering geachtet, schlecht behandelt, in Massenproduktionen verschnitten worden. Nun endlich stand ihr internationaler Siegeszug bevor. Nein, diese Früchte würde ich mir nicht nehmen lassen. Ich bin eine Pflegende, Hegende, Liebende.

Ach, es war dann alles so leicht, dass ich schon den Verdacht hatte, mir helfe ein guter Geist. Gottes Engel. Ich wurde zu einer Weinpräsentation eingeladen. Drüben am Rhein. Deutsche, Franzosen, Italiener, Südafrikaner, Neuseeländer, Kalifornier. Und Österreicher. Und ich. Otto fuhr nicht mit. Zu dem Zeitpunkt wusste nur der Pfarrer, dass es um uns nicht so gut stand wie es nach außen hin den Anschein hatte. Otto gehörte nicht zu den Männern, die an der Schank sexuelle Frustrationen besprechen, ich denke, er fuhr zu bestimmten Mädchen, die ihm gaben, was ich strikt verweigerte. Ich, das brachliegende Feld.

Oh, was für ein Klischee!, werden Sie sagen! Ein Urlaubsflirt, ein Kurschatten, eine Kongressbekanntschaft! Nun, bei mir war es ein Weinkritiker, ein liebenswerter Mann, mit dem ich drei Nächte verbrachte. Manchmal treffen wir noch heute aufeinander, denn gehört man erst einmal zu Europas Spitzenleuten, ist der Kreis recht klein. Aber er ist ahnungslos. Wir umarmen uns, wir plaudern, wir sind einander freundlich gesinnt. Meine Tochter kennt er nicht.

Otto hat es nicht mehr mitbekommen. Noch während ich überlegte, wie ich diese unverhoffte Frucht erklären könne, kam mir der Zufall zu Hilfe. Ein Streit unter Betrunkenen eskalierte. So etwas kommt immer wieder vor. Touristen, die zu viel getankt hatten, und Einheimische, die zu politisieren begonnen hatten. EU-Erweiterung, Fördergelder, all diese Themen, die man, je weniger man davon versteht, desto hitziger verfolgt. In der Stube ging es laut her. Dann wurden zwei handgreiflich. Andere gingen dazwischen, die einen wollten beruhigen, die anderen ergriffen Partei. Von der Straße kamen Leute herein, die niemand kannte. Kroppzeug, sag ich jetzt einmal verächtlich. Dann floss Blut, und jemand begann, mit einem Sessel zu dreschen. Ich rief die Polizei an. Otto stand direkt am Rand des Gewühles, ich schob mich hinter ihn. Und als ein ganz Rabiater mit dem zersplitterten Stuhl ausholte und sich gleichzeitig – wie bei einer Welle – die prügelnden Körper auf uns zu bewegten, da stieß ich ihn. Sehr heftig. Die Arbeit hat mich gut trainiert. Er wusste nicht, wer ihn in das Schlamassel getrieben hatte, er muss das Bewusstsein recht bald verloren haben, denn er war auf Scherben gestürzt, getreten und geschlagen worden. Und in der tieferen Kopfwunde hatte man dann später Holzsplitter vom Stuhl gefunden. Also eindeutig.

Was für ein sauberer Abgang, dachte ich mir noch.

Alle waren lieb zu mir. Acht Jahre im Dorf und schon zweimal Witwe. Und gerade schwanger. Ottos Eltern waren in ihrer Trauer doch getröstet. Sie hätten das nie geglaubt, das mit dem Mumps und der Endgültigkeit, sagte meine Schwiegermutter, und der Schwiegervater stimmte nur zu, meinte, der Arzt hätte damals gesagt, es könne möglich sein, müsse aber nicht. Da erst erkannte ich, dass Otto ihnen nichts von den Untersuchungsergebnissen gesagt hatte, dass nur ich davon wusste.

Sie lieben ihre Enkelin. Und sie verstehen, dass das Kind einen Vater braucht und ich einen Mann. Diesen Herbst habe ich meine Wahl getroffen. Herbert versteht etwas vom Wein. Er kommt aus dem Nachbardorf, seine Gärten stoßen zum Teil an unsere Gründe. Sein Grüner Veltliner ist ein Gedicht. Reine Poesie zum Beißen, Schmecken, Schlucken. Schlank am Gaumen und doch diese Ahnung von Bergamotte, ein gelungener Reim auf fruchtige Süße und spritzigen Pfeffer. Herbert war lange alleine. Bauern finden schwer eine Frau. Kein Wunder, dass er sich überglücklich schätzt. Er ist einer von diesen Hegenden, ein Stiller. Er mag meine Kleine. Jetzt im Frühling, wie der junge Wein schon leise gemauschelt hat, bevor die Jungtriebe nach dem ersten Schnitt verlangt haben, hab ich den Mann an mich rangelassen. Nicht so ungestüm wie Otto, nicht so erfinderisch wie der junge Karl, aber dankbar und lernwillig ist er. Meine Regel ist ausgeblieben. Ich werde ihn also heiraten und noch weitere Kinder bekommen und weitere Riede aufbauen. Nicht wahr, wenn man Ehrfurcht vor der Schöpfung hat, dann wird man reichlich belohnt.

Weinviertel

Das größte Weinbaugebiet Österreichs ist das Weinviertel, eine Region in Niederösterreich, die im Süden von der Donau begrenzt wird, im Norden an die tschechische und im Osten an die slowakische Grenze reicht. Hier finden sich die Löss- und Verwitterungsböden, auf denen die sehr ertragreiche weiße Rebsorte Grüner Veltliner am besten gedeiht. Zwar liegt das Gebiet noch in der atlantischen Klimazone, es wird aber auch durch das Kontinentalklima im Osten beeinflusst, was bedeutet, dass die Sommer in der Regel heiß und trocken, die Winter dagegen sehr kalt sind. In Österreich wird der Weinbau überwiegend nebenberuflich betrieben.

Der Grüne Veltliner, auch schlicht Grüner oder Weißgipfler genannt, ist mit einem Anteil von 36 Prozent an der Gesamtrebfläche die am meisten angebaute Rebsorte Österreichs. Die fertigen Weißweine reichen von leicht spritzigen und damit auch für Heurigenlokale geeigneten Weinen bis hin zu körperreichen und alterungsfähigen Gewächsen. Alle Veltliner haben eine Pfeffernote, bei manchen kann eine rauchige Note oder ein reifes Fruchtaroma hinzukommen.

Zierfandler ist eine österreichische Weißweinrebsorte, die aus dem Roten Veltliner und einer Art von Gewürztraminer gekreuzt wurde. Die Rebe ist recht frostempfindlich, aber anspruchslos, was den Boden angeht. Aus Zierfandler werden extraktreiche, alterungsfähige Weine hergestellt.

Auch Neuburger ist eine in Österreich sehr beliebte Weißweinrebsorte, eine Kreuzung aus Rotem Veltliner und Silvaner. Wie der Zierfandler wächst auch der Neuburger auf fast allen Böden gut. Die Weine sind recht mild, können aber in manchen Lagen eine nussige Würze entwickeln.

Der Riesling (siehe Seite 72) wird in Österreich nicht sehr großflächig, aber äußerst erfolgreich angebaut.

Fasanenbrust mit Karamelläpfeln

Für 8 Portionen

4 Fasanenbrüste, je etwa 175 g, ohne Haut
50 g Butter
1 TL Puderzucker
3 Granny-Smith-Äpfel, geschält, ohne Gehäuse und geviertelt
10–12 kleine Champignons
300 ml trockener Apfelwein
300 ml Hühnerbrühe
175 ml Sahne
1 TL frisch gepresster Zitronensaft
1 TL gehackter frischer Thymian
2 EL gehackte frische Petersilie
Salz und schwarzer Pfeffer aus der Mühle

Fasanenbrüste salzen und pfeffern. 2 EL von der Butter in einer Pfanne erhitzen und Fasanenbrüste portionsweise von beiden Seiten je 3 Min. braten. Auf einen Teller heben.
Restliche Butter erhitzen und Puderzucker und Äpfel zufügen. Bei milder Hitze 3 Min. goldgelb braten. Zu den Fasanenbrüsten legen.
Pilze in der Pfanne anbraten, bis die Butter völlig aufgesogen ist.
Apfelwein zufügen und 3–5 Min. kochen, bis die Flüssigkeit fast ganz reduziert ist. Brühe zufügen und auf die Hälfte einkochen lassen. Sahne einrühren und langsam bis zum Aufkochen erhitzen.
Fasanenbrüste und Äpfel in die Pfanne geben und bei milder Hitze 2 Min. köcheln. Zitronensaft, Thymian und die Hälfte der Petersilie unterrühren, salzen und pfeffern.
Fasanenbrüste aufschneiden, auf Tellern anrichten und mit Sauce begießen. Mit restlicher Petersilie bestreut servieren.

Blattsalate mit Verjusdressing

Für 4 Portionen

250 g gemischte Blattsalate (Kopfsalat, Feldsalat, Rucola oder Portulak und Wildkräuter wie Sauerampfer, Giersch)
3 EL Oliven- oder Leinöl
3 EL Joghurt
1 EL Sahne
1 EL Verjus (ersatzweise Limettensaft)
Salz
Thymian
1 Prise Zimt

Blattsalate waschen und trockentupfen. Alle Zutaten für das Dressing gut verrühren und kurz vor dem Servieren unterheben.

Schwammerlhappen

Für 4 Portionen

2–3 Semmelknödel vom Vortag
Butter zum Braten
500 g gemischte frische Waldpilze
1 Zwiebel
Pfeffer aus der Mühle
Olivenöl
1 EL gehackte glatte Petersilie oder Rucola
Salz

Semmelknödel in acht dicke Scheiben schneiden. In einer großen Pfanne Butter zerlassen und Knödelscheiben darin von beiden Seiten anbraten. Warm stellen. Pilze verlesen und putzen, große Pilze in Stücke schneiden. In der Knödelpfanne Pilze so lange braten, bis sie ganz braun sind; eventuell noch etwas Butter zufügen. Zwiebel klein würfeln und mitschmoren, bis sie glasig ist. Pfanne vom Herd nehmen. Pilzragout mit etwas Pfeffer würzen, einen Schuss Olivenöl und Petersilie unterrühren. Etwas salzen. Pilzragout auf den Knödelscheiben verteilen und warm servieren.

Linsensalat

Für 8 Portionen

3 EL Sonnenblumenöl
1 große Zwiebel, in feine Ringe geschnitten
2 Knoblauchzehen, zerdrückt
1 große Karotte, in feine Stifte geschnitten
230 g Basmatireis, abgespült und abgetropft
120 g Puy-Linsen
1 TL gemahlener Kreuzkümmel
1 TL gemahlener Zimt
20 schwarze Kardamomsamen
6 Nelken
600 ml Gemüsebrühe
2 Lorbeerblätter
2 Stangen Sellerie
1 große Avocado
3 Eiertomaten
Salz und schwarzer Pfeffer aus der Mühle

Öl in einer großen schweren Pfanne erhitzen und Zwiebel, Knoblauch und Karotte 5–6 Min. braten, bis die Zwiebel glasig und die Karotte etwas weicher ist.
Reis mit Kreuzkümmel, Zimt, Kardamom und Nelken zugeben und bei schwacher Hitze weitere 5 Min. braten.
Brühe und Lorbeerblätter zufügen und aufkochen, dann zugedeckt bei geringer Hitze 15 Min. köcheln lassen. Linsen zufügen, kurz aufkochen und weitere 20 Min. bei geringer Hitze köcheln lassen, bis die Flüssigkeit aufgesogen und Reis und Linsen weich sind. Abschmecken.
Inzwischen Sellerie in Halbmonde schneiden und Avocado und Tomaten würfeln.
Rohes Gemüse zu Reis und Linsen geben und gut umrühren. Lauwarm in einer großen Schüssel servieren.

Wachteleisülze

Für 12 Stück

10 Blatt Gelatine
500 ml klare Fleischbrühe
2 cl Sherry
6 Wachteleier
1 Bund Estragon
12 Scheiben Toastbrot
30 g Feldsalat
Radieschen
12 Eierbecher

Gelatine in kaltem Wesser einweichen.
Fleischbrühe mit Sherry erwärmen. Gelatine ausdrücken und in die Brühe rühren, bis sie sich aufgelöst hat.
Wachteleier in etwa 8 Min. hart kochen. Abschrecken, schälen und halbieren.
Estragonblättchen abzupfen und kurz in heißes Wasser tauchen. Eierbecher kalt ausspülen, etwas flüssigen Aspik hineinfüllen und im Kühlschrank fest werden lassen.
In jeden Eierbecher 2 Estragonblättchen kreuzweise und eine Eihälfte mit dem Eigelb nach unten hineinlegen. Restlichen flüssigen Aspik hineingießen und im Kühlschrank erstarren lassen.
Aus dem Brot Kreise ausstechen, die etwas größer als die Eierbecher sind.
Feldsalat putzen, waschen und Blätter ablösen. Radieschen in dünne Scheiben schneiden.
Brotkreise mit Feldsalatblättern und Radieschen belegen. Sülze aus den Eierbechern lösen und auf die Brotkreise stürzen.

Gefüllte Zucchiniblüten

Für 9 Stück

250 g Seezungenfilet
Salz, Pfeffer
abgeriebene Zitronenschale
1 Spitzmorchel
1 Eiweiß
150 g Sahne
1 Zucchino
9 Zucchiniblüten
400 ml Fischfond

Seezunge klein würfeln, salzen, pfeffern und im Kühlschrank 15 Min. ruhen lassen. Morchel etwa 20 Min. in Wasser einweichen.
Im Mixer Fisch mit Eiweiß pürieren. Sahne halbsteif schlagen und unterheben. Die Masse kühl stellen.
Zucchino fein würfeln. Morchel ausdrücken und fein würfeln.
Fischmasse dritteln. 1/3 mit Zucchiniwürfeln, 1/3 mit Morchel vermengen.
Zucchiniblüten vorsichtig waschen und trockentupfen. Blütenstempel herauslösen. Die verschiedenen Füllungen mit dem Spritzbeutel in je drei Blüten füllen. Blütenspitzen umschlagen und andrücken.
Fischfond mit 300 ml Wasser in einem Topf erhitzen und die Blüten etwa 3 Min. ziehen lassen.
Lauwarm mit Baguette servieren.

Schoko-Orangen-Trüffel

Für etwa 24 Stück

200 g Vollmilchschokolade (mind. 35 % Kakao)
200 g Bitterschokolade mit Orange (70 % Kakao)
200 g Sahne
100 g weiche Butter
2 cl Pfefferminzlikör
2 EL durchpassierte Orangenmarmelade (fruchtige Sorte, keine bittere)
fein gehackte Orangenschale zum Dekorieren

Schokolade fein hacken. Sahne aufkochen und Schokolade hineingeben. Etwas abkühlen lassen. Mit Butter, Likör und Marmelade verrühren. Masse in Spritzbeutel geben und in Pralinenmanschetten zu kleinen Rosetten spritzen. Mit fein gehackter Orangenschale verzieren. Kalt stellen.

Käsewindbeutel

Für etwa 12 Stück

100 g Emmentaler
125 ml Wasser
125 ml Milch
50 g Butter
½ TL Salz
je 1 Prise Cayennepfeffer und geriebene Muskatnuss
125 g Mehl
3 Eier

Für die Füllung

3 hartgekochte Eier
2 EL gekochte Erbsen
frische Kräuter
200 g Frischkäse
100 g Joghurt
Salz, Pfeffer aus der Mühle

Emmentaler fein würfeln. Wasser, Milch, Butter, Salz, Cayennepfeffer und Muskat aufkochen. Mehl hineinschütten und so lange auf dem Herd rühren, bis sich ein Teigkloß gebildet hat, der sich vom Topfboden löst. Teig in eine Schüssel geben, nach und nach die Eier und zuletzt die Käsewürfel unterrühren.

Ofen auf 225 °C vorheizen. Backblech einfetten und mit Mehl bestreuen. Eigroße Häufchen Brandteig im Abstand von 6 cm auf das Blech setzen. Windbeutel auf mittlerer Schiene in etwa 25 Min. goldgelb backen. Noch heiß mit einer Küchenschere halbieren.

Hartgekochte Eier fein würfeln. Erbsen zerdrücken. Kräuter hacken. Alles mit Frischkäse und Joghurt verrühren, salzen und pfeffern. Die Creme in die unteren Hälften der Windbeutel verteilen, Deckel aufsetzen.

ANDREA C. BUSCH

Blut ist dicker als Wein

Zügig setzte er das Fasstürchen mit dem Hahn vorne ins Mannloch des Fasses und verriegelte es mit einem Ruck. Das Fass hatte lange leergestanden; der Großteil des Weins wurde heutzutage in Stahltanks gelagert. Das Holz war trocken, zwischen den Dauben zeigten sich dünne Ritzen. Beim Wässern würde sich das geben. Wenn sich das Holz erst vollgesogen hatte, war das alte Fass wieder dicht. So dicht, wie man es von einem Holzfass erwarten konnte. Er steckte den stabilen Schlauch oben in das Spundloch, sicherte ihn mit einem Keil und drehte das Wasser auf. Es würde eine Weile dauern, bis das Fass voll war. Er stieg die ausgetretenen Stufen der Sandsteintreppe hinauf und schloss die Tür des Gewölbekellers hinter sich. Die gedämpften Schreie überhörte er.

Riesling, Riesling, wenn ich das Wort noch einmal hören muss, dachte Reinhold Meisinger. Es war sinnlos, den Satz mit grauenhafter Konsequenz zu Ende zu denken, denn zweifellos würde er das Wort noch häufig hören. Zu häufig. Täglich. Unzählige Male. Und nicht nur bei einem Weinseminar wie diesem hier in Koblenz. Er verstand die Begeisterung für Riesling nicht. Nicht mehr. Was konnte schon Besonderes an einem Wein sein, den man angeblich zu allem servieren konnte? Wasser konnte man auch zu allem trinken. Zum Glück spielte Riesling in diesem Weinseminar nur eine untergeordnete Rolle. Die anderen Rebsorten interessierten ihn mehr.

Mit Riesling war er groß geworden. Anderen Kindern hatte man Lebertran eingeflößt, ihm Riesling. Jetzt, als Erwachsener, trank er kaum. Jedenfalls keinen Riesling. Wer tut schon freiwillig, wozu er als Kind gezwungen wurde?

»Du musst früh deinen Geschmack schulen«, hatte der Großvater gesagt.

Und regelmäßig Weinproben mit ihm veranstaltet. »Du musst alles lernen, was du brauchst, um eines Tages den Betrieb zu führen. Nur dann kann ich wirklich stolz auf dich sein.«

Die Schulung seines Geschmacks beschränkte sich allerdings auf Riesling, in sämtlichen Varianten. Anbaugebiete, Jahrgänge, Böden, Kabinett, Spätlese, Eiswein. Als er in die Schule kam, lebte er in dem Glauben, Riesling sei ein anderes Wort für Wein. Die anderen Kinder machten sich über seine Dummheit lustig. Und über seinen altmodischen Vornamen.

»Warum hast du mir nicht erzählt, dass es noch andere Weinsorten gibt?«, hatte er gefragt.

»Die brauchst du nicht zu kennen«, hatte der Großvater geantwortet. »Wir bauen seit hundertfünfzig Jahren Riesling an, und dabei wird es bleiben.«

Reinhold machte eine unwillige Handbewegung, als könne er damit die Erinnerungen verscheuchen.

»Ja bitte?«, sagte der Kursleiter des Weinseminars, der die Teilnehmer anscheinend gut im Blick hatte. »Sie haben eine Frage?«

Erschrocken schüttelte er den Kopf. Das Letzte, was er wollte, war Aufmerksamkeit erregen.

»Gut«, sagte der Seminarleiter. »Dann haben wir das Thema Riesling erst einmal abgeschlossen. Jedenfalls in der Theorie.« Er drückte auf die Fernbedienung, und der Beamer zeigte ein Foto einer Spätburgunder-Traube. »Kommen wir jetzt zum Rotwein.«

Reinholds Interesse erwachte.

Johann Gottlob Meisinger erhob sich mühsam aus seinem Sessel. Es war feucht und kalt heute; der Winter trat noch einmal nach, bevor er sich endgültig verabschieden musste. Meisinger ächzte und blickte auf seine dicken knotigen Finger. Seine Arthrose machte ihm zu schaffen. Zu dumm, dass die Haushälterin Urlaub genommen hatte. Wo war sie noch mal hingefahren? Er konnte sich nicht erinnern. Ausgerechnet jetzt, wo Reinhold weggefahren war. Zu einem Marketingseminar. Meisinger schnaubte. Neumodisches Zeug, das! Geldverschwendung! So was hatten sie nie gebraucht und würden es auch nie brauchen. Man produzierte erstklassigen Riesling, und den verkaufte man an seine Kunden. Qualität setzte sich immer durch. Dafür brauchte er kein Seminar.

Schwerfällig setzte Meisinger sich in Bewegung; nach den ersten Schritten ging es besser, und bis er die Küche erreicht hatte, waren die Schmerzen kaum noch spürbar. Er schnupperte. Der überbackene Fisch mit Brokkoli war nur ein Fertiggericht, das er in den Ofen geschoben hatte, aber mit einem guten Riesling würde es sicher genießbar sein.

Höchste Zeit, dass er das Weingut an Reinhold abgab. Wenn der bloß nicht solche Flausen im Kopf hätte. Aber die richtige Frau würde ihm den Unsinn schon austreiben. Er hatte auch schon eine im Auge für den Jungen. Die Enkelin eines alten Schulfreundes. Altes Winzergeschlecht, genau wie die Meisingers. Sie sei eine anständige Kellermeisterin, hatte der Freund gesagt, und eine tüchtige Hausfrau. Die ältere Schwester würde das Weingut übernehmen, und die jüngere müsse sich langsam etwas anderes suchen. Er selbst war genauso an seine Frau gekommen, und hatten sie nicht dreißig zufriedene Jahre gehabt? Gott hab sie selig, dachte er. Das Wichtigste für einen Mann war doch, dass seine Frau Verständnis für seinen Beruf hatte und ihm den Rücken frei hielt. Und wenn man sich gegenseitig respektierte, konnte man auch miteinander glücklich werden.

Er entkorkte die Flasche, goss ein wenig ins Glas und sog den Duft ein. Die einzige Leidenschaft, die er sich erlaubte. Er ließ den Riesling langsam über die Zunge rollen. Ja, der wäre der ideale Begleiter zum Fisch. Er holte den Auflauf aus dem Ofen und tat sich auf. Nach dem dritten oder vierten Bissen kamen die düsteren Gedanken wieder.

Das ganze Gerede von Liebe war dummes Zeug. Er hatte gesehen, wohin das seinen Sohn gebracht hatte! Erst hatte dieses Weib ihm die große Liebe vorgegaukelt, und nach der Geburt von Reinhold war sie verschwunden und hatte Mann und Kind zurückgelassen. Sein Sohn hatte das nicht verkraftet und sich das Leben genommen. Seiner Frau hatte es das Herz gebrochen. Drei Jahre nach dem Sohn war auch sie gestorben und hatte ihn mit dem Kleinen allein gelassen. Er hatte gar nicht recht gewusst, was er mit dem Buben anfangen sollte. Aber irgendwie hatte er ihn dann doch großgezogen und dabei das Weingut am Leben gehalten. Für seine Elisabeth. Auch wenn sie es nicht mehr erlebte. Und für Reinhold natürlich auch.

Er hatte mit ihm noch nicht über die Heirat gesprochen; sie hatten überhaupt nicht mehr über Frauen gesprochen, seit Marietta verschwunden war. Zum Glück, dachte der alte Meisinger, zum Glück. Das Mädchen war ihm nicht recht gewesen für seinen Enkel, arm wie eine Kirchenmaus. Das hatte er ihr unmissverständlich klar gemacht. Von wegen große Liebe! Wenn einer viel hat und einer gar nichts, ist das mit der Liebe immer so eine Sache. Wieso musste er ausgerechnet jetzt an sie denken? Ach, er wurde sentimental. Das ging ihm immer so, wenn der Todestag seiner Elisabeth nahte. Von Jahr zu Jahr wurde es schlimmer.

Der Junge musste endlich heiraten. Er wollte noch Urenkel haben, bevor er seinen letzten Weg antrat, sich neben seiner Frau zur Ruhe bettete. Wollte die nächste Generation von Rieslingwinzern noch sehen, bevor sich seine Augen für immer schlossen. Reinhold redete dauernd davon, dass er Dornfelder anbauen wollte, aber das war bestimmt nur eine Phase. Das ging vorbei. Genauso wie sein Spätburgundertick. Seit die Zeitungen behauptet hatten, dass Rotwein vor Herzinfarkt schützt, waren die Leute ganz wild auf Rotwein. Viele seiner Kollegen hatten Riesling- und Silvanerstöcke herausgerissen und statt dessen Spätburgunder und vor allem Dornfelder gepflanzt. Dornfelder! Wie diese Rebsorte es geschafft hatte, plötzlich so begehrt zu sein, konnte er sich beim besten Willen nicht erklären. Jahrzehnte lang hatte kein Hahn danach gekräht. Und plötzlich waren alle wild auf Dornfelder. Aber irgendwann würden die Zeitungen wieder etwas anderes schreiben, und dann war Schluss mit dem Dornfelder.

Er legte das Besteck beiseite, trank sein Glas leer und ließ den Wein noch einmal Zunge und Gaumen schmeicheln. Ein zufriedenes Lächeln breitete sich auf seinem Gesicht aus. Nicht einmal der Schmerz beim Aufstehen konnte es vertreiben.

Er humpelte zur Spülmaschine hinüber und stellte das Geschirr hinein. Elisabeth hatte nie von ihm verlangt, dass er im Haushalt half, aber die Haushälterin hatte gemeint, es würde ihm schon kein Zacken aus der Krone brechen. Kein Respekt mehr, das Personal heutzutage. Er musste über sich selbst lächeln. Es war ja nicht so, dass er jemals Heerscharen von Personal befehligt hätte. Sie waren immer ein Familienbetrieb gewesen, der mit Saisonarbeitern auskam. Jedenfalls, bis Elisabeth – Er seufzte. Allein fiel ihm alles so schwer. Je älter er wurde, desto schwerer. Manchmal, wenn er morgens erwachte, fragte er sich, ob sich das Aufstehen überhaupt lohnte. Waren das die Tage, an denen Elisabeth nach ihm rief? Er stand dann auf, wie immer, tat seine Pflicht, wie immer, aber die Versuchung, einfach liegenzubleiben, wurde von Mal zu Mal größer. Ob seine Elisabeth ihn so vermisste, wie er sie? Sentimentaler alter Narr, wollte eine innere Stimme ihn schimpfen, aber er brachte sie zum Schweigen. Wenn schon! Er hatte sein ganzes Leben lang hart gearbeitet, warum sollte er nicht auch einmal ein sentimentaler alter Narr sein dürfen?

Die Frau erkannte er nicht gleich, aber den Jungen – mein Gott, so hatte Reinhold ausgesehen, als er neun oder zehn Jahre alt war!

Die beiden standen Hand in Hand auf dem Hof des Weinguts und blickten sich um.

Meisinger kniff die Augen zusammen und musterte die Frau eindringlich. Jetzt drehte sie sich ganz zu ihm um und lächelte ihn vorsichtig an.

»Hallo.«

»Marietta?«

Er traute seinen Augen kaum. Aber doch, jetzt, wo er auf sie zu ging – sie musste es sein. Und der Junge war eindeutig – kein Zweifel – dann musste sie damals ja ... Aber wieso hatte sie nichts gesagt?

Die Frau nickte und reichte ihm die Hand. Auch der Junge gab ihm die Hand und grüßte höflich.

»Ich weiß gar nicht, was ich sagen soll«, sagte Meisinger. »Ich hätte nicht damit gerechnet, dass du noch mal hierher kommst, nach all den Jahren.«

Marietta lächelte. »Das habe ich mir gedacht. Normalerweise wäre ich auch gar nicht gekommen. Ist Reinhold da?«

Meisinger schüttelte den Kopf. »Er ist auf einem Marketingseminar.« Es klang fast ein wenig abfällig.

»So etwas kann heutzutage nicht schaden«, sagte sie. »Es wird immer schwieriger, sich auf dem Markt zu behaupten. Und viele Leute fahren lieber zu einer Weinhandelskette und kaufen etwas Französisches oder Spanisches, das toll klingt, statt sich nach den Schätzen im eigenen Land umzuschauen. Chile und Australien sind auch schwer im Kommen.«

Meisinger sah sie verblüfft an. Was auch immer er erwartet hatte von ihr zu hören, das war es nicht. Und was hatte sie mit »normalerweise« gemeint?

Immer noch verwirrt, bat er die beiden ins Haus und führte sie ins Esszimmer, bot ihnen etwas zu trinken an.

»Den Wein muss ich diesmal leider ablehnen«, sagte Marietta. »Verträgt sich nicht mit meinen Medikamenten. Aber wenn du ein Glas Wasser für mich hättest und einen Apfelsaft für Alexander?«

Meisinger nickte.

»Aber dran riechen möchte ich gern.«

Der alte Mann sah sie erstaunt an.

»Ich habe euren Riesling schon immer geliebt«, sagte Marietta. »Das Bukett ist ganz außergewöhnlich, und ich habe noch nirgendwo einen getrunken, der diese zarten goldgelben Farbnuancen hat und die Mineralität des roten Tonschiefers so wunderbar widerspiegelt.«

Meisinger schenkte ein und beobachtete, wie sie den Wein ein wenig schwenkte, bevor sie die Nase ins Glas steckte und genießerisch die Augen schloss. Sie schien den Wein zu inhalieren.

Mit einem tiefen Seufzer tauchte sie wieder auf. »Ich freue mich schon darauf, wenn ich ihn wieder trinken darf.«

Er wusste nicht recht, was er sagen sollte – fragen, warum sie nicht trinken durfte? Warten, bis sie es von selbst erzählte?

»Mama, darf ich fernsehen?«, fragte der Junge, der sich bisher brav und schweigend an seinem Apfelsaft festgehalten hatte.

»Aber ja, mein Schatz.« Sie ging durch den breiten Durchgang hinüber ins Wohnzimmer und schaltete ihm den Fernseher ein. Er setzte sich auf das

Sofa, zog die Schuhe aus und nahm die Decke, die seine Mutter ihm reichte. Meisinger beobachtete sie stumm. Eigentlich hätte er sich über ihr eigenständiges Handeln ärgern müssen, schließlich war es sein Haus. Und doch war ihm seltsamerweise, als habe alles so seine Richtigkeit.

»Die Ärzte meinen, die Chancen stehen gut«, sagte sie, als sie wieder an den Tisch kam. Sie fuhr mit zwei Fingern unter den Haaransatz, hob die Perücke kurz an und zeigte ihm den nackten Schädel.

Er nickte. »Das sagen sie einem auch, wenn man kurz davor ist, den Löffel abzugeben.«

Marietta lächelte. »Heutzutage nicht mehr. Die sind knallhart. Die sagen dir einfach ins Gesicht, du sollst nach Hause gehen und deine Sachen ordnen, viel Zeit hättest du nicht mehr.«

Ihm fiel auf, wie lange er schon nicht mehr beim Arzt gewesen war. »Und dir haben sie das nicht gesagt?«, fragte er.

»Nein. Aber man fragt sich trotzdem immer, ob sie einen anlügen. Schon wegen des Jungen.«

»Wie alt ist denn der Bub?«

»Neun.«

Er rechnete kurz nach. Obwohl das nicht nötig war. Er brauchte ihm nur ins Gesicht zu sehen.

»Ist Reinhold inzwischen verheiratet?«, fragte sie.

»Wieso, machst du dir noch immer Hoffnungen?«

Wieder dieses feine Lächeln. »Ich mache mir Hoffnungen, dass er unserem Sohn ein guter Vater sein wird. Alles andere ist nicht so wichtig.«

Endlich. Sie hatte es ausgesprochen. Hatte ausgesprochen, dass der kleine Alexander Reinholds Sohn war. Sein Urenkel. Sein Erbe. Der ihm in den Schoß gefallen war wie ein Geschenk. Er sah sie nachdenklich an. Lange.

»Möchtest du einen Vaterschaftstest?«, fragte sie schließlich.

»Ich bin nicht blind. Ich habe sofort gesehen, wer sein Vater ist.«

»Und wie soll das jetzt weitergehen?«

Der alte Meisinger hob das Glas am Stiel hoch und schwenkte es sanft, beinahe zärtlich, bis der Riesling darin sich leicht drehte und im Licht der Esszimmerlampe in goldenen Farbvariationen schimmerte. Der Bewegung des Weins mit den Augen folgen, das tat er meistens, wenn er angestrengt nachdenken musste. Er wollte alles richtig machen. Das war er Reinhold schuldig. Was würde seine Elisabeth jetzt nur tun?

»Wann musst du wieder ins Krankenhaus?«, fragte er.

»Morgen Nachmittag. Sie wollen erst noch ein paar Untersuchungen machen, bevor sie mir übermorgen die nächste und hoffentlich letzte Ladung von diesem wahnsinnig gesunden Zeug dranhängen.«

Meisinger blickte ins Wohnzimmer hinüber, wo Alexander sich unter der Decke zusammengerollt hatte wie eine Katze. Die Decke hob sich sanft und regelmäßig.

»Ihr beide bleibt über Nacht hier. Ihr könnt im Gästezimmer schlafen. Morgen zeige ich euch das Weingut. Und dann werden wir schon sehen.«

Marietta bewegte sich in der Küche des Meisingerschen Hauses, als wäre sie nie fort gewesen. Zehn Jahre, dachte sie, und es kommt mir vor, als sei es gestern gewesen. Es hatte sich nichts verändert, jedenfalls nicht in der Küche. Der alte Meisinger dagegen war ihr gestern schon sehr verändert vorgekommen. Sie hatte nicht damit gerechnet, dass er sie freundlich aufnehmen würde. Ganz im Gegenteil. Vielleicht hätte sie doch schon viel früher herkommen sollen. Bevor sie krank wurde. Sie schüttelte den Kopf. Es hatte keinen Sinn, in »hätte« und »würde« zu denken. Ob Opa Meisinger, wie Alexander ihn nannte, Reinhold die Wahrheit sagen würde? Dass er sie damals erpresst hatte, fortzugehen und sich nicht einmal zu verabschieden? Und war das heute wirklich noch von Bedeutung? So, wie er Alexander angesehen hatte, würde er sich gut um ihn kümmern. Und Reinhold hoffentlich auch. Sie hätte gern selbst mit ihm gesprochen, aber das musste warten bis nach der Chemotherapie. Die dann die letzte sein würde. So oder so.

Opa Meisinger hatte ihr heute Morgen das Weingut gezeigt. Auch hier hatte sich nichts verändert, und für Alexander war es ein riesengroßes Abenteuer gewesen. Er wollte nicht glauben, dass tatsächlich Menschen in die großen Weinfässer krochen, um sie von innen zu reinigen. Die großen Stahltanks beeindruckten ihn auch, aber die Fässer waren »cool«. Sie lächelte. Das hatte sie früher auch schon gefunden. Bei allen Vorteilen dieser Stahltanks, es ging nichts über ein anständiges Fass, fand sie.

Sie hatten viel über Reinhold gesprochen. Dass er auch etwas brauchte, was nur ihm gehörte, was »seins« war, von ihm geschaffen, woran er seinen persönlichen Erfolg messen konnte. Etwas, das nicht seit Generationen schon genauso und nicht anders gemacht worden war. Und wenn Rotwein Reinholds Passion war, dann wäre doch Schwarzriesling ein guter Kompromiss? Die Rebsorte war zwar genau genommen kein Riesling, aber sie war mindestens vierhundert Jahre alt und galt heute als eine »Stammmutter« der Burgunderfamilie. Und so konnte man ja vielleicht den Wunsch nach Riesling und Tradition auf der einen und Rotwein auf der anderen Seite doch noch zusammenbringen? Opa Meisinger hatte genickt.

Über das Sterben hatten sie auch gesprochen. Mit einem alten Menschen war das leichter als mit einem jungen, hatte sie festgestellt. Ein alter Mensch hatte nicht so viel Angst davor. »Weißt du«, hatte sie zu Opa Meisinger gesagt,

»manchmal denke ich, das Sterben an sich ist gar nicht so schwierig. Was es so erschreckend macht, ist der Gedanken an die Menschen, die wir zurücklassen. Ihre Trauer, ihr Schmerz, das ist es, was uns das Abschiednehmen so schwer macht.«

Er hatte genickt und ihre Hand gedrückt. Und nach einer langen Pause hatte er gesagt: »Wenn du das alles überstanden hast, kannst du von mir aus zurückkommen.« Näher an eine Entschuldigung würde der alte Dickkopf nicht kommen, das wusste sie, und sie anerkannte, wie viel ihn dieser Satz gekostet haben musste.

Sie sah sich noch einmal in der Küche um. Das Abendessen hatte sie vorbereitet, verabschiedet hatte sie sich auch. Alexander war mit Opa Meisinger in den Weinbergen. Er hatte sich bereit erklärt, bis übermorgen auf Alexander aufzupassen, und sie konnte sich beruhigt auf den Weg in die Klinik machen. So beruhigt, wie man eben zu einer solchen Behandlung ging. Für einen kleinen Augenblick tauchte ein Bild auf, wie sie, mit Reinhold und Alexander Hand in Hand, stolz durch die Weinberge ging. Sie verscheuchte es schnell, nahm ihre Tasche und verließ das Haus.

Johann Gottlob Meisinger konnte es kaum erwarten, dass sein Enkel von dem Seminar zurückkommen würde. Immer wieder lief er an diesem Morgen zum Hoftor, um die Straße hinunterzublicken, wo der vertraute Wagen auftauchen musste. Er brannte darauf, Reinhold von seinem Sohn zu erzählen, von der wiederaufgetauchten Freundin, und natürlich auch von der Idee mit dem Schwarzriesling. Er hatte die ganze Nacht innige Zwiesprache mit seiner Elisabeth gehalten und war fest entschlossen, Reinhold entgegenzukommen, egal, was für Flausen sie ihm in diesem Marketingseminar in den Kopf gesetzt hatten. Er würde ihm zeigen, dass er ihm etwas zutraute, dass er, der alte Dickschädel, bereit war, dem jungen Mann das Weingut zu übergeben. Und ihn das tun ließ, was er für richtig hielt.

Das alles hatte er sich heute Nacht vorgenommen. Ganz fest. Selbst seine Arthrose schien von dem neuen Meisinger beeindruckt, denn obwohl das Wetter immer noch klamm und kalt war, hatte er heute Morgen kaum Schmerzen. Ein wenig müde war er, ehrlich gesagt, sogar sehr müde ... In seinem Alter rächte sich eine durchwachte Nacht schnell.

Als Reinhold dann endlich kam, schreckte der alte Meisinger aus seinem Sessel hoch. Er musste eingeschlafen sein. Wo war der Junge? Hatte Reinhold ihn etwa schon gesehen? Er erhob sich, noch etwas benommen, und ging seinem Enkel entgegen. »Ich muss mit dir reden«, sagte er. »Ich habe dir ein paar wichtige Dinge zu sagen.«

»Erst bin ich dran«, sagte Reinhold.

»Nein, warte, hast du auf dem Hof …«

»Was du zu sagen hast, ist immer wichtiger als meins«, erwiderte Reinhold. »Aber jetzt wirst du mir zuhören.« Er holte tief Luft, wappnete sich. »Ich habe viel gelernt in dieser Woche …«

Der alte Meisinger schnaubte, aber Reinhold hielt die Hand hoch, als wolle er ihm Einhalt gebieten. »Wenn dieses Weingut auch in zwanzig Jahren noch existieren soll, muss sich hier verdammt noch mal was verändern …«

»Warum willst du immer was verändern?«

»Warum muss bei dir immer alles gleich bleiben?«

»Weil sich die Dinge bewährt haben!«

»Die Zeiten ändern sich aber«, sagte Reinhold.

»Die Zeiten haben sich immer geändert«, sagte der alte Meisinger zornig. »Und ich bin mir immer treu geblieben, und das war gut so.«

Reinhold schloss kurz die Augen, atmete tief durch und erwiderte gepresst: »Es gibt verschiedene Möglichkeiten, dieses Weingut profitabler zu machen. Wir können einen Teil des Hauses in Ferienwohnungen oder Gästezimmer umwandeln …«

»Fremde Leute auf dem Hof? Bist du von allen guten Geistern verlassen?« Der alte Meisinger lief rot an.

»… und wir können Weinseminare organisieren. Weinproben mit Kochkursen anbieten, oder Weinproben und Schokoladenverkostungen sind stark im Kommen, und wir liegen verkehrsgünstig für wohlhabende Kundschaft aus dem Rhein-Main-Gebiet. Außerdem …«

»Das kommt nicht in Frage!«

Reinhold brachte all seine Beherrschung auf, um in normalem Tonfall weiterzusprechen. »Die Leute wollen heutzutage nicht einfach irgendwo eine Weinprobe machen, die wollen was Besonderes, die suchen ›Events‹. Da muss man schon was bieten.«

»Ihwenz?« widerholte Meisinger fassungslos. »Hör mir auf mit dem neumodischen Scheißdreck! Das lasse ich nicht zu! Niemals!« Sein Gesicht war noch einige Nuancen dunkler geworden. Die beiden Männer standen jetzt dicht voreinander, Auge in Auge, Nase an Nase. Hasserfüllt starrten sie sich an. Reinholds verkrampfter Kiefer knirschte leise, aber er war noch nicht fertig. »Außerdem werde ich einen Weinberg mit Riesling roden und dort Dunkelfelder anbauen. Da kannst du machen, was du willst.« Reinhold war anzusehen, dass er sich nur noch mit allergrößter Mühe beherrschen konnte.

»Dunkelfelder? Bist du noch ganz sauber? Das Zeug taugt doch höchstens für Traubensaft!«

»Was weißt du schon! Der Hahnenhof in Bacharach, die produzieren ganz hervorragenden Dunkelfelder, und …«

»Nur über meine Leiche!«, brüllte der alte Meisinger.

»Das kannst du haben!«, schrie Reinhold zurück. Kreidebleich hielt er inne. Dann drehte er sich auf dem Absatz um und rannte davon.

Reinhold kam erst in den Weinbergen wieder zur Besinnung, vor der Kapelle des Heiligen Urban, wo er sich schwer atmend auf den Stufen niederließ. Sie waren kalt und noch ein wenig feucht, aber das machte ihm nichts aus. Für einen Moment schloss er die Augen, brachte seine Atemzüge zur Ruhe, versuchte an etwas Schönes zu denken. Er blickte zwischen den Reihen von Rebstöcken hinunter auf den Rhein. Den Rhein hatte er immer geliebt. Am Ufer zu stehen, wenn die Binnenschiffe vorbeizogen, deren große Schrauben das dunkle Wasser aufwühlten. Wellen rollten ans Ufer, rauschten und flüsterten wie das Meer und führten den Geruch von weiter Welt mit sich. Bei Niedrigwasser ins Flussbett hinunter zu gehen, manchmal bis zur Fahrrinne, wo die hohen Bordwände der leeren Frachter sich zum Greifen nah vor ihm aus dem Wasser erhoben. Hier, am linken Rheinufer zwischen Mainz und Worms war seine Heimat, ein Wort so altmodisch wie sein Vorname. Keine zehn Pferde würden ihn hier wegbekommen.

Aber so, wie es auf dem Weingut lief, konnte es nicht weitergehen. Das hatte der Steuerberater schon vor längerem angedeutet. Auf dem Seminar war ihm klar geworden, dass es in der heutigen Zeit nicht mehr genügte, in einem idyllischen Ort am Rhein guten Wein anzubauen. Im Rheingau hatten sie Hildegard von Bingen, Schloss Johannisberg und den Spätlesereiter, im Mittelrheintal warben sie mit Burgen, Rheinromantik und der Loreley, und Nackenheim konnte sich mit Carl Zuckmayer und den jährlich stattfindenden Festspielen hervorheben. Aber bei ihnen im Dorf gab es nichts dergleichen. Ein paar Weingüter, die überwiegend Riesling anbauten, ganz ausgezeichneten Riesling, wie er zugeben musste, aber das allein würde auf Dauer nicht zum Überleben ausreichen. Es gab ein paar malerische alte Fachwerkhäuser, aber sie waren in schlechtem Zustand, und in keinem davon hatte Goethe jemals übernachtet, obwohl der doch wirklich überall gewesen zu sein schien.

Die Dorfgemeinschaft musste sich etwas einfallen lassen. In den kommenden Tagen würde er die anderen Weingüter aufsuchen und mit den Leuten reden; vielleicht waren sie aufgeschlossener als sein Großvater. Dazu gehörte ja nicht viel. Eigentlich wollte er den Großvater bitten, ihm das Gut endlich zu übergeben, aber wenn er schon auf seine Vorschläge so reagierte? Vielleicht hatte er es falsch angefangen. Er hätte ihn erst bitten müssen, ihm das Gut zu übergeben, und wenn es dann in Reinholds Besitz war, konnte er seine Pläne umsetzen. Daran hatte er nicht gedacht. Andererseits – es war durchaus möglich, dass der Alte es nicht mehr lange machte. Er wirkte müde in letzter Zeit.

Reinhold erhob sich, wischte mit der Hand über seinen kalten Po und verschmierte ein bisschen feuchte, rote Erde. Die erste Runde hatte er verloren, aber dieser Kampf würde nicht in einer Runde entschieden werden.

Aufrecht und schnellen Schrittes eilte er nach Hause.

O Gott, wo war der Junge bloß abgeblieben?

»Alexander?«, rief der alte Meisinger zum hundertsten Mal. Er hatte schon überall nachgesehen – im Gästezimmer, im Keller, in der Scheune ...

»Wen rufst du denn da?«, fragte Reinhold, als er von der Straße die Hofeinfahrt betrat.

»Deinen Sohn«, sagte Meisinger knapp. »Alexander? Alexander!«

»Geht's dir nicht gut?«, fragte Reinhold irritiert. Der Streit hatte dem alten Mann doch wohl nicht so zugesetzt, dass er zu phantasieren anfing? Oder hatte er sich vor lauter Zorn zu viel Schnaps gegönnt?

»Ich habe keinen Sohn, Großvater«, sagte er in dem Tonfall, in dem er bei Weinfesten betrunkene Randalierer zur Ruhe brachte.

»Marietta war hier und hat ihn mitgebracht. Es tut mir alles so leid!«

Reinhold legte seinem Großvater die Hand auf die Stirn. Kein Fieber.

»Herrgott noch mal, mit mir ist alles in Ordnung!«, bellte Meisinger.

»Dann beruhige dich erst mal und erklär mir, was los ist.«

Meisingers Hände zitterten, als er Reinhold in knappen Sätzen von Mariettas Besuch erzählte. Dass Alexander unverkennbar sein Sohn sei und dass sie wollte, dass er sich um ihn kümmerte, wenn ihr etwas zustieß, und und und ...

»Warum zum Teufel ist sie damals einfach abgehauen?«, sagte Reinhold erbittert. »Jahrelang weiß ich nichts von einem Kind, und jetzt soll ich plötzlich Papa spielen?«

Meisinger wand sich sichtlich vor den Augen seines Enkels.

»Was?«, sagte Reinhold. »Was hast du mir verschwiegen?«

Meisingers Hände zitterten jetzt noch stärker. »Ich hab sie damals weggeschickt. Ich wollte nicht, dass es dir so geht wie deinem Vater. Ich hab ihr gesagt, dass ich dich enterbe, wenn sie nicht verschwindet, und dass du ihr das nie verzeihen würdest.«

»Du hast was?!« Reinhold ließ sich auf die Treppe zum Haus fallen. Er schlug die Hände vors Gesicht. Zehn Jahre lang hatte er sich gefragt, warum sie ihn verlassen hatte ohne ein Wort, warum sie sich nie wieder bei ihm gemeldet hatte, was er wohl falsch gemacht hatte. Zehn Jahre lang hatte der Schmerz in ihm gebohrt, und das alles nur, weil sein Großvater ein intriganter Scheißkerl war, der anderen ihr Glück nicht gönnte? Am liebsten hätte er ihm jetzt den Hals umgedreht.

»Hast du meine Mutter damals vielleicht auch fortgejagt?«, fragte er. »So, wie du Marietta fortgejagt hast?«

»Ich wollte immer nur euer Bestes«, sagte der alte Meisinger und hob hilflos die Schultern.

»Eines kann ich dir versprechen«, sagte Reinhold mit einem maskenhaft verzerrten Gesichtsausdruck. »Ich werde dieses verdammte Weingut umkrempeln, bis du es nicht mehr wiedererkennst! Du kannst dich von mir aus in einem Fass Riesling ertränken – es wird sowieso das letzte sein, das es hier gibt. Wenn ich noch ...«

Das Telephon in der Westentasche des alten Mannes klingelte.

»Meisinger? ... ja ... ja ... der gehört zu mir ... ja, mein Urenkel ... dann bin ich ja beruhigt ... nein, er kann ruhig noch bleiben. Danke.«

Der alte Meisinger schloss einen Augenblick erleichtert die Augen. »Der Bub ist beim Nachbarn drüben, die Hündin hat geworfen, und der Kleine ist ganz närrisch mit dem Viehzeug, sagt der Nachbar.«

Reinhold drehte sich wortlos um und marschierte in Richtung Gewölbekeller davon.

Der alte Meisinger brummelte etwas, aber er hatte genau verstanden, was Reinhold gesagt hatte. Sein Lebenswerk wollte der Junge zerstören, das seines Vaters und Großvaters, jahrzehntelange, jahrhundertlange harte Arbeit und Erfahrung ... Er war so unendlich müde. Wäre es doch schon morgen und Marietta wieder hier. Sie war wie – ja, wie ein guter klassischer Riesling, spritzig und belebend, harmonisch und trocken: mit beiden Beinen auf der Erde, gelassen trotz ihres nicht leichten Schicksals, an dem er nicht unschuldig war, freundlich und gut gelaunt. Einen besseren Wein hätte er selbst nicht herstellen können. Wenn er sich Reinhold dagegen betrachtete ... Er wünschte sich so sehr, dass Marietta ihn zur Vernunft bringen konnte. Ihm klar machen, dass er das Erbe seiner Vorväter weitergeben musste an Alexander. Aber würde er auf sie hören? Nachdem er sie zehn Jahre lang gehasst hatte?

Und auch das ist meine Schuld, dachte der Alte und ließ die Schultern sinken. Eine frische Brise fegte durch die Einfahrt und ließ ihn frösteln. Die Dämmerung setzte ein; der Wind trieb dunkelblaue und graue Wolkenbälle vor sich her, und doch lag bereits ein zarter Hauch von Frühling in der Luft. Er schnupperte. Ob es Sinn hatte, noch einmal mit Reinhold zu reden? Langsam schlurfte er zum Gewölbekeller hinüber und stieg mühsam die Stufen hinab.

»Reinhold?«, rief er. Und noch einmal: »Reinhold? Wo bist du?«

»Wo soll ich schon sein«, erklang eine abweisende Stimme aus der Reihe mit den großen Holzfässern. »Ich schau mir das Fass von innen an, mal sehen, ob es noch taugt«, sagte Reinhold. »Für meinen Dunkelfelder werde ich andere kaufen«, fügte er hinzu. Dann zwängte er sich durch das Mannloch hinein.

Reden, dachte der alte Meisinger, würde wohl nichts bringen. Vielleicht musste er ja handeln?

Er handelte.

»Opa Meisinger«, sagte Alexander, als er mit dem alten Mann gemeinsam die aufgewärmten Reste der Mahlzeit verspeiste, die seine Mutter am Vortag zubereitet hatte. »Opa Meisinger, warum hast du jemanden in das große Fass gesperrt?«

Nur mit großer Mühe gelang es Johann Gottlob Meisinger, den Happen hinunterzuschlucken, den er sich gerade in den Mund geschoben hatte.

»Wie kommst du denn darauf?«, sagte er. Ein Wunder, dass seine Stimme nicht krächzte.

»Als ich vorhin von den Hundchen gekommen bin, hab ich dich gesucht und bin in den Keller, und da hat es in einem Fass so Geräusche gemacht, aber du bist einfach rausgegangen.«

»Morgen, wenn deine Mama wieder da ist, erkläre ich euch beiden, was ich da gemacht habe.« Zärtlich strich er dem Jungen über die Wange. »Und jetzt erzähl mir mal von den Hundchen.«

Nur über meine Leiche, hatte er Reinhold im Zorn entgegengebrüllt. Das kannst du haben, war seine Antwort gewesen. Marietta hatte gesagt, das Sterben an sich ist gar nicht so schwierig. Was es so erschreckend macht, ist der Gedanke an die Menschen, die wir zurücklassen. Ihre Trauer, ihr Schmerz …

Er legte den Stift auf den Tisch. Um ihn würden sie nicht trauern. Nicht, wenn sie erfuhren, was er getan hatte. Es war nur eine Frage der Zeit, bis sie Reinhold fanden. Was hätte er seinem Urenkel gern alles noch gezeigt, wie viel von seinem Wissen und seiner Erfahrung weitergegeben. Aber das war jetzt nicht mehr möglich. Marietta würde das Weingut bestimmt ausgezeichnet für ihren Sohn verwalten; daran hegte er keinen Zweifel und dafür hatte er jetzt gesorgt.

Als er die Tabletten mit einem Glas von seinem Lieblingsriesling hinunterspülte, wurden seine Augen feucht. Sentimentaler alter Narr.

Rheinhessen

Das größte und ertragreichste deutsche Weinbaugebiet erstreckt sich links des Rheins entlang der Achse Worms–Alzey–Bingen. Im Osten wird es vom Rheintal begrenzt, im Westen reicht es bis zu den Ausläufern des Nordpfälzer Berglands. Das vorherrschende Klima ist mild und wohl temperiert; veränderliche Böden mit Löss, Kalkstein, Sand, Mergel und Lehm bringen meist blumige, milde Weine hervor. Das Gebiet ist in die drei Bereiche Bingen, Nierstein und Wonnegau untergliedert.

Angebaut werden in Rheinhessen nahezu unüberschaubar viele Rebsorten; die Region war und ist Testgebiet für viele deutsche Neuzüchtungen. Die am häufigsten vertretene Rebsorte ist Müller-Thurgau (siehe Seite 183), gefolgt von Dornfelder (siehe Seite 183), Silvaner (siehe Seite 183) und Riesling. Auch Portugieser, Spätburgunder und mancherorts Dunkelfelder werden hier kultiviert.

Riesling gehört zu den vielseitigsten Weißweinsorten der Welt, er wird in Rheinhessen vor allem im Bereich Nierstein angebaut. Die langsam reifende Rebsorte ist prädestiniert für nördliche Anbaugebiete, wo die Trauben in der späten Herbstsonne ihre Reife vollenden. Je nach Standort bringt der Riesling sehr unterschiedliche Weine hervor. Der »typische« Riesling hat eine blassgelbe, ins Grünliche tendierende Farbe, enthält Duftnoten von Pfirsich und Apfel und besitzt im Geschmack eine rassige Säure. Aus der ertragreichen Portugieser-Rebsorte werden meist einfache, traubig-milde Weine mit geringem Tanningehalt gewonnen, die zügig reifen und jung getrunken werden sollten.

Bei Spätburgunder (Pinot noir) handelt es sich um eine Kreuzung aus Schwarzriesling und Traminer. Die Rebsorte reift sehr früh und ist relativ frostempfindlich. Durch den Ausbau im Barrique entstehen hervorragende, alterungsfähige Rotweine, die Duftnoten von roten und blauen Früchten, Pilzen und Unterholz aufweisen. Sind sie in Fässern aus neuem Holz gereift, können sie eine kräftige Tanninstruktur bekommen.

Dunkelfelder wird erst seit 1987 als eigenständiger Wein angebaut. Er hat wenig Säure und eine tiefdunkelrote Farbe.

Pistazientaler

Für 8 Stück

16 Pumpernickeltaler
100 g Mascarpone
50 g Quark
50 g Pistazienkerne
1 TL abgeriebene Limettenschale
Salz
1 Stückchen Orangenschale

Aus 8 Pumpernickeltalern Kreise von 2 cm Durchmesser ausstechen. Mascarpone und Quark verrühren. Einige Pistazien beiseitelegen, den Rest sehr fein hacken und mit der Mascarponecreme und der Limettenschale verrühren. Mit Salz abschmecken. Aus der Orangenschale Herzchen und ähnliches ausstechen oder -schneiden.
2/3 der Masse mit einem Spritzbeutel auf den großen Talern verteilen. Die kleinen Brottaler aufsetzen, das restliche Drittel aufspritzen. Mit Pistazien und Orangenschale verzieren.
Variante: Statt Pistazien Avocado und eventuell etwas weniger Mascarpone nehmen.

Ziegencamemberttörtchen

Für 8 Stück

5 Brötchen vom Vortag
300 ml Milch
Salz, Pfeffer aus der Mühle
Muskatnuss
2 Eier
300 g reifer Ziegencamembert
½ Bund Petersilie
1 Zwiebel
1 TL Butter
2–3 EL Semmelbrösel

Brötchen in kleine Stücke teilen. Milch erwärmen, mit Salz, Pfeffer und geriebener Muskatnuss würzen. Mit Eiern verrühren und über die Brötchen gießen. 20 Min. ziehen lassen.

Ofen auf 200 °C vorheizen. Käse in 1 cm große Würfel schneiden. Petersilie waschen und fein hacken und mit dem Käse unter die Brötchenmasse mischen. Zwiebel abziehen und fein würfeln. Butter in einer Pfanne zerlassen und Zwiebel darin glasig braten. Unter die Brötchenmasse heben. Noch einmal abschmecken.

8 Portionsförmchen (Durchmesser 7 cm) mit Butter einfetten und mit Semmelbröseln ausstreuen. Masse darauf verteilen. Förmchen in die Fettpfanne des Ofens stellen und so viel kochendes Wasser in die Pfanne gießen, dass die Förmchen halb im Wasserbad stehen. Etwa 30 Min. garen.

Signierte Fleischpasteten

Für 6 Stück

500 g fertiger Blätterteig
1 Ei, verquirlt

Für die Füllung

1 EL Öl
2 Zwiebeln, gehackt
500 g Nackenkotelett ohne Knochen, gewürfelt
240 ml Rinderbrühe
80 ml Rotwein
2 EL Worcestersauce
2 EL Tomatenmark
2 EL Mehl
4 EL Wasser
Salz und gestoßener schwarzer Pfeffer

Für die Füllung Öl in einer Pfanne stark erhitzen. Zwiebeln darin 3 Min. glasig braten. Fleisch zugeben und 4 Min. braten, bis die Poren geschlossen sind. Brühe, Wein, Worcestersauce und Tomatenmark zufügen. Hitze reduzieren und ohne Deckel 50 Min. köcheln lassen, bis das Fleisch zart ist. Mehl und Wasser verquirlen und in die Pfanne rühren. Aufkochen lassen und 1 Min. rühren.

Nach Geschmack salzen und pfeffern, abkühlen lassen.
Teig auf leicht bemehlter Fläche 2 mm dick ausrollen. Zuschneiden und 6 Tartelettformen damit auslegen. Füllung auf den Teig geben, mit Teigkreisen verschließen und mit einer Gabel die Ränder fest andrücken.
Aus Teigresten Buchstaben oder Zahlen ausschneiden. Pasteten mit Ei bestreichen, die »Signatur« darauf setzten, auch mit Ei bestreichen und im vorgeheizten Ofen bei 200 °C 15–20 Min. backen, bis der Teig aufgegangen und goldgelb ist.

Feta-Apfel-Salat

Für 8 Portionen

3 EL Olivenöl
Saft von 1 Zitrone
½ TL Senf
1 roter Apfel
1 grüner Apfel
50 g Rucola
400 g frische Sprossen, gemischt
2 Frühlingszwiebeln, fein gehackt
1 TL gehacktes frisches Basilikum
2 TL frische Schnittlauchröllchen
2 TL gehackter frischer Kerbel
1 TL gehackter frischer Estragon
2 EL gehackte Walnüsse
180 g Feta
Salz und schwarzer Pfeffer aus der Mühle

Olivenöl und Zitronensaft in einer großen Schüssel mit Senf, Salz und Pfeffer verquirlen. Aus den Äpfeln das Kerngehäuse entfernen, Früchte in sehr dünne Scheiben schneiden und mit dem Dressing mischen. Rucola, Sprossen, Frühlingszwiebeln, Kräuter und Walnüsse zufügen und gut mischen.
In einer großen Schüssel reichen oder auf vier kleine verteilen, mit Fetabröckchen bestreuen.

CARMEN IARRERA

Marsala 1906

Donna Costanza Corvaja hielt ihr Gesicht ins gleißende Licht, das durch die Verandatür flutete. Sie saß in gekünstelt ungezwungener Haltung auf einem zierlichen, mit dunkelrotem Samt bespannten Diwan. Ihr bis zum Boden reichendes Abendkleid war von einem satten, leuchtenden Rot und schnürte ihre Taille wie bei einer Eieruhr ein. Der tiefe V-Ausschnitt betonte Donna Costanzas herrliches Dekolleté und ließ ihre schönen weißen Schultern frei. Ihr Haar, dessen Schwarz fast bläulich schimmerte, war auf raffinierte Weise geflochten und mit Ebenholzkämmchen zusammengehalten und schmiegte sich weich an ihren zarten Nacken.

Seit zwei Stunden saß sie bereits da, mit verdrehtem Hals, den Blick zum Maler gewandt, die Lippen zu einem angedeuteten Lächeln geformt. Jetzt machte sie die Andeutung einer Bewegung. Giovanni Boldini kannte sich mit den Frauen gut genug aus, um sofort zu reagieren.

»Möchtet Ihr eine Pause machen, Donna Costanza?«

Donna Costanzas Bewegung erinnerte nicht im entferntesten an ein Räkeln, so eine vulgäre Bewegung wäre ihr gar nicht möglich gewesen ... und doch wurde alles in ihrem Körper so unmittelbar lebendig, dass es selbst Boldini, den lebenserfahrenen alten Don Juan, irritierte.

In seiner Heimat im Norden Italiens, dem nebligen Ferrara, oder besser noch im freizügigen Paris, hätte der berühmte Porträtmaler in dieser Situation eine Möglichkeit gefunden, Donna Costanza näher zu kommen. Doch in Palermo, obgleich das zwanzigste Jahrhundert bereits seinen Einzug gehalten hatte, war Vorsicht bei den Damen geboten. Natürlich ging es auch hier beim Adel zuweilen zwangloser zu als beim gemeinen Bauern, doch

in dieser abgeschlossenen Gesellschaft der alteingesessenen sizilianischen Großgrundbesitzer, die ihre Kleider in Paris kauften und die Kragen ihrer Hemden zum Stärken nach London schickten, kursierten unzählige Geschichten von Leidenschaft, Verrat und Rache. Und Boldini verstand zu wenig von den Grillen und Launen der Süditaliener, daher ging er vorsichtig mit der sizilianischen Nobilität um. So musste er eben als Künstler zu Donna Costanza sprechen.

Er wandte seine Augen von ihr ab und betrachtete das Bild, das er von ihr auf der Leinwand entworfen hatte. Der Hintergrund war in einem undifferenzierten Braun, fast schon Schwarz, gehalten, die Haarpracht und das elegante Kleid waren eben erst skizziert, doch das Gesicht und besonders ihr schneeweißes Dekolleté und ihre makellosen Schultern traten leuchtend und fast vollendet hervor. Er räusperte sich.

»Wenn ich die Freiheit hätte, Euch nach meinen Vorstellungen zu malen ...«, Er ließ den Satz in der Luft hängen. Donna Costanza hielt sich nicht zurück, und ein galantes Wortgefecht bahnte sich an.

»Wenn Ihr die Freiheit hättet«, nahm sie seinen Faden auf und rückte dichter an ihn heran, um das Bild betrachten zu können, »wie würdet Ihr mich dann malen? Sprecht.«

Giovanni Boldini schlug das Herz bis zum Hals. Er dachte an die gebotene Vorsicht, schob diesen Gedanken jedoch sogleich wieder zur Seite und zog behutsam eine Photographie aus seiner Tasche.

Es war ein Photo seines Lieblingsporträts, seines bekannten Gemäldes *Donna entra nel bagno*. Selbst in dieser Schwarz-Weiß-Reproduktion strahlte der alabasterne Körper des Modells – nackt von den Schultern bis zu den rundlichen Gesäßbacken – ein sinnliches Leuchten aus.

»Mein Mann würde Euch umbringen«, sagte Donna Costanza eiskalt. »Er würde Euch und mich umbringen«, fügte sie dann mit einem kleinen, fast komplizenhaften Lächeln hinzu, das den Maler von seiner Befürchtung befreite, doch zu weit gegangen zu sein. Ihm blieb die Luft weg.

»Darf ich Euch einen Marsala anbieten?«

Ohne eine Antwort abzuwarten oder nach den Dienern zu läuten, öffnete sie ein Schränkchen aus Ebenholz mit Elfenbeinintarsien, griff nach einer Karaffe aus böhmischem Kristall, schenkte die bernsteinfarbene Flüssigkeit in zwei Gläschen ein, nahm diese in ihre schönen Hände mit den langen scharlachrot lackierten Fingernägeln und reichte eines davon dem Maler.

»Trinkt, er ist der Beste. Genießt. Spürt Ihr seinen Wohlgeschmack? Den Duft getrockneter Trauben und Gewürze? Er ist süß, täuscht nichts vor und hinterlässt ein ganz besonderes Aroma.«

»So wie eine schöne Frau«, schmeichelte Boldini ihr höflich.

Donna Costanza erwiderte nichts darauf, sondern setzte sich wieder und betrachtete Boldini lange und prüfend. Zwischen zwei Schlucken Marsala schien sie den Maler aus dem fernen Norden Italiens zum ersten Mal wirklich wahrzunehmen. Den Mann, auf dessen Leinwand jede Frau zu einer Schönheit und jede Adelige zu einer Göttin wurde, den Mann, dessen Ruhm ihm in die ganze Welt vorauseilte und der sein Metier so beherrschte, dass die Nobilität von Palermo schon einiges an Geld springen lassen musste, um ihn hierher zu locken und an eines seiner Porträts zu kommen ... Boldini war groß – größer als sie bisher bemerkt hatte –, von imposanter Statur und elegant gekleidet. Die Spitze seines Kinns zierte ein feines Bärtchen, und ein modischer Schnauzer mit nach oben gezwirbelten Enden verbarg mehr schlecht als recht seinen fast feminin zu nennenden roten Mund. Er hatte eine gerade und doch schneidige Nase, offene leuchtende Augen und eine breite Stirn, die durch den flüchtigen Scheitel seiner Haare geteilt schien. Ein Mann von Welt; einer Welt, die anders war als die ihre, einer exotischen, fremden Welt. Ob sie sich diesem Mann anvertrauen, seinen Rat erheischen könne?

»Boldini, wisst Ihr eigentlich, warum Euch mein Mann mit meinem Porträt beauftragt hat?«

»Selbstverständlich, um Eurer Schönheit eine Ehre zu erweisen.«

Donna Costanza presste ihre Lippen zusammen – ihr Ausdruck größten Verdrusses.

»Nein. Weil Ihr Donna Florio porträtiert habt. Denn was die Florio können, müssen nach Meinung meines Mannes die Corvaja auch können, nur muss es bei uns größer und schöner und besser sein. In der Tat wird das Gemälde, das er Euch in Auftrag gegeben hat, um etliches größer sein als das der Florio, oder täusche ich mich? Der Triumph über die Florio ist seine fixe Idee. Sie lastet auf ihm wie ein Fluch, der ihn während des Tages begleitet und nachts nicht in den Schlaf fallen lässt. Tatsächlich kann er die Florio nicht übertreffen, so sehr er sich bemühen mag. Ihr Vermögen ist nun einmal größer und ihre Macht ebenso.«

»Aber Donna Costanza, Euer Mann ist doch auch vermögend, er besitzt Brennereien, ausgedehnte Ländereien, große Thunfischfanggebiete ...«

»Die Florio sind im Besitz einer Flotte«, entgegnete Donna Costanza ruhig.

»Ja – aber der Marsala der Corvaja ist der beste der Welt ...«

»Natürlich«, erwiderte Donna Costanza, »zumindest seitdem ich die besten Weinberge Siziliens – wo erstklassige Grillo- und Catarratto-Trauben gedeihen – mit in die Ehe gebracht habe. Und seitdem seine Flaschen in meinen Tuffsteinkellereien lagern können. Und seitdem ich ihm unser altes Familienrezept für die Herstellung von Marsala verraten habe … Doch obgleich der Corvaja-Marsala als der Beste gilt, ist der Florio-Marsala bekannter und wird weitaus besser verkauft. Und warum? Ich habe es meinem Mann ein ums andere Mal erklärt, aber er will es einfach nicht begreifen. Tatsache ist nämlich, dass die Florio moderner sind als wir und viel gewitzter. Sie wissen genau, wie man den Engländern, die den Weltmarkt beherrschen, um den Bart geht und wie man Geschäfte mit ihnen abwickelt: mit diesen Withakers und Woodhouses und Ingrims …«

»Aber Euer Gatte ist zu beneiden, hat er doch Euch zur Frau! Ohne Donna Florio zu nahe treten zu wollen, Ihr seid ungleich schöner und …«, versuchte Boldini sie mit Galanterie zu beruhigen.

»Aber Vincenzo Florio hat tausend Geliebte«, unterbrach sie ihn aufgebracht, »und deshalb muss mein Mann beweisen, dass er noch viriler ist. Er hintergeht mich regelmäßig, und er vernachlässigt mich. Mein Leben ist unerträglich, versteht Ihr, Boldini? Schier unerträglich! Und nun frage ich Euch als weitgereisten und welterfahrenen Mann: Hat mein Gatte für sein Verhalten mir gegenüber nicht eine kleine Bestrafung verdient?«

Verstand er sie überhaupt? Sie schaute Boldini prüfend in die Augen.

»Ihr habt mich mit Eurem Photo nämlich auf eine Idee gebracht«, fuhr sie fort und schenkte sich einen weiteren Marsala ein, als müsse sie sich Mut machen. »Selbstverständlich stehe ich nicht für ein Aktgemälde zur Verfügung, aber …«

Sie zog mit anmutigen Bewegungen ihre spitzen schwarzen Lackschuhe aus, hob ihre roten Röcke bis über die Knie an, ließ ihre Strumpfbänder aus Spitze fallen, rollte ihre hauchdünnen Seidenstrümpfe ganz langsam herunter und gab ihre entblößten Beine seinem Blicke frei. Weiß, wohlgeformt, vollkommen.

Was für ein Weibsbild! Keine Frau zuvor – nicht einmal die berühmteste Kokotte von Paris – hatte ihm mit solcher Fertigkeit den Atem verschlagen können. Er stürzte den Marsala in einem Schluck hinunter. Er fühlte sich dickflüssig und weich an, duftete herrlich, hinterließ eine Ahnung von getrocknetem Obst auf der Zunge und schoss wirre Gedanken in seinen Kopf.

»Also, Boldini, wollt Ihr mich so malen, mit entblößten Beinen, oder nicht? Oder habt ausgerechnet Ihr Angst vor einem Skandal? Oder vor meinem Mann, der sich gedemütigt fühlen und wütend werden könnte oder aber nicht den Mut finden könnte, ein solch gewagtes Bild seinen Freunden zu zeigen?«

»Ich, nein …«

»Seid unbesorgt. Wenn er Eure Arbeit nicht honorieren will, werde ich das tun. Und ich werde gut bezahlen. Mein Mann wird das Bild vor der Fertigstellung nicht betrachten wollen. Außerdem pflegt er das Haus zurzeit bereits in der Morgendämmerung zu verlassen und erst spät in der Nacht zurückzukehren. Er ist nämlich vollständig von einem neuen Wahn besessen.«

»Was für ein neuer Wahn?«, fragte Boldini nicht sonderlich interessiert, denn sein Interesse galt dem Gedanken an die schöne Donna Costanza und was er alles mit einem solchen Vollblutweib hätte anfangen können, wenn – ja, wenn sie nicht plötzlich wieder so ernst geworden wäre. Vielleicht würde der Marsala, den sie sich weiterhin einschenkte, sie von ihrer Zurückhaltung befreien und ihre Sinne betören, statt ihr die Gedanken zu vernebeln.

»Seit neuestem rast er mit seinem Auto durch die Berge. Er trainiert, denn er will das Autorennen gewinnen, das Vincenzo Florio geplant hat. Sagt nicht, dass Ihr noch nichts von der Targa Florio gehört habt?«

Natürlich hatte er davon gehört. Ganz Sizilien ereiferte sich wegen dieses angekündigten Ereignisses; man debattierte hierüber rund um die Uhr in den Palazzi und Salons, in den Küchen und Ställen. Es war das erste Autorennen dieser Art, eines der ersten auf der ganzen Welt überhaupt. Ein Rundrennen von über 148 Kilometern gewagter Kurven auf frisch ausgehobenen Straßen, die sich durch die Madonie hoch schlängelten, ein raues Gebirge, das sich über dem Meer östlich von Palermo auftürmt. Ein steiler und quälender Streckenverlauf, ein ständiges Auf und Ab, das die Fahrer und ihre Autos hart auf die Probe stellen würde.

»Er hat sich ein Automobil mit starkem Motor gekauft, eine Itala«, erzählte Donna Costanza weiter, unfähig, den Fluss ihrer Verbitterung zu stoppen. »Er fährt nur noch wie ein Besessener die Berge hoch und runter und studiert Lehrbücher über Automechanik. Selbst im Bett liest er diese Bücher. Naiv wie ich war, habe ich anfangs versucht, ihm Gesellschaft dabei zu leisten, an dieser Manie teilzuhaben. Ich habe ihn bei seinen Fahrten begleitet, habe Stunden in der Hitze der Scheune zugebracht, um gemeinsam mit meinem Mann dem abscheulichen Mechaniker, den er eigens aus Turin hatte kommen lassen, beim Tüfteln unter der Motorhaube zuzusehen und ihm die richtigen Werkzeuge zu reichen, um mir die Hände mit Schmierfett zu beschmutzen, um mit meinem Mann zu lernen, wie die Kupplung funktioniert, wie das Bremsöl nachgefüllt wird. Und selbst das habe ich besser hingekriegt als er. Ich machte ihn immer nervöser, das war deutlich, und eines Tages teilte er mir mit, es sei besser, ich ginge zur Putzmacherin und machte mich für ihn schön, anstatt aus Gefälligkeit bei der Autosache mitzuwerkeln. Denn es sei nun mal so, dass Frauen keinen Verstand für solche Dinge haben und daher von Motoren gar nichts verstehen können. Das muss man sich vorstellen! Schließlich sagte er mir, ich sei für ihn sowieso nur eine Behinderung und solle ihn in Ruhe lassen, damit er sich ganz und gar auf sein Automobil konzentrieren könne. Er brauche keine Ablenkung, er müsse Florio in seinem eigenen Rennen schlagen. Seitdem redet er von nichts anderem mehr. Er ist so fanatisch, dass man ihn festbinden müsste.«

Weiter zu malen stand außer Frage. Boldini schenkte sich, mit Erlaubnis der Hausherrin, einen weiteren Marsala ein und überlegte, wie er diesem Redefluss ein Ende bereiten könne. Denn aus Erfahrung wusste er, dass Vertraulichkeiten verbitterter Frauen zu nichts Gutem führen. Im besten Fall verhindert diese Art von Intimität eine andere, weitaus lustvollere Variante der Beziehung; im schlimmsten Fall schämen sich die Frauen nach einiger Zeit, ihre innersten Gefühle bloßgelegt zu haben, und beginnen den Vertrauten als Feind zu betrachten. Wenn es ein sizilianisches Sprichwort gab, das sich Boldini hätte zu eigen machen können, dann dieses: »Das Beste ist, die Dinge nicht anzusprechen.« Er musste also so tun, als habe er Donna Costanza anders verstanden.

»Ihr müsst Euch um Euren Mann nicht so sorgen«, sagte er lächelnd, »er ist doch ein geübter und sicherer Fahrer ...«

»Ich habe ihn aus Liebe geheiratet. Er hat mich wegen meiner Weinberge geheiratet, aber das habe ich erst später erkannt«, unterbrach ihn Donna Costanza und starrte ihn mit ihren schönen, nun vom Alkohol glänzenden Augen an. »Und jetzt sage ich Euch etwas. Selbst wenn sein Auto an einem Baum zerschellte und ich als Witwe zurückbliebe ... heute würde ich ihm keine Träne mehr nachweinen. Denn die Witwen sind die einzigen Frauen in Sizilien, die über sich selbst und ihr Hab und Gut verfügen können, die reisen und sich Liebhaber nehmen und wieder fallen lassen können, die Entscheidungen treffen und Befehle erteilen können. Und bei uns heißt es«, schloss sie mit einer verbissenen Stimme, die Boldini zusammenzucken ließ, »befehlen ist besser als betrügen.«

Am folgenden Morgen, während er noch beim Frühstück saß, wurde ihm von einem Lakaien der Corvajas eine Botschaft ins Grand Hotel Villa Igea überbracht. Sie unterrichtete ihn davon, dass Donna Costanza zur Zeit unpässlich sei, ihn aber sofort verständigen würde, wenn sie sich wieder in der Lage fühle, für ihn Modell zu stehen.

Die Portale des Palazzo Corvaja öffneten sich für Boldini jedoch erst viele Tage später, als er sich einem langen Strom schwarz gewandeter Verwandter, Freunde und Bekannter des Hausherren anschloss. Sie waren gekommen, um dem Leichnam von Rinaldo Corvaja die letzte Ehrerbietung zu erweisen. Laut dem Nachruf in einer Extraausgabe des *Il giornale di Sicilia* »traf es den erstklassigen Rennfahrer während des heldenhaften Wettkampfes Targa Florio auf tragische Weise. In seinem eigenen Wagen, einer Itala, forderte er unerschrocken das Schicksal heraus, indem er mit mehr als 90 Stundenkilometern über die Schlaglöcher der unwegsamen Piste raste.«

Der Ballsaal, der als Aufbahrungshalle diente, war voll von Menschen, und der Duft unzähliger Blumenkränze erfüllte die Luft. Donna Costanza Corvaja saß in der Mitte des Raumes, still und unbeweglich wie eine Statue neben dem Leichnam ihres Mannes. Ganz in Schwarz gekleidet, selbst das Gesicht mit einem schwarzen Schleier verhüllt, reichte sie ihre schöne Hand mit einer automatischen Bewegung den Trauergästen, die an ihr entlang defilierten, um ihr Beileid auszusprechen.

Als Boldini an der Reihe war, beugte er sich vor, um mit seinen Lippen kurz die schneeweiße Hand zu berühren, die er in seine schloss. Die Finger waren schlank und kalt, nur mit dem Ehering geschmückt, dem sie, wie es Brauch der Witwen ist, den Ring ihres Gatten hinzugefügt hatte. Ihre Fingernägel waren rosarot, mit schön gezeichneten Halbmonden, den Umständen gehorchend vom scharlachroten Nagellack gereinigt, aber durchaus nicht frei von Farbe. Ein unbesiegbares Schwarz wie von Motoröl umrandete die Nägel auf subtile Weise, so als sei auch dies ein zartes Anzeichen von Trauer.

Im Erste-Klasse-Wagon des Fernschnellzuges, der in wenig mehr als zwei Tagen die Strecke zu seiner Heimatstadt zurücklegen würde, fragte sich Boldini, ob er nun aus Bewunderung oder Feigheit geschwiegen hatte, ob er richtig oder falsch gehandelt hatte, indem er das, was er wusste und ahnte, der zuständigen Obrigkeit nicht angezeigt hatte.

Erst als der Zug in den Nebel der Po-Ebene eintauchte und dichte Schwaden seine geliebte Stadt Ferrara wie einen Kokon einschlossen, war ihm klar, dass es richtig gewesen war, zu schweigen. Selbst wenn man das Jahr 1906 schrieb, wer hätte ihm schon geglaubt, insbesondere in Sizilien, dass eine Frau so viel von Autos verstünde?

Giovanni Boldini

Der italienische Porträtmaler Giovanni Boldini (31.12.1842–12.1.1931) war berühmt für seine Bilder bedeutender Gesellschaftsdamen wie Mrs. Rita Lydig, Muriel und Consuelo Vanderbilt oder Sarah Bernardt. Die in dieser Geschichte genannten Porträts – *Ritratto di Donna Florio* und *Donna che entra nel bagno* hat Boldini tatsächlich gemalt, doch Donna Costanza Corvaja gibt es nur in dieser Geschichte. Boldini ließ sich 1871, nach ausgedehnten Reisen, endgültig in Paris nieder, wo er – neben weiteren Porträts zum Beispiel von Henri de Toulouse-Lautrec und vielen anderen Berühmtheiten – mit Vorliebe Straßenszenen malte. Nach seinem Tode entstand in seiner Heimatstadt Ferrara ein Boldini-Museum.

Die Targa Florio – 900 Kurven durch die Glut der Madonien-Berge

Das legendäre Autorennen, die Targa Florio, wurde vom steinreichen Sizilianer Vincenzo Florio ins Leben gerufen. Er hatte eine 148 Kilometer lange Strecke ausgekundschaftet. Auf holprigen Wegen ging es durch die Madonien-Berge, auf denen zu dieser Zeit vor allem Eselskarren unterwegs waren. Vincenzo Florio setzte Preise im Gesamtwert von 50 000 Lire aus – damals ein kleines Vermögen –, und so standen am 6. Mai 1906 tatsächlich zehn Automobile am Start. Um sechs Uhr morgens jagte der erste Wagen auf die Piste, die anderen folgten in jeweils zehn Minuten Abstand. Drei Runden galt es zu fahren, insgesamt also 444 Kilometer. Die Fahrer konnten sich an Fähnchen und Wimpeln orientieren und waren ansonsten damit beschäftigt, ihre Autos auf der Fahrbahn zu halten oder zu reparieren. Nach 9 Stunden und 32 Minuten erreichte Alessandro Cagno aus Turin auf einem Itala als Erster das Ziel in Buonfornello – seine Durchschnittsgeschwindigkeit betrug gut 46 km/h. Noch heute sind die vielen Kurven haarsträubend, fast immer unübersichtlich, und es gibt kaum einmal eine längere Gerade. Bis 1977 wurde die Targa Florio fast in jedem Jahr im Mai gestartet; zwischen 1955 und 1973 zählte der Klassiker auf Sizilien sogar zur Sportwagen-Weltmeisterschaft. Seit 1978 wird die Targa Florio als Ralley fortgeführt.

Trapani, Sizilien

Marsala werden die recht hochprozentigen Likörweine genannt, die aus Sizilien kommen, genauer gesagt aus Trapani, einer hügeligen Region im Westen der Insel. Dort werden vorwiegend die weißen Rebsorten Grillo, Catarratto, Ansonica und Damaschino angebaut, aber auch die roten Rebsorten Nero d'Avola, Perricone und Nerello Mascalese.

Das Weinbaugebiet liegt größtenteils auf einer Hochebene, deren Boden aus schwefelhaltigem Vulkangestein besteht. Durch die Höhenlage sind die Rebstöcke der sizilianischen Sommerhitze nicht so stark ausgesetzt, das Klima ist also etwas milder als in den flacheren Regionen der Insel. Die Winter sind regenreich und weitgehend frostfrei.

Für die Herstellung von Marsala wird der Most, also der frisch gepresste Traubensaft, entweder abgestoppt, das heißt, man unterbricht die Gärung durch Kochen, sodass der Restzucker erhalten bleibt, oder der teilweise vergorene Most wird aufgespritet (verstärkt), indem man ihm hochprozentigen Alkohol zusetzt, sodass sich ebenfalls der Zuckergehalt erhöht. Ist der Gärprozess gestoppt, muss der Wein mindestens ein Jahr im Fass reifen, bevor er als Marsala verkauft werden darf.

Es gibt fünf verschiedene Qualitäten von Marsala, die sich aus der Lagerzeit und dem Alkoholgehalt des Weines ergeben. Der Marsala Fine hat eine Reifezeit von einem Jahr und einen Alkoholgehalt von mindestens 17 Prozent. Marsala Superiore muss ein Jahr länger lagern und enthält 18 Prozent Alkohol. Marsala Superiore Riserva muss vier Jahre reifen, Marsala Vergine fünf und Marsala Stravecchio oder Riserva zehn Jahre. Für die aus weißen Reben hergestellten Weine gibt es die zusätzlichen Beschreibungen »oro« (goldfarben) und »ambra« (dunkelgelb, bernsteinfarben), für die roten Sorten »rubino« (rubinrot).

Bei Marsala ist es erlaubt, auch nach der Lagerzeit noch Trauben- oder Weindestillat zuzusetzen, um den Alkoholgehalt zu erhöhen. Je nach Restzuckergehalt teilt man die fertigen Weine in die Kategorien »secco«, »semisecco« und »dolce« ein.

Der sizilianische Weinbau ist fest in der Hand kleiner Familienbetriebe.

Feigen-Balsamico-Bruschetta

Für 4–6 Portionen

1 EL Butter
60 ml weißer Balsamico
2 TL Zucker
6 frische Feigen, geviertelt

Für die Füllung

250 g Blauschimmelkäse
80 g Mascarpone
1 EL grob gehackte glatte Petersilie
grob gemahlener schwarzer Pfeffer
24 dünne Scheiben Baguette
Olivenöl
3 Knoblauchzehen, halbiert

Butter, Balsamico und Zucker in einer Pfanne aufkochen und unter Rühren köcheln lassen, bis die Masse leicht eindickt. Feigenviertel hineingeben, 30 Sek. lang wenden und Pfanne beseitestellen.
Käse, Mascarpone und Petersilie verrühren und pfeffern.
Baguette mit Öl bestreichen, unter dem vorgeheizten Grill von beiden Seiten goldbraun rösten und mit Knoblauch einreiben.
Jede Scheibe mit einem Klecks Käsecreme und einem Feigenviertel garnieren und vor dem Servieren unter dem Grill leicht aufwärmen.

Frittierte Reisbällchen (Arancini)

Für 8-10 Stück

1 Zwiebel
1 Bund glatte Petersilie
100 g Hähnchenfilet
1 rote Paprikaschote
3 EL Olivenöl
3 EL Butter
100 g Rinderhackfleisch
Salz
Pfeffer aus der Mühle
1 Prise Chilipulver
2 EL Tomatenmark
200 ml heiße Fleischbrühe
50 g Erbsen (tiefgekühlt)
½ Bund Basilikum
50 g frisch geriebener Pecorino
300 g Rundkornreis
0,2 g Safran
2 Eier
2 EL Mehl
4 EL Semmelbrösel
Öl zum Frittieren
Orangen- oder Zitronenblätter zum Garnieren

Zwiebel und die Hälfte der Petersilie fein hacken. Hähnchenfilet und Paprika sehr fein würfeln. In einem Topf 3 EL Öl erhitzen und 1 EL Butter darin zerlassen. Zwiebel glasig braten. Hähnchenwürfel und Hackfleisch portionsweise zugeben und kräftig anbraten. Paprika und Petersilie unterheben, kurz mitbraten. Mit Salz, Pfeffer und Chili würzen. Tomatenmark und Brühe verrühren und zugießen. Erbsen zugeben und alles zugedeckt bei gringer Hitze köcheln.
In einem Topf 500 ml Salzwasser aufkochen, Reis zufügen und bei geringer Hitze unter Rühren quellen lassen. Safran in 2 EL heißem Wasser auflösen und unterrühren. 2 EL Butter und Pecorino unterrühren. Etwas abkühlen lassen und 1 Ei unterrühren.
Restliche Petersilie hacken, Basilikum in feine Streifen schneiden und unter das Ragout mischen.

Ei in einem tiefen Teller verquirlen. Reis zu 8–10 mandarinengroßen Kugeln formen, jeweils eine Vertiefung in die Mitte drücken, 1 EL Ragout einfüllen und Reismasse darum zusammendrücken. Kugeln mit Mehl bestäuben, in Ei und dann in Bröseln wenden und frittieren. Auf Küchenpapier abtropfen lassen. Je zwei Blätter hineinstecken und heiß servieren.

Gefüllte Rosmarinsardinen

Für 8 Portionen

- 1 EL Olivenöl
- 1,5 kg frische Sardinen (oder 4 kleine Heringe oder 2 Makrelen)
- 1 großer frischer Rosmarinzweig
- 3 EL frische Petersilie, gehackt
- 1 Schalotte, fein gehackt
- 120 g Pinienkerne
- 2 Knoblauchzehen, fein gehackt
- Saft und fein abgeriebene Schale von 1 großer Zitrone
- Salz und schwarzer Pfeffer aus der Mühle
- Zitronenspalten und frische Rosmarinzweige zum Garnieren

Ofen auf 190 °C vorheizen und eine Auflaufform innen mit etwas Olivenöl bestreichen.

Von den Sardinen die Köpfe entfernen. Am Bauch entlang aufschneiden. Fisch mit dem Rücken nach oben auf ein Brett legen, sanft drücken. Umdrehen und vorsichtig die Rückengräte entfernen. Fisch gut mit Salzwasser abspülen und trockentupfen.

Rosmarinblätter abzupfen und fein hacken. In einer Schüssel mit Petersilie, Schalotte, Pinienkernen und Knoblauch mischen.

Fisch innen und außen salzen und pfeffern und in jede Portion ein bis zwei Löffel Füllung geben. Um die Füllung herum zusammendrücken und in die Auflaufform legen.

Mit dem restlichen Olivenöl beträufeln und 30 Min. im Ofen braten. Kurz vor dem Servieren Zitrone darüber auspressen und mit Zitronenschale bestreuen. Mit Zitronenspalten und Rosmarinzweigen garnieren.

Cantuccini

Für etwa 70 Stück

200 g Mandelstifte
abgeriebene Schale von 1 unbehandelter Zitrone
3 Eier
250 g Zucker
Mark von 1 Vanilleschote
1 Prise Salz
400 g Mehl
½ Päckchen Backpulver

Mandeln ohne Fett kurz anrösten und beiseite stellen.
Ofen auf 175 °C vorheizen. Eier trennen. Eigelb mit Zucker und Vanillemark verrühren. Eiweiß mit Salz zu Schnee schlagen und nach und nach unter die Eimischung heben. Zitronenschale und Mandeln unterheben. Mehl mit Backpulver in die Mischung sieben und gründlich zu einem glatten Teig verkneten. 2 cm dicke Teigrollen formen und auf ein gefettetes Backblech legen. Etwa 35 Min. backen, bis sie leicht gebräunt sind. Herausnehmen und sofort mit einem scharfen Messer schräg in 1 cm dicke Scheiben schneiden. Abkühlen lassen.
Zum Verzehr in Marsala oder Espresso stippen.

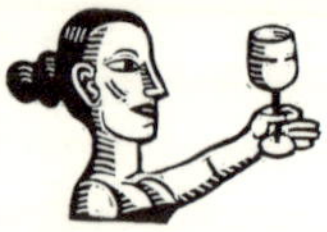

Panna cotta mit Marsalafeigen

Für 8 Portionen

1 Vanilleschote
650 ml Sahne
6 EL Zucker
6 Blatt weiße Gelatine

Für die Feigen

2 EL Zucker
150 ml Marsala
8 frische Feigen

Mark der Vanilleschote auskratzen. Mark, Schote, Sahne und Zucker aufkochen und bei geringer Hitze 10 Min. ziehen lassen.
Gelatine im kalten Wasser einweichen. Schote aus der Sahne nehmen. Gelatine ausdrücken und in der Sahne auflösen. Abkühlen lassen, dabei öfter umrühren.
Sahne in 8 Förmchen umfüllen, sobald sie beginnt, fest zu werden. Mindestens 4 Stunden kalt stellen.
Für die Feigen Zucker in einer Pfanne leicht bräunen. Marsala zugießen und köcheln lassen, bis der Zucker aufgelöst ist. Feigen halbieren und kurz in der Pfanne erwärmen.
Den Rand der Panna cotta mit einem Messer lösen. Förmchen kurz in heißes Wasser tauchen und auf Desserteller stürzen. Feigen mit Sud dazu anrichten und servieren.

Weiße Mousse au chocolat

Für 4 Portionen

200 g weiße Schokolade
2 EL Grand Marnier
400 ml Sahne
50 g Zucker
3 Eier, getrennt
geraspelte Schokolade und Zitronenmelisse zum Dekorieren

Schokolade im Wasserbad schmelzen. Grand Marnier zufügen. Abkühlen lassen.
Sahne mit der Häfte des Zuckers steif schlagen. Eiweiß steif schlagen. Eiweiß und Sahne kalt stellen.
Eigelb mit der anderen Hälfte des Zuckers einige Minuten schaumig aufschlagen.
Wenn die Schokolade abgekühlt ist, Eigelbmasse vorsichtig einrühren. Anschließend die Sahne unterheben und zum Schluss den Eischnee. Masse in Gläser füllen und mit geraspelter Schokolade und Zitronenmelisse verzieren. Kalt stellen.

ANN GRANGER

Bis zum letzten Tropfen

Selbstverständlich spricht ein Gentleman nicht über Geld. Das soll jedoch nicht heißen, dass Geld mir gleichgültig ist, auch wenn ich zweifelsohne ein Gentleman bin. Vor den unseligen Ereignissen, von denen ich berichten will, dachte ich tatsächlich sehr viel über Geld nach. Einem so empfindsamen Mann wie mir macht das schwer zu schaffen. Ich bin ein Gelehrter, ein Mann des Geistes. Dass ich mich überhaupt mit Geldangelegenheiten befassen muss, ist Zumutung genug. Aber es ist nun einmal mein unseliges Geschick, in einer Welt von Philistern zu leben. Ich kann Ihnen kaum sagen, was ich alles erdulden musste, sogar von meinen eigenen Verwandten.

Vielleicht sollte ich vorab etwas erklären. Seit einigen Jahren arbeite ich nun schon an meinem Buch *Die Fauna und Flora der iberischen Halbinsel.* Ich war und bin davon überzeugt, dass es das Standardwerk zu diesem Thema werden wird.

Ursprünglich wollte ich mein Opus magnum dem berühmten Naturforscher Charles Darwin widmen. Ich hatte den großen Mann sogar kurz vor seinem Tod im Jahre 1882 aufgesucht. Ich reiste nach Cambridge, wo ich nur unter großen Schwierigkeiten – ich hatte darauf bestanden, dass meine Forschung von größter Wichtigkeit sei – Zutritt zu seinem Hause erlangte. (Vorausschauenderweise hatte ich eine Ausfertigung meines Manuskriptes dabei, das ich Darwin überreichen wollte. Es war noch nicht vollendet, doch ich war mir sicher, dass er es zu schätzen wüsste.)

Ich muss sagen, dass der große Wissenschaftler eine bittere Enttäuschung für mich war. Natürlich weiß ich, dass er damals schon reichlich betagt und kränklich war, allerdings war er mir gegenüber so kurz angebunden, dass es

an Grobheit grenzte. Als ich ihm mein Manuskript überreichte, sagte er nur, dass er einen Blick darauf werfen würde, sobald er die Zeit fände. Er legte es recht nachlässig zur Seite und erkundigte sich, ob ich sonst noch etwas wünsche. Aber ja, versicherte ich, und erbat seine Erlaubnis, ihm das Buch zu widmen.

»Na schön«, sagte er, »wenn Sie unbedingt wollen. Mir ist es einerlei. Ich werde die Veröffentlichung sowieso nicht mehr erleben.« Und dann fügte er noch hinzu: »Falls es denn *je* veröffentlicht wird!«

Ich kehrte nach Hause zurück und strich die Widmung. Ich glaube, dass er mir insgeheim meine Gelehrsamkeit neidete.

Selbstredend musste ich im Dienste meiner Forschung häufig nach Spanien und Portugal reisen. Das hatte Geld gekostet – mein gesamtes Vermögen, um genau zu sein. Seitdem hatte ich von den Zuwendungen meiner Tante Matilda leben müssen.

Meine Tante – die älteste Schwester meines verstorbenen Vaters – war eine vermögende und kinderlose Witwe. Sie lebte allein mit einer ältlichen Köchin und einem Dienstmädchen in ihrem Landhaus in Chertsey in der Grafschaft Surrey. Es gab auch einen Gärtner, der musste bereits an die siebzig sein. Tante Matildas einziger Gefährte – abgesehen von den Dienstboten – war ihr Dackel, der auf den Namen Oscar hörte.

Oscar war nicht mehr der Jüngste. Seine Schnauze war schon recht grau. Er war übergewichtig und missmutig. Man sagt dem Maultier oder dem Kamel nach, das störrischste Tier der Welt zu sein. Wer so etwas sagt, hat noch nie mit einem Dackel in fortgeschrittenem Alter zu tun gehabt. Nahm Oscar Besitz von einem gemütlichen Sessel, ließ man ihn auch am besten dort. Seine Zähne färbten sich zwar schon gelb vom Alter, doch noch waren sie scharf.

Es heißt auch, dass Menschen ihren Haustieren immer ähnlicher werden, und so hatte meine Tante mit Oscar gewisse Züge gemein. Auch sie war in fortgeschrittenem Alter (jedoch widerstandsfähig und bei bester Gesundheit), gut beieinander, mit kurzen Beinen und noch kürzerem Geduldsfaden. Sowohl sie als auch Oscar hatten eine lange spitze Nase, und ihren Blicken entging nichts.

Ich musste mich sehr anstrengen, damit Tante Matilda mir gewogen blieb. Sie konnte ihre Zuwendungen an mich jederzeit einstellen, und dann müsste ich meine Forschung ebenfalls einstellen. Das war schlicht unvorstellbar. Es hatte nichts mit Selbstsucht zu tun. Mich trieb das Wissen um den Verlust, den die wissenschaftliche Welt erleiden müsste, sollte mein Buch nicht veröffentlicht werden.

Dies hatte ich meiner Tante mehrmals erläutert, doch manchmal fragte ich mich, ob sie es eigentlich verstand. Ich weiß, dass das unglaublich klingt, doch gelegentlich hatte ich das Gefühl, dass sie mir nicht zuhörte. Sie saß da und betrachtete Oscar, streichelte seinen Kopf und gab plötzlich eine Bemerkung von sich, die nichts mit dem zu tun hatte, was ich gerade gesagt hatte. Ich redete mir ein, dass diese Unhöflichkeit auf ihr Alter zurückzuführen sei; doch mir fiel es schwer, nicht empört zu sein. Auch ich bin nur ein Mensch.

Und als ob all das nicht schon genug war, kam da noch die Sache mit ihrem Testament dazu. Schließlich, ich erwähnte es bereits, war sie nicht mehr die Jüngste. So schwer es auch fallen mag, man muss praktisch denken.

Es gab gute Gründe, die mich hoffen ließen, dass sie mir alles vermachte. Zwar hatte ich zwei Cousinen, doch die waren verheiratet und trugen daher nicht mehr den Namen der Familie. Nur *ich* führte den Namen in die nächste Generation fort, was Tante Matilda auch mehrfach betont hatte. Ich wusste, dass ihr das wichtig war.

Nicht dass die Cousinen alle Hoffnung aufgegeben hätten, weit gefehlt! Diese Frauen waren ständig zu Besuch bei Tante Matilda, brachten ihre grässlichen Kinder mit und überschütteten die Tante mit kleinen Aufmerksamkeiten. Sie taten das vor allem, wenn ich auf Studienreise in Spanien oder Portugal war. Ich war überzeugt davon, dass sie dann die Gelegenheit ergriffen, mich in ein schlechtes Licht zu rücken und meine Aussichten zu schmälern. Ja, mehr noch, beide Cousinen hatten ihre recht unscheinbaren Töchter nach meiner Tante benannt (obwohl meiner Meinung nach drei Matildas in einer Familie zwei zu viel sind).

Vor meiner jüngsten Spanienreise bestellte meine Tante die gesamte Familie zu einem Mittagessen in ihr Haus. Das tat sie von Zeit zu Zeit, um sich an ihrer Macht zu erfreuen, uns alle auf ein Fingerschnippen von ihr hin springen zu lassen. Besonders ergötzte sie sich an ihrer Macht über mich – das wusste ich, und sie wusste, dass ich es wusste. Doch ich bewahrte meine Würde. Ein Mann ist nichts, wenn er nicht auf sich hält.

Beide Cousinen erschienen mit ihren derben, rotgesichtigen Gatten und ihren Töchtern, den beiden Matildas. Diese Gatten waren die langweiligsten Männer meiner gesamten Bekanntschaft. Sie besaßen keinerlei intellektuelle Interessen. Schlimmer noch: Auf diese typisch englische Art brachten sie allen Menschen, die sich mit Wissenschaft und Kunst beschäftigten, ein tiefes Misstrauen entgegen. Ich wusste aus sicherer Quelle, dass der eine mich bei einem gemeinsamen Bekannten als »recht komischer Kauz« bezeichnet hatte.

Die kleinen Mädchen waren auch nicht hübscher geworden, seit ich sie zum letzten Mal gesehen hatte. Verstehen Sie mich nicht falsch. Mir ist sehr wohl bewusst, dass eine Frau nicht notwendigerweise schön im landläufigen Sinn sein muss. Frauen, die eher interessant als hübsch sind, erregen die Sinne sogar auf besondere Weise. Eine Frau kann das sein, was die Franzosen auf ihre elegante Art »une jolie laide« nennen. Ihre Züge mögen unregelmäßig sein, doch sie kann Charme, Geist, Klugheit und Lebhaftigkeit ihr Eigen nennen und sich geschickt zu kleiden wissen.

Ich glaubte jedoch nicht, dass die beiden Matildas zu solch bezaubernden Frauen heranwachsen würden. Sie waren unscheinbare, ungelenke Kinder und würden einst Vogelscheuchen werden. Da, nun ist es heraus. Doch es ist nur die schlichte Wahrheit.

Eine von ihnen saß bei Tisch neben mir. Sie war, wie ich vermutete, wohl etwa zwölf Jahre alt und hatte entweder einen Schnupfen oder Nasenpolypen. Ich wusste nicht, was davon zutraf. Sie schnüffelte unentwegt vor sich hin. Tat sie es einmal nicht, kaute sie an ihren Nägeln. Aus reiner Herzensgüte versuchte ich, mit ihr ein Gespräch zu führen.

Als ich zwölf war, konnte man mich kaum dem Garten oder jedem anderen erreichbaren Stückchen Natur fernhalten. Ich suchte Insekten, Schnecken mit und ohne Haus, seltene Wildpflanzen und alle Arten faszinierender Dinge. Selbstverständlich nahm ich an, dass das Kind sich für dieselben Dinge begeisterte. Ich berichtete also ausführlich vom Lebenszyklus des Wassermolchs, von der vielschichtigen Ameisengesellschaft, vom Einfallsreichtum der Biene und der Wespe. Ich äußerte die Vermutung, dass die Kleine sicher eine Sammlung gepresster Blumen habe, die junge Damen, wie ich gehört hatte, so gern anlegten. Ich riet ihr, doch lieber eine Gräsersammlung anzufangen. Gräser seien viel interessanter und würden meist wenig beachtet. Ich erklärte die Eigenschaften alkaliner und saurer Böden und den Unterschied zwischen den Lebensräumen Hecke und Wiese.

Nach einiger Zeit fiel mir auf, dass sie herumrutschte und – wahrhaftig – gähnte.

»Was ist?«, fragte ich. »Hast du letzte Nacht nicht gut geschlafen?«

»Doch, doch, Onkel Robert«, sagte das grässliche Kind. »Aber weißt du, ich interessiere mich eigentlich gar nicht für all das, was du da erzählst. Ich kann Schnecken nicht leiden. Ich verstehe nicht, wieso Gras etwas anderes sein soll als Rasen oder Tierfutter. Ich würde nie in der Erde herumwühlen. Nicht auszudenken! Da könnten Würmer drin sein! Igitt!« Sie richtete ihre hervorquellenden blassblauen Augen auf mich und musterte mich so, wie ich ein Forschungsobjekt musterte. »Wird es *dir* denn nicht einmal langweilig, Onkel Robert? Wärst du nicht lieber ein Geschäftsmann wie mein Papa? Oder ein Zahnarzt wie mein Onkel?«

»Ich habe keinerlei Verlangen danach, meine Zeit in einem Kontor zu verbringen oder damit, Zähne zu ziehen!«, sagte ich barsch. »Vielmehr bin ich damit beschäftigt, ein Buch zu schreiben, das, wenn es vollendet ist, ein …«

»Ach, das Buch!«, unterbrach sie mich. »Papa sagt, dass das nie fertig werden wird, und selbst wenn du es schaffst, dann versteht es niemand.«

Ich konnte nichts entgegnen, so sprachlos war ich vor Zorn. Leider war das allgemeine Gespräch auch noch abgeebbt, sodass die Worte des elenden Mädchens in einen Teich der Stille fielen. Alle hörten sie.

Ihre Mutter ermahnte sie, ihren Nachtisch zu essen und Onkel Robert nicht mehr zu belästigen. Die Kleine machte sich mit widerwärtiger Gier über den Nachtisch her. Ich wechselte kein einziges Wort mehr mit ihr.

Nach dem Essen, als wir alle im Aufbruch begriffen waren, verlangte meine Tante, dass ich noch ein wenig bliebe, weil sie etwas mit mir zu besprechen habe. Das beunruhigte meine Cousinen und ihre Gatten. Sie wechselten entsetzte Blicke. Doch sie mussten aufbrechen, und ich blieb zurück.

»Setz dich, Robert!«, befahl sie.

Ich nahm auf dem eher harten und unbequemen Stuhl Platz, auf den sie deutete. Dass Oscar auf dem Sofa ausgestreckt lag und schnarchte, trug nicht zu meinem Wohlbefinden bei.

»Robert, du wirst doch dieses Jahr vierzig, nicht wahr?«, fragte Tante Matilda unerwartet.

Ich bejahte. Meine Stimmung hob sich. Hatte sie mich gebeten zu bleiben, damit sie mit mir über ein passendes Geschenk sprechen konnte? Doch natürlich wurde meine Erwartung wieder einmal enttäuscht.

»Dann ist es höchste Zeit, dass du endlich eine Entscheidung triffst«, stellte sie kühl fest.

»Worüber?«, fragte ich, vollkommen im Dunkeln tappend.

»Wie deine Zukunft aussehen soll«, entgegnete sie. »Du wirst doch nicht glauben, dass ich deinen Müßiggang bis in alle Ewigkeit unterstütze?«

»Müßiggang?«, schrie ich auf. »*Müßiggang!* Ich verbringe jede Minute jedes Tages damit, für mein Buch zu forschen und mein Manuskript zu verbessern. Allein in diesem Jahr habe ich zwei Kapitel hinzugefügt …«

Es war mir nicht vergönnt, meinen Satz zu Ende zu führen.

»Ach, das Buch«, sagte sie. »Das nenne ich doch keine Arbeit! Es wäre ja schön und gut, Robert, wenn du eigenes Vermögen hättest, doch das hast du nicht. Hättest du es, könntest du fortfahren mit diesem bequemen Dasein … auf deine eigenen Kosten. Doch du hast dich entschieden, es auf *meine* Kosten zu tun, was eine gänzlich andere Sache ist. Selbstverständlich lehne ich es nicht ab, wenn ein Mann ein Hobby hat. Ich verlange ja nicht von dir, dass du deine Interessen ganz und gar aufgibst.«

»Hobby?« Ich kreischte beinahe. »Du nennst mein Lebenswerk ein Hobby?«

»Was soll es denn sonst sein?«, entgegnete sie gelassen. »Du bist *kein* Mann der Wissenschaften, Robert, obwohl ich weiß, dass du dich gern so siehst. Oh, und ich weiß natürlich auch alles über die lächerliche Episode, wie du dir Zutritt zum Haus von Mr. Darwin verschafft hast. Ich kann mir zu gut vorstellen, was er davon gehalten hat – und von dir! Das Kind hatte durchaus recht.«

»Kind? Was für ein Kind?«, stammelte ich.

»Das beim Essen neben dir saß. Ich kann mir nie merken, welches Mädchen zu welchen Eltern gehört.« Sie schüttelte verärgert den Kopf. »Unerheblich! Sie hatte ganz recht mit dem, was sie gesagt hat. Du wirst dein kostbares Buch nie beenden, Robert, und selbst wenn du es durch ein Wunder doch tätest, wird es niemand veröffentlichen.«

Zum zweiten Male war ich sprachlos. Sollte etwa mein Werk, auf das ich so große Stücke hielt, in das ich so große Hoffnung setzte, an den Maßstäben einer Dreizehnjährigen mit Glubschaugen und Dauerschnüffeln gemessen werden? Oder an denen einer untätigen, übergewichtigen alten Frau, die nie das Haus verließ?

»Ich mag dich, Robert ...«, fuhr meine Tante ohne eine Spur Verlegenheit fort.

Ich fauchte sie beinahe an. Wenn sie auch nur die geringste Zuneigung zu mir verspürte, würde sie doch wenigstens versuchen, meine Plackerei auf dem Felde der Wissenschaften zu verstehen, statt mich wie einen Schuljungen zu behandeln, der den Unterricht schwänzte.

Ein seltsamer Ausdruck huschte über das Gesicht meiner Tante. Nach ein oder zwei Augenblicken erkannte ich ihn als Gefühlsduselei. Der Anblick war grotesk. Ich erinnerte mich, dass sie zum Essen mehrere Glas Rheinwein getrunken hatte.

»Du bist der Sohn meines geliebten Bruders und trägst den Namen der Familie. Aus diesen Gründen habe ich dich gewähren lassen, jawohl! *Gewähren lassen*, Robert! Aber ich werde es müde. Und mehr noch, wenn der Name auch in Zukunft bestehen soll, dann musst du auch heiraten und Kinder zeugen.«

»Heiraten«, keuchte ich.

»Aber ja, es wird doch irgendwo irgendeine Frau geben, die dich nimmt? Wenn du jedoch einen Beruf hättest, wäre es natürlich viel leichter. Dich wird keine heiraten, wenn du deine ganze Zeit mit Regenwürmern und Pflanzen vertrödelst. Du musst dir eine Anstellung suchen, dich finanziell auf eigene Beine stellen und eine Ehefrau finden.« Sie redete, als sei die ganze Sache so einfach wie ein Paar Schuhe kaufen.

Eine Ehefrau? Wie Sie sicher bemerkt haben, weiß ich das holde Geschlecht wohl zu schätzen. Doch eine Ehefrau käme nicht in Frage. Sie würde wollen, dass ich zu Hause bliebe. Sie würde den ganzen Abend über Haushaltsdinge und ähnliche Themen schwätzen. Sie würde von mir verlangen, dass ich sie zu Bridgeabenden und anderen sinnlosen gesellschaftlichen Ereignissen begleite. Für derlei Nichtigkeiten habe ich keine Zeit.

»Aber das kann ich nicht«, erklärte ich verzweifelt. »Ich reise in Kürze nach Spanien und setze meine Studien fort. Alle Vorbereitungen sind getroffen, die Fahrkarten gekauft ...«

Sie wedelte verärgert mit der Hand. »Nun gut, fahr nach Spanien. Doch wenn du zurück bist, besuch mich wieder, und wir sprechen noch einmal darüber. Jetzt kannst du gehen.«

Entlassen! Wie ein Dienstbote! Ich erhob mich so beherrscht, wie es mir möglich war, verbeugte mich und dankte ihr für das ausgezeichnete Essen.

Oscar erwachte und bellte mich an. Die beiden folgten mir mit den Blicken zur Tür. Ich las darin unerbittliche Missbilligung.

Ich kehrte nach Hause zurück und begann fieberhaft nachzudenken. All das hatte ich nur meinen Cousinen zu verdanken, da war ich sicher. In meinem Herzen brodelte der Hass auf sie. Sie hatten mich auf irgendeine Weise in ein schlechtes Licht gerückt, meine Tante gegen mich eingenommen. Sie hatten dem Kind befohlen, was es sagen sollte. Jawohl! Es war eine Verschwörung. Und alles kam von der Ablehnung, die jene, welche arm im Geist und Denken sind, den Begabten und Herausragenden entgegenbringen.

Wie konnte Tante Matilda ihnen nur Gehör schenken, es sei denn, es ermangelte ihr ebenso an Intelligenz wie ihnen? Es war sehr wohl möglich, dass sie meine Zuwendungen einstellte. Heiraten? Wie könnte ich auch nur daran denken? Das wäre das Ende für mein Werk. Warum nur sah keiner von ihnen, wie wichtig es war? Wie konnten sie nur mit solcher Verachtung davon sprechen – und von mir? Wie konnte ihnen entgehen, dass ich ein Mann von Kultur und Bildung, ein Mann des Geistes war? Sie sahen es nicht, weil ihnen all diese Eigenschaften fehlten.

Nachdem ich eine Weile in einem abgedunkelten Zimmer mit einer kalten Kompresse auf der Stirn geruht hatte, begann ich zu planen, wie ich den Machenschaften gegen mich begegnen konnte. Schließlich könnte sich die Lage mit der Zeit auch ganz anders entwickeln, beruhigte ich mich. Ganz offensichtlich schätzte meine Tante die beiden Matildas nicht sonderlich. Sie hatte jedoch gesagt, dass ich ihr teuer war. (Wenn sie denn überhaupt jemanden schätzen konnte, was ich bezweifelte. Meiner Meinung nach galt die einzige echte Zuneigung, die sie je an den Tag gelegt hatte, diesem Hund.) Wie auch immer: *nil desperandum*!

Es gibt ein altes Sprichwort über die Sinnlosigkeit, Perlen vor die Säue zu werfen. Wobei ich selbstverständlich von meiner Tante nicht in solch groben Ausdrücken dachte! Doch das Prinzip war dasselbe. Ging meiner Tante die Fähigkeit ab, mein Werk angemessen zu würdigen, machten sie vielleicht materiellere Dinge mir gewogen. Wenn ich aus Spanien zurückkehrte, würde ich sie mit etwas Glück in besserer Verfassung vorfinden. Brachte ich ihr etwas Aufmerksamkeit, Rücksichtnahme, kleine Schmeicheleien und anderes in der Art entgegen, könnte ich sie dazu bewegen, dass sie es sich noch einmal überlegte und mich weiter unterstützte. Ein Geschenk könnte dort Erfolg haben, wo die Vernunft versagte.

Dann kam mir ein wahrhaft brillanter Gedanke. Tante Matilda besaß eine kleine Schwäche (sieht man von ihrer Vernarrtheit in diesen elenden Hund ab). Sie schätzte ein Glas guten Sherry. Wie der Zufall es wollte, würde mich meine nächste Reise in die schöne spanische Gegend rund um Jerez führen – ein Name, der für diesen berühmten Aperitif stand. Es ist ein wunderbarer Teil der Welt.

Das ist das Spanien, von dem man immer träumt. Bei Tage reist man durch eine Landschaft voller Burgen, Herrenhäuser, weißgekalkter Dörfer und Höfe, auf denen Stiere für die Arena gezüchtet werden. Bei Nacht kann man sich unter den Sternen ergehen und die milde, warme Luft genießen, im Ohr die Klänge der Gitarren und in der Hand ein Glas von dem Trank, der dem Nektar der Götter gleicht. Denn hier ist der Ursprung des Sherrys. Das ist ein Wein, der – wie die Frauen dieser Gegend – Schönheit, Würde und Anmut besitzt. Er erfreut das Auge, verführt die Nase, und den Geschmack muss man langsam erforschen. Rollen Sie ihn auf der Zunge. Schließen Sie die Augen und überlassen Sie sich einer Erfahrung, deren sinnlicher Zauber beinahe erotisch ist.

Sie sollten wissen, dass der allerbeste Sherry aus Trauben stammt, die auf Kalkboden wachsen. Die sandigeren Böden bringen einen minderen Wein hervor. Doch der wahrhaft große Fino, ah – das ist etwas so Besonderes und Seltenes, dass Flaschen davon so leidenschaftlich gehütet werden wie alle anderen Schätze aus dem nationalen Erbe dieses Landes und es so gut wie nie verlassen. Doch ich würde es wagen, eine Flasche davon meiner Tante zu bringen.

Bei meinem Besuch in Sanlúcar de Barrameda gelang es mir in der Tat, eine der besten Flaschen dieser einzigartigen Schöpfung zu erwerben. Es war nicht leicht, doch ich war erfolgreich. Ein Triumph!

Ich brachte die Flasche heil nach England und hinunter nach Chertsey, um sie Tante Matilda zu überreichen. Ich stellte mir ihr Entzücken vor, den ausgezeichneten Eindruck, den meine Umsichtigkeit machen würde. Sie vergäße all diesen Unsinn, dass ich eine Anstellung suchen sollte (was für eine auch, um Himmels Willen?) oder heiraten. Es würde ihr leid tun, dass sie mir gegenüber so hart gewesen war. Sie würde es wiedergutmachen wollen. Mir kam sogar die nicht undenkbare Möglichkeit in den Sinn, dass sie auf der Stelle ihren Notar zu sich bestellte und mich zu ihrem Alleinerben ernannte.

Sie war in Gedanken, als ich eintraf, und begrüßte mich weniger begeistert, als ich gehofft hatte. Doch das tat nichts zur Sache. Ich holte den außergewöhnlichen Fino hervor, überzeugt davon, dass er ihre Laune verbessern würde.

»Danke, Robert«, sagte sie. »Stell ihn einfach auf die Anrichte.«

Das war ganz und gar nicht die Reaktion, die ich erwartet oder auf die ich gehofft hatte! Ich verspürte ein leises Unbehagen.

»Meine liebe Tante«, sagte ich, »hast du vielleicht etwas auf dem Herzen? Fühlst du dich nicht wohl? Wenn das der Fall ist, empfehle ich dir ein Glas des ausgezeichneten Finos, den ich dir geschenkt habe. Das wird dich im Handumdrehen wieder auf den Damm bringen.«

»Ich habe wirklich etwas auf dem Herzen«, antwortete sie. »Wirf doch einmal einen Blick auf Oscar. Was hältst du von ihm?«

Unwillig wandte ich meinen Blick dem Dackel zu, der neben meiner Tante auf dem Sofa saß. Ich musterte ihn. Er musterte mich. Ich verbarg meine Abneigung ihm gegenüber. Er verbarg seine Ablehnung, ja, Verachtung mir gegenüber nicht.

»Er kommt mir so vor wie immer«, sagte ich.

Das stimmte auch. Er sah nicht besser aus als sonst. Vielleicht war er etwas fetter geworden, aber vermutlich war es nicht angebracht, das zu erwähnen.

Meine Tante seufzte. »Er ist nicht er selbst. Er ist wirklich recht matt. Ich hatte schon den Tierarzt bestellt, doch der konnte nichts finden. Hingegen war er so taktlos, Oscars Alter anzusprechen. Ich habe ihm sehr deutlich zu verstehen gegeben, dass ich nicht erkennen könne, warum das Alter einem so gut versorgten Tier zu schaffen machen sollte. Diesen Tierarzt werde ich nicht wieder rufen. Dennoch ist mir, als stimme mit Oscar etwas nicht.«

Sie strich dem Tier über den Kopf. Oscar schielte zu ihr empor.

»Er ist so intelligent«, säuselte meine Tante. »Er versteht jedes Wort von uns.«

Ich fand es schwierig, darauf etwas zu sagen. Ich wagte es nicht, denselben Fehler wie der Tierarzt zu machen und das hohe Alter zu erwähnen, besonders nicht, weil ja auch meine Tante nicht mehr die Jüngste war.

»Du weißt doch, liebe Tante, dass wir uns alle von Zeit zu Zeit einmal nicht ganz auf der Höhe fühlen und eine Weile niedergeschlagen sind«, sagte ich. »Das muss noch keine Krankheit sein. Wahrscheinlich liegt es an der Jahreszeit: die kurzen Wintertage und die langen dunklen Stunden, zum Beispiel. Oder eine Woche lang schlechtes Wetter, das uns ans Haus gefesselt und gesunde Ertüchtigung verhindert hat. Oscar benötigt einfach etwas Aufmunterung und vielleicht ein Tonikum für Hunde. Im Handumdrehen wird er wieder auf dem Damm sein.«

Oscar warf mir einen Blick zu, den ich nur als sarkastisch bezeichnen kann. Vielleicht verstand er nicht nur jedes Wort von uns, sondern auch vieles, das ungesagt blieb.

Meine Tante war sofort guten Mutes. »Wie lieb von dir, Robert! Danke für deinen Rat – oh, und natürlich danke auch für den Sherry. Es ist sehr freundlich von dir, dich daran zu erinnern, dass ich ihn schätze.«

Zufrieden verließ ich Chertsey. Ich hatte einen guten Eindruck gemacht. Von einer Anstellung war nicht mehr die Rede gewesen, auch nicht mehr – dem Himmel sei Dank – von einer Ehefrau. Auch die Cousinen oder ihre Töchter waren nicht erwähnt worden. Ich schmeichelte mir, dass meine Sorgen vorbei waren. Ich würde mich meinem Werk widmen können und es dereinst veröffentlichen – unter allgemeinem Beifall! Ich stellte mir vor, wie es als ein wertvoller Beitrag zur Welt der Wissenschaft begrüßt wurde. Man lüde mich ein, der Royal Society beizutreten. Meine Tante, die Cousinen, ihre Gatten und die grässlichen Kinder müssten allesamt eingestehen, dass sie geirrt hatten. Endlich würden sie meinen wahren Wert erkennen. Und all das war durch mein Geschenk einer Flasche ausgezeichneten Finos bewirkt worden.

In der nächsten Woche fuhr ich wieder nach Chertsey. Dort fand ich meine Tante bei viel besserer Laune vor, geradezu heiter. Ich warf einen Blick auf die Anrichte. Die Flasche Fino stand noch dort, doch es war nicht mehr viel darin. Nur ein oder zwei Glas waren noch übrig. In Gedanken klopfte ich mir auf die Schulter.

»Wie nett, dich wiederzusehen, Robert«, sagte Tante Matilda.

Das wurde ja immer besser!

»Ich freue mich, dich so sehr viel fröhlicher anzutreffen als bei meinem letzten Besuch«, sagte ich. »Heißt das, Oscar geht es besser?«

Ich betrachtete ihn. In seinen Augen lag ein seltsamer Ausdruck. Auch er schien recht mild gestimmt, doch sein Blick wirkte etwas verschwommen.

»O ja, er fühlt sich viel besser!«, antwortete meine Tante begeistert. »Und das habe ich dir zu verdanken, Robert.«

»Mir?« Das überraschte mich.

»Aber ja doch, ich bin deinem Rat gefolgt.«

Ich zögerte. »Ähm, welchen Rat meinst du, Tante?«

»Oscar ein Tonikum zu verabreichen. Genau das hatte ihm gefehlt.« Sie wandte sich zur Anrichte. »Ich habe ein, zwei Tröpfchen deines Finos seinem Futter zugefügt. Das hat ihm so gut getan. Seine Laune hat sich gebessert, und er schläft wie ein Baby!«

Für einen Augenblick schien die Welt stehenzubleiben. Ich konnte nicht glauben, was ich da hörte. Das bildete ich mir doch sicherlich nur ein? Der Fino, den ich mit solcher Freude aus Spanien mitgebracht und Tante Matilda mit so großer Hoffnung überreicht hatte … war einem *Dackel* verabreicht worden? Das war unmöglich. Doch ja, es war sehr wohl möglich! Ich betrachtete Oscar genauer. Sein verschwommener Ausdruck und seine ungewöhnliche Milde … der Hund war betrunken!

Meine Ohren füllten sich mit Rauschen. Mein Hirn schien zu explodieren. Sollte denn alles, was ich für wertvoll erachtete und womit ich voller Hoffnung einen sorgsam ausgewählten Empfänger bedachte, derart verächtlich behandelt werden? Ich fühlte mich wieder genau wie in dem Augenblick, als Darwin mein kostbares Manuskript auf die Seite geworfen und freimütig bezweifelt hatte, dass es sich zur Veröffentlichung eignete. Diese dumme alte Frau hatte einen seltenen und großartigen Wein so behandelt, als sei er ein Tonikum für Hunde! War denn die Welt erfüllt von Seelen, die derart primitiv und unfähig waren, guten Geschmack oder Lebensart zu schätzen, dass nichts, aber auch *gar nichts* von wahrem Wert ihnen auch nur das Geringste bedeutete? Ich hörte mich mit zusammengebissenen Zähnen fragen: »Hast du *selbst* denn auch etwas davon getrunken?«

Sie schüttelte den Kopf. »Ich habe alles für den lieben Oscar verwahrt.«

All diese Ungerechtigkeit war zu viel für mich: die Jahre der Beleidigungen meiner selbst, meines Werks und jetzt eines großen Weins; die ständige Herabwürdigung all meiner Bemühungen, auf welchem Gebiet sie auch immer stattfanden … Nein, nein, mehr konnte ich nicht ertragen.

Außer mir vor Zorn, eilte ich zur Anrichte und ergriff die Flasche. Ich goss die Hälfte des Restes, der noch darin war, in eins der Gläser, die dort auf einem Tablett standen, und brachte es Tante Matilda.

»Trink!«, befahl ich.

Sie wirkte beunruhigt. Ich musste recht aufgebracht aussehen. Ich *war* aufgebracht.

»Aber was ist mit Oscar …?«, fragte sie.

Ich ließ sie nicht ausreden. Ich beugte mich über sie. Ich fasste ihr Kinn und zwang sie, den Mund zu öffnen. »Trink!«, schrie ich sie an. Ich goss das ganze Glas Fino, alles, zwischen ihre Lippen, während sie zappelte und keuchte und sich angstvoll sträubte.

Gerechterweise muss ich sagen, dass Oscar seine Herrin zu beschützen versuchte. Er sprang mich an, doch sein allgemein schwacher Zustand, sein Gewicht und die gerade erfolgte Sherrykur verbündeten sich gegen ihn. Er fiel vom Sofa und plumpste schwer auf den Teppich, wo er dann lag und mich machtlos anfunkelte.

Um zu verhindern, dass der Wein wieder herauslief, warf ich das Glas von mir, presste mit beiden Händen Tante Matildas Mund zusammen und wiederholte meinen Befehl, hinunterzuschlucken.

Sie sträubte sich immer noch, und dann entrang sich ihrer Kehle ein seltsames Geräusch. Ihre Augen traten hervor. Matt klapste sie auf meine Hand.

Zu spät erkannte ich, dass sie erstickte. Ich riss die Hände von ihr und versuchte, sie wiederzubeleben, doch es war zu spät. Plötzlich regte sie sich nicht mehr, und ich wusste, dass sie tot war. Ihre Augen starrten mit einem entsetzlichen Ausdruck von Leblosigkeit zu mir empor.

Ich wusste, dass ich jetzt nicht den Kopf verlieren durfte. Ich ging zur Anrichte und schenkte die letzten Tropfen Sherry in ein frisches Glas. Ich führte es an die Lippen und probierte. Ah! Auch wenn es nur einen Moment währte, einmal wenigstens wurde der Wein von jemandem genossen, der ihn zu schätzen wusste.

Oscar beobachtete mich die ganze Zeit über mit einem Knurren tief in der Kehle. Ich trug mein Glas zu dem Tischchen beim Sofa und stellte es dort ab. Dann raufte ich mir die Haare, lief in den Korridor und rief dabei nach dem Dienstmädchen.

»Hilfe! Hilfe! Meine Tante ist krank. Schnell, ein Arzt!«

Der Arzt kam schnell, jedoch viel zu spät. Ich erzählte ihm, dass meine Tante und ich gerade ein Glas des außergewöhnlichen Finos genossen, den ich bei meinem letzten Besuch mitgebracht hatte, als sie ein Hustenanfall packte. Ich zeigte ihm mein Glas auf dem Tisch und Tante Matildas, das auf den Teppich gefallen war. Oscar schnüffelte mit Behagen daran und versuchte, die letzten Reste aufzulecken.

Ich hatte Sorge, dass der Arzt die roten Male am Kinn meiner Tante bemerkte, daher erklärte ich gleich, dass ich versucht hatte, ihre Atemwege frei zu machen und sie zu retten, doch dass es vergeblich gewesen sei. Ich raufte mir die Haare und zerrte an meiner Kleidung. Ich jammerte.

Der Arzt zeigte Mitgefühl und klopfte mir auf die Schulter. »Mein lieber junger Mann, Sie sind ja ganz aufgewühlt, doch schreiben Sie sich keine Schuld zu! Diese traurigen Unfälle passieren so plötzlich, dass nur wenig getan werden kann, wenn kein Mediziner zugegen ist. Ein Laie hätte Ihre Tante nicht retten können.«

Die gerichtliche Untersuchung kam zu dem Ergebnis, dass es sich um einen Unfall gehandelt habe. Nach der Beerdigung versammelten sich meine Cousinen, ihre Gatten und ich zur Verlesung des Testaments durch den Notar. Meine Tante hatte jeweils lumpige dreihundert Pfund jeder Cousine, jeder kleinen Matilda – und mir hinterlassen.

Dreihundert Pfund! Das war alles? Und *mir*, der doch den Namen der Familie weiterführte, nur dieselbe Summe wie diesen beiden Frauen und ihren grässlichen Töchtern? Noch aus dem Grab heraus gelang es Tante Matilda, mich zu demütigen.

Was also geschah mit dem Landhaus in Chertsey und dem restlichen Geld? War es denn zu glauben? Meine Tante hatte einen Treuhandfonds eingerichtet, dessen einziger Nutznießer Oscar war. Kurzum: Oscar erbte alles. Der Fonds sah vor, dass er weiterhin in dem Haus in Chertsey wohnte. Köchin, Dienstmädchen und Gärtner behielten ihre Stellen, um das Haus zu pflegen und Oscar zu versorgen. Erst bei seinem Tode sollte alles verkauft und der gesamte Erlös an verschiedene mildtätige Organisationen für Tiere verteilt werden.

Es lag im Interesse der Dienstboten, dass Oscar so lang wie möglich lebte. So lange kamen sie in den Genuss eines festen Gehalts. Doch schließlich, zwei Jahre später, verstarb Oscar trotz all ihrer heldenhaften Bemühungen, ihn am Leben zu halten. Der Tierarzt, der seinen Körper untersuchte, erklärte, dass er sehr alt gewesen sein musste, in Hundejahren gemessen ein hochbetagter Greis.

Oscar war wirklich ein glücklicher Hund gewesen. Vielleicht war es doch das Tonikum von außergewöhnlichem Fino, das dies bewirkt hatte.

Und mein Opus magnum, mein geliebtes Manuskript? Ich plage mich weiter, doch muss ich der Tatsache ins Auge sehen, dass ich es wohl nie werde beenden können. Ich kann es mir nicht mehr leisten, nach Spanien zu reisen. Die warmen Nächte voller Gitarrenklänge sind nur noch eine Erinnerung. Ich musste eine Stellung als Schreiber annehmen. Meine Tage verbringe ich nun in einem Zimmer voll roher, gewöhnlicher Gesellen, die nach Tinte und Tabak riechen. Es ist eine grausame Welt.

Jerez

Der Name des spanischen Likörweins verweist auf seine Herkunft: Er stammt aus der Gegend der andalusischen Stadt Jerez de la Frontera, und aus dem spanischen »Jerez« wurde bei den Engländern »Sherry«. Die offizielle Bezeichnung für das Anbaugebiet lautet heute Jerez y Sanlúcar de Barrameda.

Fast alle Sherrys werden aus der Rebsorte Palomino hergestellt, einer spanischen Weißweinrebe. Nur die süßen Sherrys werden aus den Rebsorten Pedro Ximénez oder Weißer Muskateller (Moscatel) gekeltert. All diese Reben fühlen sich in der Sonne Andalusiens und auf den weißen Albarizaböden, die für die Region typisch sind, sehr wohl. Albariza besteht aus Kreidemergel, der ein so hervorragender Wasserspeicher ist, dass er die winterlichen Niederschläge aufnehmen und die Rebstöcke mit diesem Wasser noch im heißen Sommer versorgen kann.

Der unverschnittene Jungwein wird zunächst in »Añadafässern« nach Jahrgängen getrennt gelagert (añada ist spanisch für Jahrgang). Danach beginnt das so genannte Criadera-Solera-Verfahren: Fässer aus amerikanischer Eiche, die ein Fassungsvermögen von 500 Litern haben und in denen ältere Jahrgänge lagern, sind in vier Reihen übereinander gestapelt. Aus den Fässern der untersten Reihe (soleras), also denen mit dem ältesten Jahrgang, wird dann höchstens ein Drittel der Füllmenge entnommen und in Flaschen gefüllt. Die Menge, die jetzt in der untersten Reihe fehlt, wird der Reihe darüber (segunda criadera) entnommen, damit werden die unteren Fässer wieder aufgefüllt. Dieser Vorgang wird für die darüberliegende Reihe (primera criadera) wiederholt, bis man den Jungwein in die Fässer der obersten Reihe einfüllen kann.

Ebenfalls charakteristisch für die Herstellung von Sherry ist die Florhefe. Das sind hefeähnliche Pilze, die sich als Schicht auf dem reifenden Wein ablagern und ihn so vor Sauerstoff schützen – der Wein oxidiert nicht, und dadurch entsteht sein besonderer Geschmack. Weine, die auf diese Weise gereift sind, werden im Gebiet von Jerez »Fino« genannt; in Sanlúcar de Barrameda heißen sie »Manzanilla«. Sherryarten, die ohne Florhefe und somit oxidativ heranreifen, bezeichnet man als »Olorosos«. Man erkennt sie an ihrer bräunlichen Färbung. Die Finos oder Manzanillas sind dagegen hell. Eine edle Mischform beider Ausbauverfahren ist der »Amontillado«, der zuerst unter Florhefe reift, nach deren Zerfall dann aber Sauerstoffkontakt bekommt.

Aioli

Für 250 ml

2 Eigelb
1 Knoblauchzehe, gut zerdrückt
2 TL Zitronensaft
Salz
schwarzer Pfeffer aus der Mühle
1 Msp. Senf
250 ml Olivenöl

Eigelb, Knoblauch, Zitronensaft, Pfeffer, Salz und Senf in einer Schüssel verrühren. Öl ganz leicht erwärmen und nach und nach erst tropfenweise, dann in dünnem Strahl gründlich unterrühren. Zu Brot, Fleisch oder Gemüse reichen.

Guacamole

Für etwa 450 g

3 Eier
200 g Avocadofleisch
Saft von 1–2 Limetten
100 g Frischkäse
50 g Sahne
2 Chilischoten
1 Schalotte
Salz
Pfeffer aus der Mühle

Eier hart kochen und fein hacken. In einer Schüssel Avocadofleisch zerdrücken und nach und nach mit Limettensaft, Frischkäse und Sahne verrühren. Gehacktes Ei unterheben. Chili und Schalotte fein hacken und unterheben. Salzen und pfeffern. Zu geröstetem Weißbrot oder Maischips reichen.

Salzmandeln

200 g geschälte Mandeln
2 EL neutrales Öl
Salz
1 Msp. Paprikapulver

Mandeln in einer Pfanne in Öl bei mittlerer Hitze goldgelb rösten, dabei öfter wenden. Würzen, wenden, kurz weiterrösten. Auf Küchenpapier abtropfen lassen.

Variante
200 g ungeschälte Mandeln
1 Eiweiß
½ TL grobes Meersalz

Mandeln auf einem Backblech bei 170 °C im vorgeheizten Backofen 20 Min. rösten. In einer Schüssel Eiweiß mit Salz verrühren, Mandeln darin wenden, locker auf das Backblech zurückgeben, sodass sie sich nicht berühren, und noch einmal 5 Min. im ausgeschalteten Backofen rösten.

Artischockenherzen in Serranoschinken

Für 24 Stück
6 große Artischocken
1 TL Mehl
500 ml kaltes Wasser
Salz
Saft von 1 Zitrone
6 Scheiben Serranoschinken

Artischocken von Stiel und harten Blättern befreien und alle Blätter 2,5 cm oberhalb des Bodens abschneiden. Unten nur die inneren Blätter an den Böden lassen. Böden sofort mit Zitronensaft einreiben. Heufasern im Innern herauslösen. Mehl im Wasser verrühren, Salz und Zitronensaft zufügen. Durch ein Sieb in den Topf gießen und unter Rühren aufkochen lassen.

Artischockenböden hineingeben und bei geringer Hitze etwa 20 Min. köcheln, bis sie anfangen, weich zu werden. Herausheben und vierteln. Schinkenscheiben vierteln, um die Artischockenviertel wickeln und mit Zahnstochern feststecken.

Empanadas mit Chorizofüllung

Für etwa 24 Stück

440 g Mehl
2 Eier
5 EL weiche Butter
1 TL Salz
120 ml Milch
600 g Chorizo
1 Zwiebel
1 Knoblauchzehe
1 EL Tomatenmark
1 EL Paprikamark
Öl zum Braten

Mehl, Eier, Butter und Salz verrühren. Die Hälfte der Milch gut unterrühren. Die restliche Hälfte Milch unterkneten, bis ein glatter Teig entsteht. Teig in Frischhaltefolie wickeln und 30 Min. kühl stellen. Chorizo klein würfeln und in einer schweren Pfanne anbraten. Zwiebel und Knoblauch abziehen und klein würfeln. In der Pfanne mitbraten, bis sie glasig sind. Überschüssiges Fett abgießen. Tomaten- und Paprikamark unterrühren. Auf einem bemehlten Brett den Teig zu einer Rolle formen und in 24 Stücke schneiden. Die Stücke zu Kreisen ausrollen. Auf jeden Kreis 1–2 EL Chorizomischung geben, Kreise zusammenklappen und Ränder fest andrücken. In einer tiefen Pfanne Öl erhitzen und Teigtaschen portionsweise von beiden Seiten goldbraun braten. Auf Küchenpapier abtropfen lassen und warm servieren.

Knoblauchgarnelen maurische Art

Für 4 Portionen

300 g Garnelen, vorgegart und geschält
3 Knoblauchzehen
4 getrocknete Datteln
8 EL Olivenöl
2 kleine getrocknete Chilischoten
Salz

Garnelen kalt abspülen und trocken tupfen. Knoblauch abziehen. Datteln fein würfeln. Öl in einer Pfanne erhitzen. Knoblauch darin mit einer Gabel zerdrücken. Chili zufügen und anbraten. Knoblauch und Chili herausnehmen. Dattelwürfel im Öl anbraten. Garnelen zufügen und von beiden Seiten je ½ Min. braten. Salzen und sofort servieren.

Empanadillas mit Lammhackfüllung

Für 24 Stück

380 g Mehl
2 EL Zucker
1 TL Salz
125 ml Pflanzenöl
2 große Eier
90 ml Eiswasser
500 g Lammfleisch
50 g fetter Speck
1 Zwiebel
salzscharfes Paprikapulver
½ Zweig frischer Thymian
1 Knoblauchzehe
2 EL Schnittlauchröllchen
1 Ei und
1 Eigelb
Öl zum Frittieren

Mehl, Zucker und Salz in eine große Schüssel sieben. Nacheinander Öl und Eier unterrühren. Nach und nach Eiswasser zugeben und dabei zu einem glatten Teig verkneten. In Frischhaltefolie gewickelt mind. 1 Stunde kalt stellen. Lammfleisch durch den Fleischwolf drehen. Speck fein würfeln und in einer Pfanne anbraten. Zwiebel abziehen, fein würfeln und im Speckfett glasig braten. Lammhack zufügen und 5 Min. kräftig braten, evtl. etwas Öl zugeben. Mit Salz, Paprika, Thymian und zerdrückter Knoblauchzehe würzen. Vom Herd nehmen und verquirltes Ei und Schnittlauch unterrühren. Auf einem bemehlten Brett Teig zu einer Rolle formen, in 24 Stücke schneiden und die Stücke jeweils zu Kreisen von 15 cm Durchmesser ausrollen. Auf jeden Kreis etwa 2 EL Füllung geben. Kreise halbmondförmig zusammendrücken. In einer tiefen Pfanne etwa 2,5 cm Öl erhitzen, bis ein Stückchen Teig im Öl zischt. Teigtaschen portionsweise von jeder Seite etwa 5 Min. goldbraun frittieren. Herausheben und auf Küchenpapier abtropfen lassen. Warm oder abgekühlt und in Scheiben geschnitten servieren.

Sardellen auf Paprika

Für 8 Stück

je 1 rote und gelbe Paprikaschote
12 eingelegte Sardellenfilets
120 g weiche Butter
3 EL Sahne
1 EL Kapern, gehackt
Pfeffer aus der Mühle
2 Zweige frischer Salbei

Backofen auf 190 °C vorheizen. Paprika entkernen, achteln und mit der Schale nach unten auf ein gefettetes Backblech legen. Sardellen abspülen, trockentupfen und sehr fein hacken. Mit Butter, Sahne und Kapern verrühren und pfeffern. Auf jedes Paprikastück 1 TL der Masse streichen und die Spalten etwa 20 Min. backen. Mit gehacktem Salbei bestreut servieren.

KRIS NERI

Der Traubensafthändler

Wäre er doch in dieser Nacht nicht aufgestanden, um auf seinem Weingut nach dem Rechten zu sehen. Natürlich verdächtigte ihn die Polizei. Wer glaubte schon, dass jemand wie er, dessen Weine so alberne Namen wie »Pizza Louie Rot« und »Pizza Louie Weiß« trugen, seine Arbeit ernst genug nähme, um nachts im Weinkeller zu arbeiten? Aber gute Qualität war Louis auch bei den preiswerten Supermarktweinen wichtig: Das Preis-Leistungs-Verhältnis musste stimmen, das war Louis sich und seiner Pfadfinderehre schuldig, auch wenn er seine Weine im Supermarkt verkaufte und nicht in den vornehmen Weinhandlungen. Schon als Kind hatte er seinen Eltern im Weinberg geholfen, und seither liebte er alles, was mit Wein und seiner Herstellung zu tun hatte.

In dieser Nacht begab sich Louis also zu seinem Weinkeller, um die Temperatur der Tanks zu kontrollieren. Im Mondlicht bemerkte er zwar einen Geländewagen, der an der Längsseite des Gebäudes parkte, konnte aber nicht erkennen, ob der Wagen dunkelblau oder dunkelgrün war. Vermutlich blau – der Wagen seines Nachbarn. Wer sonst würde um diese Zeit auf Louis' Grundstück herumschleichen? Dag Gillespie, Salatfarmer durch und durch, versuchte schon seit langem, Louis zum Verkauf seines Weingutes zu bewegen. War er jetzt etwa so tief gesunken, dass er auch vor Sabotage nicht zurückschreckte?

Leise öffnete Louis die Tür einen Spalt, zwängte sich durch und zog sie hinter sich zu. Gleißendes Licht ließ ihn die Augen zusammenkneifen – der Eindringling war also noch hier. Doch es war kein Laut zu hören. Er brauchte eine Waffe, für den Fall, dass es richtig ungemütlich wurde. Sein Blick

wanderte zu der Wand, an der das Werkzeuge hing, gleich neben der Tafel, auf der die Temperatur der Tanks notiert wurde. Der große Schraubenschlüssel fehlte. Er bewaffnete sich mit einer großen Taschenlampe und schlich den Gang entlang. Weit kam er nicht, nach ein paar Schritten schon fand er einen Mann, der ausgestreckt auf dem Boden lag. Seltsam, diesen Mann hatte er niemals zuvor gesehen. Und was das Ganze noch rätselhafter machte war, dass der Mann ein Stück der dicken Kreide, die für die Temperaturtafel benutzt wurde, in der Hand umklammert hielt. Neben ihm stand *Lou war's* auf den Boden geschrieben.

Wie betäubt ging Louis in die Knie; die Lampe glitt aus seiner Hand. Jemand hatte dem Mann den Schädel eingeschlagen. Mit *seinem* Schraubenschlüssel, er lag neben der Leiche. Louis starrte auf den krakeligen Satz, der ihn beschuldigte, vor allem auf den letzten Buchstaben, der nach unten auslief, als hätte die Hand des Mannes im Todeskampf gezittert. Als Louis ein Geräusch hörte, griff er hastig nach dem Schraubenschlüssel, um sich verteidigen zu können. Instinktiv nahm er die linke Hand dazu. Er war auf eine seltsame Weise beidhändig veranlagt. Er griff immer mit der Linken nach einem Gegenstand und legte ihn mit der Rechten zurück. Seine Handschrift war links wie rechts gleichermaßen schlecht. Die Tür wurde leise geöffnet, und Louis umschloss den Schraubenschlüssel noch fester. Er hielt die Luft an. Kam der Mörder etwa zurück? Doch es war nur Ricky Gomez, ein Arbeiter, den Louis einige Tage zuvor wegen Faulheit gefeuert hatte. Louis atmete aus.

»Was willst du denn hier?«, fragte er.

»Ich hab Licht gesehen und da dachte ich …« Gomez starrte auf den Fußboden. »Was ist denn hier los? Hast du etwa den Traubensafthändler umgebracht?«

Der Name des Traubensafthändlers war Marty Lesser gewesen. Louis hatte ihn zwar nie persönlich getroffen, aber Lesser war eine bekannte Größe in der Weingemeinde von Napa Valley. Ein Traubensafthändler kauft Weingütern Traubensaft in großen Mengen ab und verkauft ihn an andere. Das ist legal, solange die Winzer angeben, dass sie Saft verschiedener Rebsorten gemischt oder Traubensaft aus anderen Anbaugebieten verwendet haben. Viele strecken ihre Ernte jedoch mit minderwertigen Billigprodukten – das schmutzige kleine Geheimnis von Napa Valley.

Die Polizei nahm Louis zur Vernehmung mit. Detective Lucy O'Neill hatte lockiges Haar, das ihr hübsches, sommersprossiges Gesicht wie eine kupferne Wolke umrahmte. Sie erinnerte Louis an eine Lehrerin, für die er als Junge geschwärmt hatte. Allerdings war sie nicht so freundlich. Mit einem Stirnrunzeln, das eine reizende Falte zwischen ihre Augenbrauen zauberte, sagte sie: »Wir nehmen die letzten Worte von Sterbenden sehr, sehr ernst.«

Sie meinte das Gekrakel auf dem Fußboden. Hätte Louis es doch nur weggewischt, bevor Gomez hereinkam! Aber warum hatte der sterbende Lesser diese Worte überhaupt geschrieben?

»Was sollte ich denn für einen Grund haben, Lesser umzubringen? Ich kannte den Mann nicht einmal«, entgegnete Louis.

Sergeant Patterson, O'Neills Vorgesetzter, zeigte Louis einen Zettel, den sie bei der Leiche gefunden hatten. In schmaler, akkurater Handschrift stand darauf: *Weingut Pizza Louie, 1.30 Uhr,* daneben waren einige Dollarzeichen.

»Das sagt doch wirklich alles, Bruni. Es ist doch ein offenes Geheimnis, dass Lesser mitten in der Nacht zu den Winzern kommt, damit niemand von ihren Ankäufen erfährt.«

»Aber nicht zu mir«, beteuerte Louis. »Hören Sie, ich mache anständige Weine für einfache Mahlzeiten. Niemanden würde es scheren, wenn ich was dazukaufen würde, aber das mache ich nicht. Wenn Sie nur ein bisschen von Wein ver –«

»Tu ich nicht«, sagte der Sergeant. »Ich bin Biertrinker.«

Louis war an den einzigen Menschen in ganz Nordkalifornien geraten, der sich nicht für einen Weinexperten hielt. Was würde geschehen, wenn er an Geschworene geriet, die alle nur Bier oder Tee tranken? Es wäre für ihn nicht mal ein Imageverlust gewesen, Saft dazuzukaufen. Nur piekfeine Weingüter mussten das geheim halten. Und genau dieser Snobismus war es, den Louis in Sachen Wein nicht leiden konnte. Dieses stillschweigende Einverständnis zwischen angesagten Winzern, Weinhändlern und den Juroren der Preiskomitees, die sich vom eleganten Drum und Dran völlig überteuerter Weingüter blenden ließen. Sie hatten nicht den Mut zu sagen, dass ein Wein nicht so gut war, wie er sein sollte, oder gar, dass Weine wie die von Louis besser waren als erwartet. Keiner würde zugeben, dass der Kaiser nackt war.

»Sie könnten ihn ja auch wegen einer Sache umgebracht haben, die nichts mit Wein zu tun hat. Lesser hätte für Geld alles getan.« Der Sergeant lächelte drohend. »Hey, ist es eigentlich wahr, dass die Umweltbehörde Ihnen eine Geldstrafe aufgebrummt hat, weil Sie Ihre Reben mit Pestiziden besprüht haben?«

Louis war schleierhaft, worauf der Sergeant hinauswollte. Zorn stieg in ihm auf. Ein Unbekannter hatte ein verbotenes Pestizid auf seinen Weinbergen versprüht, und jemand hatte ihn anonym bei der Umweltbehörde angeschwärzt. Sehr wahrscheinlich steckte Gillespie dahinter – das versprühte Gift war nämlich für Salate zugelassen. Und Gillespie war zu allem bereit, um Louis zum Verkauf zu zwingen.

»Für mich sieht es so aus«, sagte Sergeant Patterson, bevor er den Vernehmungsraum verließ, »als hätten Sie reichlich Gründe gehabt, Lesser umzubringen.«

Nachdem der Sergeant gegangen war, blickte Detective O'Neill ihn etwas freundlicher an. Jedenfalls kam es Louis so vor. Allerdings hatte er bei Frauen noch nie viel Glück gehabt. Er war zu schüchtern, und sein Timing stimmte nie. Genau wie jetzt, als er Detective O'Neill unbeholfen fragte, ob sie, wenn der Fall gelöst war, möglicherweise mit ihm ausgehen wolle? War es ein Funken Interesse, der da in ihren Augen aufblitzte, oder Empörung?

»Mr. Bruni, dieser Fall wird wohl kaum nach Ihrem Geschmack gelöst werden.«

Louis schluckte. Das Gesetz, so schien es ihm, war genauso blind gegenüber der Wahrheit wie die Weinwelt.

Nachdem die Kaution festgelegt worden war, rief Louis seine Schwester Ashley an. Sie hatten sich nie besonders nah gestanden, und durch den Unfalltod ihrer Eltern vor ein paar Jahren hatten sie sich noch weiter entfremdet. Aber er kannte sonst einfach niemanden, der so mir nichts, dir nichts einen Scheck über eine Viertelmillion Dollar ausstellen konnte.

Schon in ihrer Kindheit und Jugend hatten Louis und Ashley wenig gemeinsam. Ashley schien sich auf dem Weingut nie wohl zu fühlen. Als die Zeit fürs College kam, studierte Louis in der Nähe Önologie, Ashley aber flüchtete an eine Großstadtuniversität und machte einen Abschluss in Botanik. Nur selten kam sie in den Ferien nach Hause.

Louis war immer davon ausgegangen, dass er das Weingut der Familie weiterführen würde. Zu seiner großen Überraschung kam es anders. Nach der Beerdigung konnte Ashley es gar nicht abwarten, das Weingut zu übernehmen. Da beide zu gleichen Teilen geerbt hatten, also einander würden auszahlen müssen, schlug Ashley vor, Streichhölzer zu ziehen. Der Gewinner sollte das gesamte Weingut erben; der Verlierer ein kleines Anwesen außerhalb von Napa Valley bekommen, das ihr Vater als Investition erworben hatte. Louis zog das kurze Streichholz. Ashley bot ihm an, noch einmal zu ziehen, er wusste, dass er fair verloren hatte.

Seither war er nicht mehr auf dem Weingut seiner Familie gewesen. Er bekam Bauchschmerzen, wenn er hörte, was Ashley dem Anwesen antat. Sie hatte hektarweise Rebstöcke herausreißen und ein protziges Verkostungscenter bauen lassen. Ja, so lief das heutzutage im Napa Valley – die Weingüter gaben sich alle Mühe, wie edle Ausflugsziele auszusehen. Dennoch verringerten die anderen Winzer ihre Anbauflächen kaum. Ashley dagegen riss immer mehr Weinstöcke heraus. Louis hatte gehört, dass sie links und rechts von der

Zufahrt zum Verkostungscenter Bäume hatte pflanzen lassen: Birnbäume, Kirsch- und Pflaumenbäume, Pfirsichbäume – und Eichen. Außerdem baute sie auf ihren Weinbergen jetzt Paprika, Erdbeeren und Wildkräuter an.

Das größte Rätsel gab Louis aber die Tatsache auf, dass sie trotz ihrer stark verringerten Anbaufläche herausragende Weine produzierte. Woher hatte jemand, der Wein so gering schätzte, die Fähigkeit, ihm eine solche Tiefe und Struktur zu verleihen? Sein Magen zog sich schmerzhaft zusammen, wenn er im Fernsehen ihre Werbespots sah, wenn eine feierliche Stimme sagte: »Bruni-Weine ... Napa Valley und das Universum.« Wieso eigentlich Universum, fragte sich Louis verbittert. Kauften sie ihren Wein auch auf dem Mars? Aber tief in seinem Inneren wusste er, dass er das Familienweingut niemals so erfolgreich hätte führen können, und das brach ihm das Herz.

Trotz allem, was also zwischen ihnen stand, eilte Ashley zum Gefängnis. Während er sich bei ihr bedankte, schämte er sich all der hässlichen Dinge, die er über sie und ihre Weine gesagt hatte.

»Oh, Lou, wie konntest du auch nur eine Sekunde denken, dass ich dich im Stich lassen würde? Du bist doch mein Bruder«, sagte sie und legte ihr schmales Gesicht in sorgenvolle Falten. In ihrer mädchenhaften, etwas pompösen Handschrift stellte sie einen weiteren hohen Scheck aus. »Für deine Anwaltskosten, Lou.« Die Schrift auf dem Scheck verschwamm, als sich seine Augen mit Tränen füllten.

Louis hatte darauf bestanden, Dag Gillespie zur Rede zu stellen, und Ashley begleitete ihn, damit er sich nicht noch mehr in Schwierigkeiten brachte. Sie fuhren zu seinem riesigen Haus, das über den Salatfeldern thronte. Neben dem Eingang waren Sand und bernsteinfarbener Kies aufgehäuft. Anscheinend wollte er die Veranda ausbauen; irgendetwas baute er immer. Gillespie, davon war Louis überzeugt, betrachtete sich als eine Art Patron der ganzen Gegend, und deshalb wollte er seine Farm auch immer weiter vergrößern.

Gillespie war ein großer Mann mit einem roten Bart, der ihm bis auf die Brust herabreichte. Er genehmigte sich gerade einen Scotch, als sie sein großes, unaufgeräumtes Wohnzimmer betraten.

»Na, Bruni, hast dich ganz schön in die Scheiße geritten, was«, spottete er. »Mord ist jedenfalls ein ganz anderes Kaliber, als Pestizide zu versprühen.« Er grinste hämisch und sah aus wie eine sadistische Ausgabe von Santa Claus.

»Du weißt ganz genau, dass ich das Zeug nicht gesprüht habe, Gillespie – du warst es.«

»Das wirst du nie beweisen können. Genauso wenig, wie du beweisen kannst, dass du den Traubensafthändler nicht umgebracht hast. Du solltest besser an mich verkaufen, bevor ich mit dem Preisangebot runtergehe.«

Als sie wieder draußen waren, wartete Ashley neben ihrem Mercedes, während Louis auf Gillespies Feld rannte und wütend gegen ein paar Salatköpfe trat. Nachdem seine Wut verflogen war, schlurfte er zum Wagen zurück.

Ashley wirkte aufgeregt. Sie erzählte, sie habe Ricky Gomez zu Gillespies Haus gehen sehen. »Aber als er mich gesehen hat, verschwand er in eine andere Richtung.«

»Was kann Gomez denn hier wollen?«

Die Weinproduktion ist eine so spezielle Tätigkeit, dass selbst einfachste Arbeiter sorgfältig angelernt werden müssen. Gomez hätte es nicht nötig, sich bei der Salaternte zu verdingen.

»Eine gute Frage«, sagte Ashley und warf ihm einen ihrer vielsagenden Blicke zu.

In der folgenden Nacht lag Louis wach und grübelte. Der Wagen, den er in der Tatnacht neben seinem Haus gesehen hatte, musste Lessers Auto gewesen sein, nicht Gillespies. Die Polizei hatte ihn bestimmt sichergestellt. Der Gedanke ließ Louis keine Ruhe, und er machte sich auf den Weg zum Polizeiparkplatz. Das Tor war zwar verriegelt, aber Louis überwand den Zaun mit Leichtigkeit. Schnell entdeckte er im Schein seiner Taschenlampe den dunklen Geländewagen. Er war grün. Und Louis fiel auf, dass die Reifen von einer dicken Schlammkruste bedeckt waren. Von seinem Gelände stammte der Schlamm jedenfalls nicht. Mit dem Taschenmesser kratzte er etwas von dem Dreck ab. Dicker guter Napa-Valley-Lehm – diesen Boden erkannte er immer. Lesser musste also noch ein anderes Weingut in Napa besucht haben, bevor er zu ihm hinausgefahren war. Die Beifahrertür ließ sich ohne weiteres öffnen. Offenbar konnte die Polizei sich nicht vorstellen, dass es jemand wagen würde, auf ihrem Parkplatz Autos auszurauben.

Vermutlich hatten sie den Wagen nicht allzu gründlich durchsucht, da sie ja überzeugt waren, in Louis den Mörder gefunden zu haben. Außerdem war Lesser ein ordentlicher Mann gewesen, keine Kippen im Aschenbecher, kein Stäubchen auf dem Armaturenbrett, keine Zettel im Handschuhfach. Louis wollte schon aufgeben, als er in einer Ritze des Fahrersitzes eine Münze entdeckte. Louis fuhr mit der Hand zwischen die anderen Sitzpolster. Da steckte noch etwas – ein Weinkorken. Da die Korkproduktion auf der ganzen Welt stark rückläufig ist, hatten viele Weingüter bereits auf Kunststoffstopfen umgestellt, nur die nobleren verwendeten noch Naturkork. Louis richtete die Taschenlampe auf den Korken. Eine Seite war dunkelrot. Louis roch daran – ein guter Merlot mit etwas Johannisbeere im Abgang. Er drehte den Korken zwischen den Fingern. Der Stempel zeigte eine Reihe von mit Sternen gesprenkelten Ellipsen. Das Emblem sagte Louis nichts, aber es gab so viele neue Weingüter in Napa. Lesser hatte also im Auto Wein getrunken. Konnte das von Bedeutung sein? Vermutlich nicht, aber Louis steckte den Korken trotzdem ein.

Noch einmal betrachtete Louis die Vorderreifen – da fiel ihm etwas ins Auge. Zwischen den Rillen des Reifenprofils waren kleine Stücke bernsteinfarbenen Kieses. Bernsteinfarbener Kies? Den hatte er doch vor Gillespies Haus gesehen! Er kratzte ein paar kleine Lehmbrocken mit Kies ab und wickelte sie in sein Taschentuch. Er würde noch einmal zu Gillespie fahren müssen, um sich zu vergewissern. Jetzt würde er seinen Nachbarn festnageln können.

Bevor er Gillespie jedoch endgültig zur Rede stellte, musste er den Fall wasserdicht machen. Nach einigen Stunden Schlaf fing Louis an, im Napa Valley herumzutelephonieren und sich nach Lesser zu erkundigen. In den meisten Branchen mag es merkwürdig sein, vor Sonnenaufgang irgendwo anzurufen, aber Winzer sind meistens schon sehr früh im Weinberg, um die Reben zu inspizieren, bevor die Sonne den Morgentau trocknet. Jemand sagte ihm, wo er Lessers Assistenten finden würde, der die restlichen Geschäfte im Auftrag der Erben abwickelte.

Louis fuhr mit seinem Pickup über den Hügel ins Napa Valley hinein, den Ort, der einmal seine Heimat gewesen war und den er so schmerzlich vermisste. Er war mit seinem neuen Weingut auf die heißen Ebenen verbannt, wo der Boden für Obst und Gemüse besser geeignet ist. Er war ganz anders als im Napa Valley, wo die Reben anmutig die sanften Hügel hinaufklettern und der kräftige Duft von Trauben in der Luft hängt. Louis tat jedesmal das Herz weh, wenn er an sein elterliches Anwesen dachte. Ashley hatte so ein Glück, aber er konnte es ihr nicht neiden. Fair ist fair, denn sie war einfach die bessere Winzerin, das wusste er jetzt.

Nicht weit von Calistoga traf er Lessers Assistenten Steven Smith, der auch bereit war, mit Louis zu reden, während er in einer Weinlaube sein Mittagessen zu sich nahm.

»Was soll's, ich schulde Marty nichts. Sein Neffe macht den Laden dicht, und ich verlier meinen Job.« Verärgert biss er in sein Schinkenbrot.

»Welche Winzer hat Lesser heimlich beliefert?«, fragte Louis.

»Das weiß ich nicht«, sagte Smith mit vollem Mund. »Meine Lieferungen waren alle legal. Aber eins sag ich Ihnen: Marty hat sein Geld nicht in erster Linie mit billigem Traubensaft verdient. Richtig Kohle hat er von den Winzern bekommen, die er heimlich beliefert hat.«

Das war für Louis keine große Überraschung. Tatsächlich würde das ganze System zusammenbrechen, wenn die Wahrheit ans Licht käme. Die Weinkritiker würden genauso als Scharlatane entlarvt wie die wohlhabenden Käufer der Lächerlichkeit preisgegeben, die behaupteten, ihr Gaumen schmecke den Unterschied. Smith kniff die Augen zusammen und sah zu Louis hinüber.

»Marty hatte übrigens noch eine Einnahmequelle. Er wurde von der Umweltbehörde fürs Herumschnüffeln bezahlt.«

»Fürs Schnüffeln?« Das also hatte Sergeant Patterson gemeint.

»Tja, und die Leute haben ihn bezahlt, damit er sie nicht der Behörde meldete. Doch Marty ist zu gierig geworden«, sagte Smith. »Früher war er mit kleinen Summen zufrieden, aber in letzter Zeit hat er versucht, immer mehr herauszuholen.«

Vermutlich hatte also Gillespie Louis' Reben mit Pestiziden besprüht, und Lesser gedungen, damit dieser das den Behörden meldete, die Louis auch prompt auf den Pelz gerückt waren. Und dann hatte Lesser von Gillespie wohl zu viel verlangt für sein Schweigen – es passte alles zusammen. Zum ersten Mal keimte Hoffnung in Louis auf.

Auf der Heimfahrt von Napa Valley löste der Geruch von Kuhmist und Salatdünger den verführerischen Duft des Napa Valley ab, und Louis versank in Gedanken: Was hatte sein ehemaliger Mitarbeiter Ricky Gomez in der Tatnacht in Louis' Weinkeller zu suchen gehabt? Und wieso hatte er behauptet, von draußen Licht gesehen zu haben? Die Tür war geschlossen gewesen, es konnte doch gar kein Licht nach außen dringen.

Er schlug den Weg zu Gomez' Wohnung ein. Hatte er in seinem Eifer, Gillespie zu überführen, Gomez als Verdächtigen übersehen? Konnte simple Rache dahinterstecken? Wollte Gomez die Tat Louis in die Schuhe schieben, weil der ihn gefeuert hatte?

Gomez wohnte in einem heruntergekommenen Haus in Napa. Louis stellte seinen Pickup ab und eilte die ausgetretenen Stufen zu Gomez' Wohnung hinauf. Er klopfte an die schäbige Wohnungstür, bis seine Knöchel schmerzten. Keine Antwort.

Schließlich öffnete sich eine andere Tür. »Suchen Sie Ricky?«, fragte eine Frau. »Der ist nach Las Vegas gefahren. Er muss zu 'nem Haufen Geld gekommen sein.«

Tatsächlich? Das Puzzle, das sich in Louis' Kopf langsam zusammensetzte, ergab ein hässliches Bild. Wenn Gomez das im Alleingang durchgezogen hätte, hätte er wohl kaum genug Geld für eine Reise nach Las Vegas. Sein Besuch bei Gillespie ergab jetzt einen Sinn. Gillespie musste ihn dafür bezahlt haben, Louis in eine Falle zu locken. Gomez hätte sicher geschworen, dass Louis den Mord begangen hatte. Selbst wenn er den Schraubenschlüssel nicht in die Hand genommen hätte. Louis spürte, dass er ganz dicht dran war. Alle Wege führten zu Gillespie. Jetzt musste er sich nur noch vergewissern, dass die Kiesstückchen in Lessers Reifen von Gillespies Anwesen stammten.

Kaum war es dunkel geworden, schlich sich Louis die Auffahrt seines Nachbarn hinauf. Der Kies lag noch immer neben dem Haus aufgeschüttet. Louis sah auf den ersten Blick, dass das Material ein anderes war. Er brauchte es nicht einmal mit den Stücken in seinem Taschentuch zu vergleichen. Gillespies Kies war grob und die Stücke groß; die Stückchen aus den Reifen waren klein und so glatt, als seien sie poliert.

Seine Enttäuschung war groß. Hatte er sich zu sehr auf Gillespie und Gomez konzentriert? Louis erinnerte sich an den schweren Lehm, den er von Lessers Reifen gekratzt hatte. Unmittelbar vor seiner Verabredung auf Louis' Anwesen hatte Lesser ein Weingut im Napa Valley besucht. Wäre mehr Zeit zwischen diesen beiden Besuchen vergangen, hätte er in den Reifen kaum noch Lehm und Kies gefunden; sie wären längst abgefallen.

An diesem Abend fuhr Louis die ganzen dreißig Meilen durch das Napa Valley, hielt vor der Einfahrt zu jedem Weingut an und hoffte, dass er irgendetwas sehen würde, das ihm weiterhelfen konnte. Er fing im Süden an, fuhr den St. Helena Highway entlang, eine oder zwei der Nord-Süd-Straßen, durch das Anbaugebiet Carneros, wo sie einen wundervollen Pinot Noir, Chardonnay und Merlot anbauten. Vorbei an der Domäne Chandon, dem ersten französischen Champagner-Hersteller, der ein Weingut in der Neuen Welt gegründet hatte. Er ließ die Beaulieu Vineyards hinter sich, die Grande Dame des Napa Valley; auf diesem Weingut war zum ersten Mal amerikanische statt französischer Eiche für die Fässer verwendet worden. Am Nordrand des Tals bog er auf den Silverado Trail ab und fuhr nach Süden. Stunden später landete er ganz in der Nähe seines Familienanwesens. Er war nicht mehr hier gewesen, seit Ashley umgebaut hatte. Aber nun stand er an der Zufahrt zu ihrer langen, eleganten, von schlanken Bäumen gesäumten Auffahrt.

Der Gedanke daran, wie gern er die Familientradition fortgesetzt hätte, die der Großvater begründet hatte, schmerzte ihn sehr. Aber am schwersten war es zuzugeben, dass Ashley die bessere Kellermeisterin war. Hastig wendete er den Wagen. Als das Licht der Scheinwerfer auf das Tor der Einfahrt fiel, blieb sein Blick an der schmiedeisernen Verzierung hängen. Dort prangten elliptische Ringe mit kleinen Sternen, eine stilisierte Abbildung des Sonnensystems. Er dachte an den Werbespot und »das Universum«. War das jetzt das Emblem des Weinguts Bruni? So hatte das Logo auf dem

Korken ausgesehen, den er in Lessers Wagen gefunden hatte. Louis starrte unschlüssig auf das Tor, er konnte sich keinen Reim darauf machen. Die Wolkendecke brach auf, und Mondlicht tauchte den Weg zum Haus in fahles Licht. Louis stieg aus und fiel fast zu Boden. Ashley hatte die Einfahrt mit feinem bernsteinfarbenen Kies bestreuen lassen. Winzige polierte Stückchen. Er zog sein Taschentuch hervor. Hier also kamen die kleinen Splitter aus Lessers Reifen her. Diese Entdeckung erschütterte Louis – ihm wurde klar, dass er Hilfe brauchte.

Ein Anruf bei der Polizei ergab, dass Detective O'Neill noch im Dienst war. Louis fuhr zur Polizeistation und wartete, bis sie herauskam. Er konnte nicht sagen, ob sie sich freute oder verärgert war, ihn zu sehen.

»Mr. Bruni, ich hab Ihnen doch schon gesagt, dass ich nicht mit Verdächtigen ausgehe«, sagte sie.

»Ich brauche Hilfe«, platzte Louis heraus.

Louis hatte sich so auf Detective O'Neill konzentriert, dass er Sergeant Patterson gar nicht bemerkt hatte.

»Hauen Sie ab, Bruni, sonst nehmen wir Sie wieder fest«, fuhr ihn Patterson barsch an.

Er war auf sich allein gestellt.

Louis fuhr zurück zum Anwesen seiner Familie und ließ den Wagen ein wenig abseits an der Straße stehen. Er machte sich zu Fuß auf den Weg durch die Weinberge. In einiger Entfernung hörte er Reifen auf dem Kiesweg der Einfahrt. Doch als er die Weinkeller erreicht hatte, war nirgendwo ein Wagen zu sehen. Durch ein schmales Fenster neben der Tür drang Licht. Louis blickte hinein. Die Fässer sahen genauso aus wie damals zu Zeiten seines Vaters. Er hatte eigentlich erwartet, dass Ashley die alten Fässer ersetzt hatte, um ihre exklusiven Weine zu lagern. Doch die einzige Veränderung, die er bemerkte, war eine neue Wand, sodass die Fässer jetzt dichter gedrängt standen. Louis fragte sich, wie Ashley denn den Rest des Gebäudes nutzte, und schlich hinein. Trotz des Lichtes schien niemand da zu sein. Er schlüpfte zwischen den Fässern hindurch und entdeckte eine schmale Tür in der neuen Wand. Er öffnete sie einen Spaltund blickte in ein Laboratorium, das so gut ausgerüstet wirkte wie das Forschungslabor einer Universität.

Irgendwo summte jemand. Dann sah er Ashley in einem weißen Kittel. Sie ging zu einem der Labortische, um den Inhalt eines Glasgefäßes zu inspizieren.

Louis trat in den Raum. »Ashley?«

Erschrocken fuhr sie herum. Louis rechnete damit, dass sie zwar überrascht sein würde, ihn hier zu sehen, ihn aber dennoch zuhause willkommen heißen würde. Auf das wissende Lächeln, das nun bei seinem Anblick auf ihre Lippen trat, war er allerdings nicht gefasst gewesen.

»Du hast es also herausgefunden, Lou. Das hätte ich dir gar nicht zugetraut.«

Ungern nur gab er zu, dass er nicht wusste, wovon sie sprach. »Was herausgefunden?«

»Dass ich den unverschämten Traubensafthändler umgebracht habe, natürlich.«

Nein, das hatte er nicht herausgefunden, auch wenn er jetzt erkannte, dass er das schon längst hätte sehen müssen. Die Kreideschrift auf dem Fußboden ähnelte nicht der präzisen Handschrift auf dem Zettel, den die Polizei ihm gezeigt hatte. Es war mehr eine runde Schrift gewesen, die eines jungen Mädchens, wie die auf dem Scheck, den Ashley ihm ausgestellt hatte. Und sie war die Einzige, die ihn »Lou« nannte, alle anderen sagten »Louis«. Schlagartig wurde ihm klar, dass sie ihn wegen Ricky Gomez belogen haben musste; sie hatte ihn nicht bei Gillespie gesehen. Sie war diejenige, die Gomez angeheuert hatte, um Louis zu belasten. Alles hatte die ganze Zeit klar vor ihm gelegen, aber Louis, in seiner typischen Naivität, wäre gar nicht auf die Idee gekommen, seine Schwester zu verdächtigen.

Er räusperte sich. »Warum? Weil du nicht wolltest, dass jemand erfährt, dass du deine Ernte mit billigem Saft mischst?«

Sie rollte die Augen. »Ich habe überhaupt nichts *gemischt*, Lou. Ich habe *ausschließlich* seinen lausigen Traubensaft verwendet. Und Lesser wurde immer gieriger. Er hat gedroht, mich auffliegen zu lassen, wenn ich ihm nicht Unsummen zahle.«

Louis konnte es einfach nicht glauben. Sie hatte zwar viele der Rebstöcke herausreißen lassen, aber er war doch eben auf dem Weg hierher durch ihre Weinberge gegangen. »Ich versteh das nicht. Warum kelterst du denn nicht deine eigenen Trauben?«

»Warum sollte ich mir die Arbeit machen?«

Ihm fiel der Korken in seiner Tasche ein, mit ihrem Logo gestempelt, nach ihrem kräftigen Wein duftend. »Aber, Ashley, wie kannst du aus minderwertigem Saft solche herausragenden Weine machen?« Er sah sich im Labor um. »Was genau machst du hier eigentlich?«

Ashley setzte ein höhnisches Lächeln auf. »Ich produziere Wein, Lou, auf meine ganz eigene Weise.« Sie öffnete eine Schublade. »Ich bin Botanikerin, vergiss das nicht. Ich stelle hier Aroma-Essenzen aus Bäumen, Blumen und Kräutern her. Wenn mein Cabernet im Abgang nach Pflaume schmecken soll, gebe ich das Aroma dazu. Möchte ich in meinem Sauvignon Blanc einen Hauch von Paprika, gebe ich das Aroma dazu. Hast du die neuesten Weinbesprechungen zu meinem Merlot gelesen: ›Klar, mit einem schmückenden Hauch von Dill und Zeder, der sich im Abgang sanft zu den Johannisbeeren gesellt.‹ Dill – Aroma; Zeder – Aroma; Johannisbeere – Aroma.« Mit einer hochmütigen Kopfbewegung warf sie ihr Haar zurück. »Es ist wirklich so einfach, dass ich mich frage, warum vor mir noch niemand auf diese Idee gekommen ist.«

Louis holte Luft. »Es ist verboten, dem Wein so etwas zuzusetzen.« Ganz leise fügte er hinzu: »Und falsch.«

Ashley schnalzte mit der Zunge. »Immer noch der alte Pfadfinder, unser Lou. Du weißt einfach nicht, wie es in der Welt zugeht.« Sie zog eine Waffe aus der Schublade und richtete sie auf ihn. »Wein ist sowieso nur eine Illusion, ein Mythos, geschaffen durch Tarnen und Täuschen. Ich liefere den Kritikern die Siegerweine, die sie haben wollen. Wie ich es mache, ist denen doch vollkommen egal.« Mit der Waffe in der Hand forderte sie ihn auf, zur Hintertür zu gehen. »Es ist ein Spiel, und niemand spielt es so gut wie ich.«

Louis stöhnte. »Hätte ich damals bloß das richtige Streichholz gezogen, dann wärst du nie so weit gekommen.«

Ashley lachte. »Siehst du? Genau das meine ich. Du bist so naiv. Du hast nicht einfach das kurze Streichholz gezogen, ich habe das so *arrangiert.* Ich weiß doch, dass du diese komische Angewohnheit hast, immer zuerst nach links zu greifen. Was hat man denn von Insiderinformationen, wenn man sie nicht zu seinem Vorteil nutzt?«

»Aber du hast doch angeboten, dass ich noch mal ziehen kann«, gab er verwirrt zurück.

»Das war nur ein Trick – es wäre doch gegen deine Pfadfinderehre gegangen, es noch einmal zu versuchen.« Wieder gestikulierte sie mit der Waffe. »Jetzt gehen wir schön hinaus in die Weinberge, wo du aus lauter Verzweiflung über dein Verbrechen auf dem Anwesen unserer Familie Selbstmord begehen wirst.«

Louis rührte sich nicht vom Fleck. »Aber warum? Hasst du mich denn so sehr?«

»Warum denn nicht?«, schrie Ashley. »Du, Mom und Dad – ihr habt euch immer benommen, als sei Wein ein großes Geheimnis, eine eigene Welt, die ihr miteinander teilt. Ihr habt mich immer ausgeschlossen aus eurem Leben. Seit Jahren warte ich darauf, dir das heimzuzahlen.«

Sie hatte sich jedoch selbst ausgeschlossen – sie hätten sie gern in ihrer Welt willkommen geheißen. Doch Ashley hatte schon immer andere für ihre Probleme verantwortlich gemacht.

Ashley zuckte die Schultern. »Außerdem musste ich Lesser ja irgendwie loswerden. Und du hast ständig herumgefragt, warum ich diese vielen Bäume pflanze. Ich dachte, irgendwann würdest du schon Ruhe geben, aber deine Neugier war ja nicht zu stillen. Du hast den Blick der Leute hier zu sehr auf meinen Betrieb gelenkt.«

Sie hatte ihm einen Mord angehängt, damit er keine Fragen mehr über ihre Weinproduktion stellen konnte? Warum hatte er bis jetzt nicht wahrhaben wollen, wie hohl und egozentrisch seine Schwester war? »Mom und Dad würden sich für dich schämen, Ashley.«

Sie lachte schrill auf. »Mom und Dad waren genauso naiv wie du! Ich bin die Erste in dieser Familie, die wirklich Erfolg hat«, schrie sie. »Ich!«

Louis hörte das leise Geräusch von Gummisohlen hinter sich. Noch bevor Ashley oder er sich umdrehen konnten, ertönte die Stimme einer Frau: »Ich verhafte Sie wegen Mordes an Marty Lesser.«

Es war Detective O'Neill. Blitzschnell war sie bei Ashley und drückte ihr einen Revolver in den Rücken. Es musste also ihr Wagen gewesen sein, den er gehört hatte. Louis nahm seiner Schwester die Waffe ab, und die Polizistin legte ihr Handschellen an. Ashley schien noch gar nicht zu begreifen, dass sie alles verloren hatte.

Als sich herumsprach, wie Ashley ihre Weine produziert hatte, erfasste eine gewisse Bescheidenheit die Weinwelt im Napa Valley. Die Weinkritiker klangen nicht mehr ganz so überheblich, wenn sie ein Weingut heraushoben und zum besten erklärten, und sie schienen endlich zu akzeptieren, dass auch einfache Weine, wie Louis sie produzierte, Anerkennung verdient hatten. Er hoffte, es würde eine Weile anhalten, aber er war nicht mehr naiv genug, ernsthaft daran zu glauben. Es gab zu viele Menschen, die das Gefühl von Überlegenheit nur zu gern genossen.

Ashley gab das Familienweingut an Louis zurück. Er verkaufte sein Land auf der heißen Ebene, damit er das Familienanwesen renovieren und ihm seine alte Pracht zurückgeben konnte. Dass Detective O'Neill – Lucy – den Polizeidienst quittierte und zu ihm zog, war bei der ganzen Sache auch nicht gerade hinderlich. Sie heirateten, kurz nachdem Ashley ihre lebenslängliche Freiheitsstrafe angetreten hatte.

Napa Valley

Das Napa Valley bei San Francisco im nördlichen Kalifornien ist wohl das bekannteste Weinbaugebiet der USA. Große Kellereien betreiben dort auf riesigen Flächen und nahezu industrielle Weise Weinbau, doch etwas abseits gibt es auch ein paar kleinere Weingüter, die im Wald versteckte kleinere Flächen bewirtschaften.

Zu drei Vierteln werden im Napa Valley rote Rebsorten angebaut. Zu den beliebtesten gehören Cabernet Sauvignon, Merlot, Pinot noir und Zinfandel. Die häufigste Weißweinrebe, die man im Napa Valley findet, ist Chardonnay.

Als man in den 1960er Jahren begann, in Nordkalifornien wieder im großen Stil Wein anzubauen, legte man die Rebflächen auf dem sandig-lehmigen Boden der Talsohle des Napa Valley an. Erst in den 1990er Jahren wurden auch die Hänge mit Weinstöcken bebaut, was den Vorteil hat, dass die Reben dort vor den kalten Nebelschwaden, die fast jeden Morgen von der San Francisco Bay in das Tal eindringen, geschützt sind. Diese Nebel sind auch der Grund dafür, dass sich die Weine des Napa Valley deutlich voneinander unterscheiden: Im Süden des Napa County sind die Reben – vorwiegend Chardonnay und Pinot noir – den Nebeln stärker ausgesetzt; aus diesem so genannten Carnerosgebiet kommen Schaumweine und fruchtige, finessenreiche Stilweine. Im Norden der Region werden dagegen kräftige, alterungsfähige Rotweine erzeugt.

Sehr gern wird dafür die Merlotrebe verwendet, weltweit eine der beliebtesten und besten Rotweinrebsorten. Ursprünglich stammt sie aus dem französischen Bordeauxgebiet. Ihr Name leitet sich von dem französischen Wort für Amsel (»merle«) ab – ein Hinweis darauf, dass auch Amseln die Qualität dieser Traube zu schätzen wissen. Merlottrauben reifen relativ früh im Jahr, und die aus ihnen gekelterten Weine zeichnen sich durch eine sehr intensive Farbe sowie durch runde, harmonische Tannine und eine meist fruchtig-marmeladige Note aus.

Der Beaulieu Vineyard bei Rutherford ist allerdings eher für seinen Cabernet Sauvignon bekannt. Während der Prohibition von 1920 bis 1930 überlebte dieses Weingut als Einziges im Napa Valley dank einer Lizenz zur Herstellung von Messwein.

Walnussbrot

Für 1 Laib

150 g Roggenmehl
150 g Dinkelmehl Typ 1050
1 TL Trockenhefe
½ TL Salz
1 EL weiche Butter
1 TL Honig
120 g Walnüsse, halbiert
Sonnenblumenöl zum Einfetten

Eine Brotbackform für 500 g mit Butter einfetten. Mehlsorten in einer Schüssel mit Hefe und Salz mischen.
Butter und Honig zufügen, dann mit 150 ml warmem Wasser zu einem geschmeidigen Teig verarbeiten.
Teig auf eine bemehlte Fläche legen und zu einer Kugel kneten. In eine geölte Schüssel geben und mit geölter Klarsichtfolie bedecken. An einem warmen Ort etwa 2 Stunden gehenlassen.
Teig auf einer bemehlten Fläche flachkneten. Walnüsse überstreuen und vorsichtig kneten, bis sie gut im Teig verteilt sind.
Teig zu einem Laib formen und in die Form setzen. Mit einem feuchten Tuch zudecken und etwa 1 Stunde gehenlassen, bis er doppelt so groß ist. Backofen auf 240 °C vorheizen.
Laib mit etwas Wasser bestreichen und 15 Min. backen. Temperatur auf 200 °C verringern und weitere 30 Min. backen. Um zu prüfen, ob das Brot fertig ist, nehmen Sie es aus der Form und klopfen auf die Unterseite; es sollte hohl klingen. Falls nicht, Laib noch 5 Min. im Ofen lassen und dann erneut testen. Aus der Form nehmen und auf einem Gitter auskühlen lassen.

Geflügelröllchen in Bananen-Curry-Sauce

Für 8 Stück

1 kleine Zwiebel
2 weiche getrocknete Aprikosen
1 TL Öl
½ Bund Koriandergrün oder glatte Petersilie
2 Bananen à 200 g
1–2 EL Zitronensaft
Salz
Pfeffer aus der Mühle
edelsüßes Paprikapulver
4 Putenbrustfilets à 140 g
Holzspießchen oder Küchengarn
Fett zum Braten
300 ml Gemüsebrühe
1 Stück unbehandelte Zitronenschale
200 g Basmatireis
100 g Schlagsahne
Currypulver

Abgezogene Zwiebel und Aprikosen fein würfeln, in heißem Öl anbraten und herausnehmen. Koriandergrün waschen und trocken schütteln, Blättchen abzupfen und fein hacken. 1 Banane schälen, fein würfeln, mit etwas Zitronensaft beträufeln und mit Koriander unter die Zwiebelmischung heben. Salzen, pfeffern und mit Paprika würzen.
Fleisch abspülen und trockentupfen. Zwischen Folie flach klopfen, mit Bananenmischung bestreichen, zusammenrollen und feststecken.
In einem Topf Röllchen in heißem Fett rundum anbraten. Mit Brühe ablöschen und Zitronenschale dazugeben. Zugedeckt etwa 20 Min. garen. Währenddessen Reis in Salzwasser garen.
Fleisch herausheben und warm stellen. Zitronenschale entfernen. Sahne in die Brühe gießen und aufkochen lassen. Übrige Banane schälen, würfeln und zur Sauce geben. Sauce pürieren und mit Curry, Salz, Pfeffer und Zitronensaft abschmecken.
Geflügelröllchen halbieren, mit Sauce begießen und mit Reis und grünem Salat servieren.

Scharfer Garnelentoast

Für 4 Portionen

¼ TL Sambal Oelek
2–3 TL Honig
2 EL neutrales Öl
16 Garnelen (küchenfertig, ohne Schale)
2 Bananen
2–3 EL Limettensaft
100 g Kirschtomaten
½ Bund Rucola
4 Toastscheiben

Sambal Oelek mit Honig und Öl mischen. Garnelen am Rücken entlang einschneiden und den schwarzen Darm entfernen. Garnelen waschen, trockentupfen und in der Sambalmischung mind. 30 Min. marinieren.
Bananen schälen, schräg in Scheiben schneiden und mit Limettensaft beträufeln. Tomaten waschen und halbieren. Rucola putzen, waschen und trockentupfen. Brote toasten und mit Rucola belegen. Garnelen in der Pfanne rundum etwa 2 Min. braten. Bananen und Tomaten unterheben und kurz mitbraten. Garnelenmischung auf den Toasts verteilen und sofort heiß servieren.

Kräuter-Chicken-Wings

Für 12 Stück

12 Hähnchenflügel
1 TL mittelscharfer Senf
2 EL Basilikumpesto
1 EL gehackte Petersilie

Backofen auf 220 °C vorheizen.
Hähnchenflügel waschen und trockentupfen. Mit Senf bestreichen. Pesto und Petersilie verrühren und Flügel damit bestreichen.
Auf einem mit Backpapier belegten Blech etwa 20 Min. auf der mittleren Schiene braten.

Maisfrikadellen

Für 25 Stück

3 Maiskolben ohne Hüllblätter und Fäden
550 g Kürbis, geschält und gehackt
100 g Kuskus
125 ml kochendes Wasser
¼ TL gemahlener Kreuzkümmel
1 rote Chili, entkernt und gehackt
Meersalz und Pfeffer
Mehl zum Bestäuben

Mais und Kürbis in einem großen Topf mit kochendem Wasser 5–8 Min. garen, bis das Gemüse weich ist. Abgießen und Kürbis zerdrücken. Maiskolben entkernen.
Kuskus in einer Schüssel mit heißem Wasser übergießen. 5 Min. stehen lassen, bis der Kuskus weich ist. Mit Mais, Kürbis, Kreuzkümmel, Chili, Salz und Pfeffer nach Geschmack vermengen.
Mit nassen Händen Teig zu kleinen, flachen Laiben formen. Leicht in Mehl wälzen. Öl 2 cm hoch in einer Pfanne stark erhitzen. Gemüsefrikadellen von beiden Seiten je 2 Min. braten, bis sie goldgelb und knusprig sind. Schmecken warm und kalt mit würzigem Chutney.

Blueberry-Muffins

Für 12 Muffins

50 g Butter
5 EL Zucker
300 g Mehl
1 Prise Salz
3 TL Backpulver
1 Ei
250 ml Milch
1 EL abgeriebene Zitronenschale
150 g Blaubeeren

Backofen auf 200 °C vorheizen. Butter bei geringer Hitze zerlassen. In einer Schüssel die trockenen, in einer anderen Schüssel die feuchten Zutaten, außer den Blaubeeren, mischen.
Nun die flüssigen Zutaten langsam zu den trockenen gießen, dabei immer wieder vorsichtig umrühren. Wenn alle trockenen Zutaten feucht geworden sind, die Blaubeeren ganz vorsichtig unterheben. Den Teig gleichmäßig in gefettete Muffinformen füllen und mind. 20 Min. backen.

SERGE DOUNOVETZ

Und immer wieder Rote

Marcel entkorkte einen Château Haut-Brion von 1970, einen der großen Grand Crus unter den Bordeauxweinen aus seinem Keller, und goss den rubinroten Wein in ein Glas mit Kristallfuß. Dann griff er sich die Zeitschrift und betrachtete lange das Bild einer jungen Frau, bis sie vor seinen Augen verschwamm und aus seinem Gesichtsfeld verschwand. Frauen faszinierten ihn, aber seine angeborene Schüchternheit erschwerte seine Beziehungen zum weiblichen Geschlecht. Darum trank er. Und seitdem man ihn betrunken am Steuer erwischt hatte, besaß er auch keinen Führerschein mehr. Was ihn nicht davon abhielt, Bettys mauve-farbenen Käfer zu benutzen. Marcel lebte in einer großen Vier-Zimmer-Wohnung, die er von seinem Vater geerbt hatte, in der zweiten Etage eines bürgerlichen, ein klein wenig heruntergekommenen Hauses im Zentrum von Bordeaux, gleich um die Ecke der Place des Quinconces. Seine Hauptbeschäftigungen bestanden darin, Wein zu trinken – ausschließlich Grand Crus – und spärlich bekleidete Frauen aus Zeitschriften auszuschneiden. Diese Ausbeute sortierte er sorgfältig und klebte sie in Schulhefte ein.

Die Besonderheit seiner Manie lag darin, dass er nicht in einschlägigen Magazinen herumschnipselte, sondern ausschließlich Frauenzeitschriften auswertete, die er an öffentlichen Orten mitgehen ließ. Nur eines hatte er damit im Sinn: jene seltene Perle aufzuspüren, die sein dumpfes Leben in ein Feuerwerk verwandeln würde. Darum hatte er auch eines seiner Hefte *Seltene Perlen* genannt.

Am Vortag hatte Marcel seinen fünfzigsten Geburtstag im Puits du temple gefeiert, einem Weinlokal, in dem er Stammgast war. Und um sein halbes

Jahrhundert gebührend zu feiern, hatte er ein neues Heft mit dem Titel *Zum Sterben schöne Frauen* angefangen. Nun saß er an seinem großen Zeichentisch, über seinem Kopf eine 300-Watt-Lampe, und schnitt mit einer rasiermesserscharfen Schere eine Seite aus einem Jugendmagazin aus, das er aus dem Wartezimmer seines Zahnarztes mitgenommen hatte. Mit der Präzision eines Chirurgen, der mit dem Skalpell arbeitet, schnitt er an der Silhouette einer grazilen jungen Frau in einem Badeanzug im Retrolook entlang.

Gerade vollendete er den Hüftschwung der Nymphe, als es an der Tür klingelte. Marcel erstarrte. Wer konnte das sein? Er erwartete niemanden. Betty? Nein, unmöglich. Betty war tot, schließlich hatte er sie auf dem Gewissen. Also wer dann? Er ging zur Tür und spähte durch den Spion. Er blickte in das Gesicht einer Frau, einer jungen Frau mit roten Haaren. Sein Herz jubilierte. Eine Rothaarige! Marcel liebte rothaarige Frauen mehr als alle anderen. Für Rothaarige empfand er eine grenzenlose Leidenschaft. Eines seiner Hefte trug die Aufschrift *Und immer wieder Rote*. Er liebte die milchigweiße Haut dieser Frauen, das Geflecht ihres Vlieses und vor allem ihren Duft, diesen betörenden und teuflischen Duft der Rothaarigen. Auf seinen Photo-Safaris waren sie stets sein begehrtestes Jagdobjekt. Eigentlich war es ganz einfach: Marcel liebte rothaarige Frauen ebenso sehr wie Bordeauxweine.

Zitternd öffnete er die Tür. Die Frau war hübsch, ziemlich hübsch. Marcel hegte Misstrauen gegenüber allzu hübschen Frauen, sie waren ihm unheimlich. Vielleicht weil er sich selbst nicht für attraktiv hielt. Aber das hier war eine ganz neue Situation, denn er war ja bei sich zu Hause und die Rothaarige präsentierte sich aus freien Stücken vor seiner Tür. In seinen Augen kam das einem göttlichen Wink gleich. Sie trug ein nichtssagendes kurzes weißes Kleid, und die feuerroten Haare fielen ihr wie ein Wasserfall über die Schultern. Sie lächelte Marcel diskret an und zeigte dabei ihre regelmäßigen weißen Zähne. Dann öffnete sie den Mund und bewegte die vollen Lippen.

»Entschuldigen Sie die Störung, ich bin Ihre neue Nachbarin. Ich bin gerade eingezogen und finde dummerweise meinen Korkenzieher nicht. Könnten Sie mir vielleicht einen leihen?«

Marcel sah, wie der Mund der Rothaarigen sich bewegte, aber er hörte nicht, was sie sagte. Er blickte ganz konzentriert auf ihre fleischigen, konturierten Lippen. Mit einem Mal hatte er die Vorstellung, dieser Mund gleiche einem weiblichen Geschlecht. Die Nachbarin bemerkte seinen abwesenden Ausdruck und fragte:

»Ist etwas nicht in Ordnung? Geht es Ihnen nicht gut?«

Marcel konnte es kaum glauben. Eine sprechende Möse. Eine Möse an der Stelle eines Mundes. Fasziniert fragte er:

»Wie machen Sie das?«

Die junge Frau zog die gezupften Brauen zusammen.

»... wie bitte? Wie mache ich was?«

»Wie machen Sie das, dass sie so gut sprechen kann, ohne zu nuscheln?«

In diesem Moment begriff die junge Frau, dass ihr Nachbar ein klassischer Fall war. Jetzt durfte sie ihn nur nicht irritieren, nicht brüskieren, ihn vor allem nicht verärgern, nicht zurückweisen und ihm auf keinen Fall den Rücken zuwenden. Hatte man ihr nicht im Krankenhaus, während ihrer Ausbildung zur Krankenschwester, beigebracht, dass Verrücktheit geradezu ansteckend wird, wenn man sich krampfhaft bemüht, sie zu ignorieren? Also musste sie sich der Sache stellen. Das Wichtigste war, dass sie wieder in ihr Appartement gelangte, ohne dass der Typ, der sie anblickte, als ... als sei sie ein Stück Fleisch, den Braten roch. Ja, das war es, was sie in ihrem tiefsten Innern spürte, dieser Typ stierte sie an, als sei sie ein ganz gewöhnliches Stück Fleisch. Für eine Vegetarierin der Gipfel der Unverschämtheit. Marcel versetzte daraufhin:

»Ich verabscheue Gemüse. Ein blutiges Entrecote und ein reifer Camembert, dazu ein Château Bouscaut 1959, das ist bereits das Versprechen, dass man sich eines Tages vor dem Scheißhaus des Paradieses wiederfindet.«

Die Rothaarige blickte Marcel an, und ihre Augen glichen den Radkappen eines Plymouth Fury 1959 – das passte gut zu dem Château Bouscaut. Sie begann unter den Achseln und zwischen den Brüsten zu schwitzen, wohl weil sie mit Schrecken feststellte, dass ihr Nachbar ihre Gedanken las. Sie hatte von dieser Gabe gehört, vor allem manche Serienmörder waren dazu fähig. Sie musste alles tun, was in ihrer Macht stand, damit er nicht mehr nachvollziehen konnte, was in ihrem Kopf vor sich ging. Nicht an unangenehme oder brutale Dinge denken, die diesen Verrückten auf üble Ideen bringen könnten. Wo er sie doch schon ansah, als sei sie ein Entrecote. Nicht an Hässliches oder Ekliges denken. Nein, besser an reizende, nette, nicht unbedingt schöne, aber doch anziehende Dinge denken. Und nicht übertreiben – es wäre ihm zuzutrauen, dass er auf der Stelle über sie herfiele.

Marcel, der seinen Blick noch immer nicht von der sprechenden Möse abwenden konnte, nahm einen neuen Anlauf:

»Einen Korkenzieher, sagten Sie? Da hätten Sie es nicht besser treffen können.«

Er hielt wieder inne, denn in seinem Kopf ging alles durcheinander. Er durfte die Kleine nicht verschrecken, ihr jetzt bloß nicht anvertrauen, dass weniger als drei Flaschen Rebsaft pro Tag ihn depressiv machten. Er war besessen von der Vorstellung, sie zu vernaschen, und deshalb musste er sie irgendwie zum Bleiben bewegen. Die junge Frau musterte ihn und wartete, was passieren würde, zumindest aber auf den Korkenzieher. Und nachdem sie sich die ganze Zeit gezwungen hatte, positiv zu denken, sah sie sich ihr Gegenüber genauer an und stellte fest, dass der Typ nicht schlecht aussah. Die Nase war vielleicht ein wenig zu groß, aber wenn er rasiert wäre, sähe er nicht nur passabel aus, sondern sogar ziemlich gut. Marcel stand wie festgenagelt auf der Türschwelle. Er wusste, dass er der Kleinen etwas geben sollte, einen Gebrauchsgegenstand, aber er konnte sich nicht mehr erinnern, was es war, er schaffte es einfach nicht, sich zu konzentrieren. Schließlich begann die Möse zu verschwimmen und verwandelte sich in einen Mund, um den herum sich ein Gesicht abzeichnete. Marcel suchte verzweifelt nach einem Vorwand, sie zum Bleiben zu bewegen. Ihr ein gutes Glas Wein anzubieten, sagte er sich, wäre bestimmt ein guter Einstieg. Und das Glas brachte ihn schließlich auf den Korkenzieher.

»Ach ja, ein Korkenzieher ... Natürlich ... Ich hol Ihnen sofort einen. Sie warten hier auf mich, ja? Ich bin gleich zurück, nicht bewegen!«

Die Rothaarige konnte ein Lächeln nicht unterdrücken. Dieser Nachbar schien zwar ein bisschen durchgeknallt zu sein, aber durchaus sexy. Marcel stürzte in die Küche. Er hätte ihr seinen Flügelkorkenzieher leihen können, den er tagtäglich benutzte. Aber er bezweifelte, dass die Kleine damit zurechtkommen würde. Außerdem war er sicher, irgendwo noch einen stinknormalen, T-Korkenzieher zu haben, eines jener nutzlosen Geräte, bei denen die Korken kaputtgehen und Korkkrümel in die Flasche fallen. Betty hatte ihn immer benutzt, damals, als sie noch in der Lage war, ihm kleine Gerichte zu kochen. Zu jener seligen Zeit, da sie noch nicht mit dem Fleischermesser auf ihn losging, ihn als Schwein beschimpfte und drauf und dran war, ihm die Kehle durchzuschneiden. Vielleicht hatte Betty recht, auf irgendeine Art war er sicher ein Schwein. Seitdem sie fort war, fand Marcel nichts mehr wieder. Wie ein Blöder durchwühlte er Schubladen und Schränke und fragte sich, ob er die Rothaarige nicht hätte hereinbitten sollen anstatt sie auf der Schwelle stehen zu lassen. Aber auf dem Zeichentisch lagen ja seine Hefte herum. Als er endlich den doofen Korkenzieher entdeckte, hörte er die kristallklare Stimme seiner Nachbarin:

»Finden Sie ihn? Kann ich reinkommen?«

Marcel richtete sich so abrupt auf, dass er mit dem Kopf an eine Schrankkante stieß. Verdammt! Natürlich konnte sie nicht hereinkommen. Man ging doch nicht einfach in die Wohnung fremder Leute, ohne dazu aufgefordert zu werden. Fast schrie er:

»Nein! Ich komme! Ich hab ihn!«

Er stürzte aus der Küche und rannte die junge Frau, die ein paar Schritte vorgetreten war und sich erstaunt im Wohnzimmer umsah, beinahe um.

»Sind Sie Architekt?«

»Was? Ich? Nein, nein, nichts dergleichen ...«

»Und wofür ist dann der Zeichentisch?«

Marcel spürte, wie der Boden unter seinen Füßen schwankte, er brauchte dringend eine Stärkung.

»Der Zeichentisch? ... Ach ja, genau ... Der hat meinem Vater gehört.«

»Und Sie? Was machen Sie?«

»Ich? Ich mache dummes Zeug. Nein, Quatsch, ich bin Journalist.«

Warum gerade Journalist? Marcel hätte es nicht erklären können. Die Antwort war ihm so rausgerutscht, er hatte nicht nachgedacht. Die Rothaarige war beeindruckt.

»Wow! Ist ja klasse! Und worüber schreiben Sie so?«

Marcel gefiel das Glucksen der Kleinen. »Wow! Ist ja klasse!« Er schwor sich, das gleiche begeisterte Japsen aus ihr herauszulocken, wenn er sie vernaschen würde.

»Sagen Sie schon, das interessiert mich wirklich.«

»... über Wein«

Und wieder hatte Marcel geantwortet, ohne nachzudenken. Aber diesmal wusste er, warum er einen solchen Unsinn losgelassen hatte. Die Rothaarige sah ihn verblüfft an.

»Wirklich? Sie schreiben über Wein? Wie aufregend! Ich liebe Wein! Haben Sie deshalb diese ganzen Zeitschriften? Arbeiten Sie für die Gastrorubriken?«

Marcel fummelte völlig verunsichert an seinem dämlichen Korkenzieher Made in China herum. Er ärgerte sich maßlos über sich selbst, darüber, dass er sich so unbeholfen verhielt dieser Frau gegenüber. Dabei wollte er sie doch einfach nur vögeln. Er ärgerte sich, dass er nicht wie ein Normalsterblicher funktionierte und immer Hintergedanken hatte. Allein die Anwesenheit der Rothaarigen hinderte ihn daran, vernünftig zu denken, und mehr als alles andere fürchtete er, dass sie ihm gleich den Rücken kehren würde. Er antwortete, ohne zu überlegen:

»Ja ... also ... Ich arbeite für einige dieser Zeitschriften, nicht für alle. Ich muss mich vor allem auf dem Laufenden halten, was meine Kollegen so schreiben.«

»Und die Schulhefte, wofür sind die? Für Notizen?«

»Die Hefte?! Ach ja, ja, die Hefte ... Genau, die sind für Notizen ... Ich schneide alles aus, was mit Wein zu tun hat und kleb die Artikel ein.«

Bis jetzt lief es ganz gut, sie war noch nicht schreiend davongelaufen, und er fand, dass er die Situation einigermaßen im Griff hatte, das gab ihm Selbstvertrauen. Die Rothaarige lächelte erneut und fragte:

»Wie heißen Sie?«

Marcel antwortete, er hieße Marcel. Und zum tausendsten Mal in seinem Leben fand er, dass Marcel ein wirklich blöder Name war. Die Kleine war da anderer Meinung:

»Schöner Name, klar, ein bisschen altmodisch, aber ich mag ihn. Ich bin Liza. Haben Sie ein Auto, Marcel?«

Die Frage überraschte den Schnipselmädchensammler. Ja, er hatte einen alten Käfer. Der stand unten auf der Straße und gehörte Betty, der Frau seines Lebens. Das Verdeck war vom Gesindel des Viertels immer wieder mit Messern traktiert worden, und der Regen tropfte ins Innere des Wagens, trotz meterlanger Klebestreifen, mit denen Marcel die Schlitze zugeklebt hatte. Aber im Augenblick verspürte er keinerlei Lust, die Rothaarige spazierenzufahren, dazu noch in einer Karre, die jeden Moment stehen bleiben konnte. Viel lieber wollte er sie vernaschen, und zwar ohne Vorgeplänkel. Ob die Kleine das wohl begreifen würde, bevor er sich völlig vergaß? Aber wie die meisten Frauen war Liza für diese Art von Zauber unempfänglich. Sie trat einen Schritt vor.

»Der ist vermutlich für mich?«

Sie riss Marcel den bescheuerten Korkenzieher fast aus der Hand und meinte nur:

»Danke, ich bring ihn gleich zurück!«

Marcel fand keine Antwort, es gab keine Antwort. Er stand völlig neben sich und schloss die Tür. Am ganzen Körper zitternd lief er in die Küche und leerte die Flasche Château Haut-Brion. Er musste sich beruhigen. Gleich käme sie wieder, um ihm den Korkenzieher zurückzubringen. Zum Glück gab es Korkenzieher, Korken und Wein. Ihm musste etwas einfallen, womit er sie zum Bleiben bewegen konnte. Zunächst einmal machte er sich ein Bild von der Situation: ein Korkenzieher. Warum fragt man nach einem Korkenzieher? Weil man trinken will, logisch! Natürlich, das war's, sie liebte Wein. Na bitte, er musste die Kleine nur auf ein Glas Wein einladen, das war nicht kompliziert. Allerdings, wenn sie nach einem Korkenzieher gefragt hatte, hieß das auch, dass sie schon mit dem nötigen Stoff versorgt war. Aber das war nicht wirklich ein Problem, denn sie hatte ganz gewiss nicht die Mittel, sich die Jahrhundertweine zu leisten, die er ihr anbieten konnte. Der Weinkeller, den sein Vater ihm hinterlassen hatte, war voll von großartigen Weinen. Und selbst wenn seine Trunksucht es ihm nicht immer erlaubte, den wahren Wert der Grand Crus, die zu den besten weltweit zählten, wirklich zu würdigen, so wusste er doch, welch einen Schatz er da besaß. Und sein Selbstbetrug erinnerte ihn wieder an die brutale Wirklichkeit: Er trank Wein, um weiterleben zu können, doch das Zeug war dabei, sein Leben langsam zu zerstören. Fieberhaft sammelte er die Stapel von Zeitschriften ein, die auf dem Zeichentisch herumlagen, und warf sie in einen Karton, den er ins Schlafzimmer stellte. Dann stieg er auf einen Schemel und hievte seine sämtlichen Hefte auf das höchste Regalbrett seiner Bibliothek, damit sie niemand mehr in die Hände bekam. Nervös öffnete er eine Flasche Château Cantemerle, einen Médoc von 1962, genehmigte sich zwei kräftige Schlucke und wollte gerade einen Plan schmieden, als es wieder klingelte. Er fluchte. Er hatte noch nicht einmal Zeit gehabt, sich die Zähne zu putzen. Er ging zum Eingang und griff im Vorbeigehen ein Päckchen Zigaretten. Während er sich eine Kippe anzündete, öffnete er die Tür und versuchte, möglichst lässig aufzutreten, was seine Verlegenheit nur noch unterstrich. Vor der Tür stand Betty, mit hässlich verzerrtem Gesicht.

»Gib mir die Autoschlüssel, du Dreckskerl.«

Marcel betrachtete sie und fragte sich, wie diese Frau einmal die Frau seines Lebens hatte sein können.

»Betty? Was machst du hier? Bist du abgehauen?«

»Gib mir die Schlüssel für die Karre, du Hurensohn!«

»Für das Auto? Unmöglich, das brauche ich.«

»Ach ja? Wozu denn? Um eines deiner Flittchen spazierenzufahren!«

»Betty, bitte, sei nicht so vulgär.«

»Vulgär?! Ich vulgär? Du … Hurenficker!«

»Betty, beruhige dich. Du kannst auf keinen Fall hier bleiben.«

»Gib mir die Schlüssel, du verdammter Drecksack!«

»Ich hab's dir doch schon gesagt, ich kann dir die Schlüssel nicht geben. Ich brauche das Auto morgen, für einen Job.«

»Um zu deinen Flittchen zu fahren! Das ist dein Job, diese Schlampen in meinem Auto zu vögeln. Gib mir die Schlüssel, du Arschloch!«

Die Tür der Wohnung gegenüber wurde geöffnet, und ein Mann in einem gerippten Unterhemd erschien.

»Hört der Krach hier bald mal auf?«

Betty drehte sich um.

»Was willst du denn? Das hier geht dich einen Scheiß an!«

Marcel griff Betty grob am Arm, zog sie mit Gewalt in die Wohnung und schlug die Tür hinter ihnen zu.

»Betty, so kannst du nicht mit den Leuten reden. Das geht nicht, du bist unerträglich!«

»Und glaubst du vielleicht, ich ertrage es, dass du alle Flittchen flachlegst, die dir über den Weg laufen, du Dreckskerl?!«

»Betty, du musst zurück ins Krankenhaus. Ich werde dir Geld geben, und du nimmst den Bus. Du kannst nicht hier bleiben in deinem Zustand, du musst dich behandeln lassen.«

Betty sah Marcel mit glasigen Augen an. Plötzlich schien bei ihr die Luft raus zu sein.

»Gib mir ein Glas Wein.«

»Du weißt doch, dass du keinen Alkohol trinken darfst während der Behandlung. Professor Duchemin hat dich oft genug gewarnt.«

»Professor Duchemin ist ein fetter Arschficker, der sich jeden Morgen seine Scheiße aufs Brot schmiert, bevor er es in seinen Milchkaffee tunkt. Außerdem nehme ich seit Wochen keine Medikamente mehr. Also gib mir schon ein Glas Wein.«

Marcel nahm die Flasche Médoc Grand Cru und schenkte zwei Gläser ein. Perlen vor die Säue, dachte er, und trank sein Glas in einem Zug aus. Betty tat es ihm gleich und ließ sich aufs Sofa fallen. Dann zog sie ihr Kleid hoch und begann, an sich herumzufummeln. Marcel wurde wütend.

»Hör auf damit, Betty! Du bist ja völlig durchgeknallt! Du widerst mich an! Du musst jetzt zurück ins Krankenhaus, du musst dich behandeln lassen.«

»Aber nur, wenn du mich ins Krankenhaus bringst, Marcel. Bring mich mit dem Auto ins Krankenhaus zurück. Ich lasse mich auch behandeln, versprochen. Und danach darfst du mich sogar wieder besteigen, und dann ist alles wie früher, bevor du mich so angewidert hast. Bevor du es mit all diesen Schlampen getrieben hast.«

Jetzt liefen Betty Tränen über die Wangen. Marcel kippte ein weiteres Glas Château Cantemerle runter und schenkte Betty nach, die zwei Gläser hintereinander trank, ohne einmal durchzuatmen.

»Okay, Betty, du musst jetzt los. Du kannst nicht hier bleiben.«

Er zog einen Zwanzig-Euro-Schein aus der Tasche und gab ihn der Frau, die einmal die Frau seines Lebens gewesen war.

»Hier, du erinnerst dich sicher, die Bushaltestelle ist gleich da unten. Der Bus fährt direkt zum Krankenhaus.«

»Warum begleitest du mich nicht, Marcel?«

»Ich hab zu tun, hab ich dir doch gesagt.«

Er schob Betty zum Ausgang. Sie sah ihn ohne Feindseligkeit an, der Wein schien sie besänftigt zu haben.

»Kommst du mich im Krankenhaus besuchen, Marcel?«

»Ich komme, das versprech ich dir. Und ich bring dir Schokolade mit und eine Eisrolle.«

»Immer versprichst du was, aber du bist und bleibst ein verdammter Dreckskerl.«

Marcel schloss die Tür und blieb lange Sekunden so stehen, mit der Stirn an die Tür gelehnt. Zu viel Wein, zu viel Feigheit, das war eine schlechte Mischung. Und während er in die Küche wankte und die Flasche austrank, klingelte es erneut. Er umklammerte die leere Flasche, hielt sie wie eine Keule in der Hand und murmelte:

»Betty, du bist tot. Diesmal endgültig, was beschlossen ist, ist beschlossen.«

Mit einem Ruck riss er die Tür auf. Vor ihm stand Liza, sie lächelte und reichte ihm den Korkenzieher. Doch dann erstarb das Lächeln der jungen Frau und wich einem Ausdruck von Betroffenheit und schließlich größtem Schrecken. Mit wirrem Blick fixierte Marcel die Rothaarige und schwang die Flasche nach oben, bereit, jederzeit zuzuschlagen. Sie stammelte:

» ... Marcel ... ich bin es ... Liza. Ich bringe Ihnen den Korkenzieher zurück. Ich werde Sie nicht mehr stören ... ich ... ich versprech's ... ich lege ihn auf die Fußmatte, okay?«

Nein, das war ganz und gar nicht okay. Marcel dreht sich um und stürzte zur Toilette. Er beugte sich über die Kloschüssel, steckte sich einen Finger in den Mund und kotzte sein ganzes Leben aus. Erst nachdem er sich auf den gekachelten Fußboden hatte fallen lassen, um Kraft zu sammeln, bemerkte er, dass die Kleine neben ihm stand. Er blickte zu ihr auf und murmelte:

»Gehen Sie, das stinkt doch. Das ist entwürdigend.«

Die junge Frau hockte sich neben ihn.

»Die menschliche Not hat nichts Entwürdigendes. Die Reaktion darauf ist meist entwürdigend. Warten Sie, ich helfe Ihnen.«

Sie griff Marcel unter die Arme und zog ihn so weit hoch, dass er sich sitzend an die Wand lehnen konnte. Dann erhob sie sich und betätigte die Klospülung, und für einen kurzen Moment sah Marcel ihren weißen Slip, der sich über einen prallen Hintern spannte. Es traf ihn wie ein Peitschenhieb. Dann drehte sie sich um und streckte ihm die Arme entgegen.

»Wollen wir versuchen aufzustehen, Herr Journalist?«

Marcel klammerte sich an ihre Hände. Sein Blick ging ins Leere, wie der Blick eines Ertrinkenden. Er gab sich keine Mühe, ihr zu helfen. Sein Hintern hing bleischwer auf dem Kachelboden.

Die Rothaarige starrte ihn an. Sie verstand nicht, was hier geschah. Was sie in diesem engen Klo zu schaffen hatte, mit diesem Unbekannten, der sich gerade übergeben hatte. Sie verstand es nicht, aber sie fühlte etwas. Der Typ zog sie an. Das war unglaublich, aber es war so. Sein Verhalten war verwirrend und anrührend zugleich. Zweifellos hatte er Angst vor Frauen, musste sich bis zur Besinnungslosigkeit betrinken, bevor er sie ansprechen konnte. Sie hatte davon gehört, dass Menschen, die schreiben, auf dem Papier eine Sensibilität zum Ausdruck bringen, zu der sie im wahren Leben oft nicht fähig sind. Vielleicht gehörte er zu dieser Sorte Mensch. Der Wein nahm ihm alle Hemmungen, es war offensichtlich, dass er ihn brauchte, um sich seinen Gefühlen hingeben zu können. Sie fragte sich, wie er wohl seine Artikel schrieb und seine Themen auswählte. Vielleicht war das jetzt die Gelegenheit, mehr über ihn und seinen Beruf zu erfahren. Was riskierte sie schon? Dieser Mann war ohne Zweifel impulsiv, aber nicht gefährlich. Er gefiel ihr einfach, obwohl er ein wenig seltsam war. Aber sie hatte sich stets von ungewöhnlichen Menschen angezogen gefühlt, von Außenseitern. Seine Leidenschaft für Wein war aufrichtig, und wenn man schon mit einem wahren Kenner anstoßen konnte, durfte man das wohl kaum ausschlagen. Sein Blick wurde wieder fokussiert, und er stammelte: »Liza. Ich hab mich gefragt ... Ich wollte gerade in eine Weinbar gehen, die ich sehr mag; da bekommt man die besten Crus der Region. Ich lade Sie ein, dann können wir Ihren Einzug feiern.«

Ohne Umschweife antwortete sie:

»In Ordnung. Ich nehme die Einladung an. Aber bilden Sie sich bloß nichts darauf ein. Mich interessiert einfach Ihr Beruf.«

Marcel erhob sich mühsam und ging unsicheren Schrittes nach nebenan ins Badezimmer.

»Okay, ich zieh mich schnell um, und dann geht's los. Schenken Sie sich doch ein Glas Wein ein, während Sie warten. Im Kühlschrank steht ein ausgezeichneter Weißwein, ein Château de Fieuzal, den ich heute Morgen geöffnet habe, das reinste Glück. Und wenn Sie schon dabei sind, könnten Sie mir auch gleich ein Schlückchen eingießen.«

»Danke, aber ich warte lieber bis später. Sonst bin ich schon beschwipst und kann nachher nicht mehr richtig genießen. Und ich weiß nicht, ob es in Ihrem Zustand ratsam ist, gleich wieder Wein zu trinken.«

»Ich versteh Sie nicht! Ich beeil mich!«

Liza musste unwillkürlich lächeln, setzte sich aufs Sofa und schlug die Beine übereinander. Marcel duschte schnell und stellte sich vor den Spiegel. Er sah furchtbar aus, sein Schwanz war steif und schmerzte. Die Rothaarige erwartete ihn im Wohnzimmer, um sich mit ihm zusammen einen hinter die Binde zu kippen, er dagegen hatte nur eines im Kopf: die Kleine zu vernaschen. Warum diese Umwege, diese Täuschungsmanöver, diese Heuchelei?

Er stellte sich vor, wie der Abend wohl verlaufen und vor allem wie er enden würde. Erst probierten sie einen Malartic Lagravière, gefolgt von einem Château La Couronne 1993, ein außergewöhnliches Jahr für die Médocweine, und schließlich würden sie das Puits du temple angeheitert verlassen. Dank seiner reichen Bar-Erfahrungen hatte Marcel viel Stoff für Geschichten rund um den Wein sammeln können. Aber die Kleine hatte schnell begriffen, dass er kein Journalist war, der sich mit großen Weine auskannte, sondern ein armer Schlucker, ein Müßiggänger, der sein Leben mit dem Saufen großer Weine zubrachte. Dann saßen sie in Bettys mauve-farbenem Käfer und waren auf dem Rückweg. Es regnete, und durch das undichte Verdeck des Wagens tropfte das Wasser. Er bedauerte, kein Taxi genommen zu haben, aber Liza hatte darauf bestanden. Nachts in einem Käfer durch die Stadt fahren, Bordeaux by night – das versetzte sie in Begeisterung. Schließlich traten sie in den Hausflur und liefen die Treppen hoch. Er ging hinter Liza und betrachtete ihre wohlgeformten Hinterbacken, die unter ihrem Kleid auf und ab wippten. Er stellte sich die Kleine mit ihrer weißen Haut vor, ihren Venushügel, der ungeduldig nach ihm lechzte. Schließlich waren sie auf ihrer Etage angekommen, und er lud Liza auf ein letztes Glas Wein ein, einen Pétrus von 1969, ein großartiges Jahr. Sie lehnte dankend ab. Der Abend sei phantastisch gewesen, aber jetzt sei sie erschöpft, ihr Kopf drehe sich und sie wolle lieber schlafen gehen. Die hübsche Rothaarige ging den Flur entlang und verschwand in ihrer Wohnung. Er blieb allein zurück mit seinem steifen Schwanz und seiner Lust, alles kurz und klein zu schlagen. Und weil er ein beharrlicher Mensch war, der seine Grenzen nicht kannte, klopfte er an ihre Tür. Schüchtern öffnete sie einen Spalt breit und bat ihn, nicht zu insistieren. Aber Marcel stieß mit solcher Gewalt gegen die Tür, dass die Sicherheitskette auseinandersprang. Sein alkoholgesättigtes Blut pochte gegen seine Schläfen, und mit stierem Blick und steifem Glied ging er auf die Kleine zu, um sie endlich zu nehmen. Die Rothaarige schrie auf. Marcel bedeutete ihr, sie solle schweigen, er ertrug es nicht, sie schreien zu hören. Aber die Kleine quiekte weiter, und da schlug Marcel sie, damit sie endlich aufhörte, sich so aufzuführen. Schließlich sank Liza auf den Boden und verstummte. Als Marcel die Rothaarige am Boden liegen sah, erinnerte er sich an eine ähnliche Szene, die er vor langer Zeit erlebt hatte, vor sehr langer Zeit, bevor er in den Knast gekommen war.

Ein eiskalter Schauer lief Marcel über den Rücken. Mit der Handkante wischte er den beschlagenen Spiegel frei. Er sah aus wie ein tiefgefrorener Fisch, den man gerade in der Mikrowelle aufgetaut hatte. Das ergab doch alles keinen Sinn. Er warf das Handtuch, das er sich um die Hüfte gewickelt hatte, zusammengeknüllt auf den Boden, betrat nackt das Wohnzimmer und präsentierte der Rothaarigen seine enorme Erektion. Liza schien keineswegs irritiert. Sie betrachtete Marcels Unterleib und sagte einfach:

»Sie haben eine enorme Erektion, Marcel.«

Er pflanzte sich vor ihr auf.

»Wissen Sie, Liza, ich glaube, ich bin ein bisschen zu weit gegangen, wir sollten es besser bleiben lassen.«

»...? Ich verstehe, Sie sind nicht gut drauf.«

In ihrer Stimme klang kein Vorwurf mit, es war nur eine Feststellung. Marcel trat von einem Fuß auf den anderen.

»Das ist es nicht. Sie sind Vegetarierin, und das, was ich mit Ihnen vorhatte, ist mit Schweinereien verbunden. Um ehrlich zu sein ... ich befürchte, das könnte ein schlimmes Ende nehmen.«

Die Rothaarige richtete sich auf dem Sofa auf und betrachtete Marcels Glied. Er selbst schloss die Augen und rezitierte wie eine Litanei:

»Liza, ich möchte, dass Sie wissen: Ich bin kein Journalist. Ich bin ein Hochstapler, ein Schürzenjäger, nur ein verdammter Hochstapler.«

Die Rothaarige umfasste seine Rute und hielt sie in der Hand.

»Ich weiß nicht, Marcel. Das hier ist jedenfalls keine Hochstapelei.«

Und als sie sich gerade hinunterbeugte, klingelte es an der Tür. Marcel murmelte:

»Mein Gott, warum?«

Liza ließ seinen Schwanz los.

»Bleib hier, ich sehe nach, wer es ist.«

Die Rothaarige stand auf, ging zur Tür und öffnete unbefangen. Dann blieb es ungewöhnlich still. Marcel ahnte, dass es ein Problem gab. Die Kleine war zur Salzsäule erstarrt. Ihr stand Betty gegenüber, die sie anstarrte und nach Worten rang:

»Liza? Was hast du bei Marcel zu suchen?«

Die Rothaarige gab die Frage zurück:

»Betty? Wieso bist du nicht im Krankenhaus?«

»Das ist keine Antwort. Was tust du hier bei diesem Dreckskerl?«

»Ich wohne hier im Haus. Ich bin gerade eingezogen. Ich hatte keinen Korkenzieher und habe mir deshalb den von Marcel geliehen.«

»Und leihst du dir schon lange den Korkenzieher von diesem Saufkopf?«

»Wovon redest du? Ich kenne ihn gerade mal seit zwei Stunden.«

»Und was habt ihr in diesen zwei Stunden gemacht?«

»Was sollen diese Andeutungen? Außerdem, was hast du überhaupt mit diesem Typen zu tun?«

»Er ist mein Mann.«

»... ? Aber ... Ich dachte dein Mann ist tot, Betty.«

»Ja, er ist auch tot. Für mich ist er schon seit Jahren tot. Lass mich vorbei, wo ist dieser Arsch?«

Kaum hatte er die Stimmen gehört, hatte sich Marcel im Badezimmer eingesperrt, um sich anzuziehen. Betty stürmte in die Wohnung und schrie:

»Wo versteckst du dich, du Wichser?!«

Marcel öffnete die Tür, bevor Betty sie in ihrer Wut aufbrechen konnte, und fragte: »Was machst du denn für einen Höllenlärm? Ich dachte, du bist zurück ins Krankenhaus gefahren.«

»Nein! Ich bin zurückgekommen, weil ich das Flittchen sehen wollte, mit dem du's treibst. Und nun treff ich meine Krankenschwester bei dir!«

»Deine Krankenschwester? Scheiße, wie klein die Welt ist.«

»Dein Schwanz, der ist klein. Aber du findest ja immer eine Möglichkeit, ihn irgendwo reinzustecken!«

»Fang nicht schon wieder damit an. Schluss jetzt! Liza brauchte nur einen Korkenzieher, ganz einfach.«

»Und da musste sie ausgerechnet an die Tür des einzigen Hurenfickers in diesem Haus klopfen?! Du wolltest sie gerade ficken, du Schwein! Ich weiß es, ich seh's in deinen Augen. Stimmt's, Liza? Liza, wo bist du, du kleines Flittchen? Sie hat sich aus dem Staub gemacht. Siehst du, es stimmt!«

»Hör auf, Betty. Liza ist kein Flittchen, sie ist deine Krankenschwester. Und du, du bist krank, du spinnst total. Du musst dich behandeln lassen. Ich rufe eine Ambulanz, so geht das nicht weiter.«

»Sie ist keine Krankenschwester, sie ist eine Nutte! Sie treibt's ja sogar mit Professor Duchemin.«

»Halt den Mund, Betty. Dein Zustand kann nicht alles entschuldigen. Du hast kein Recht, andere Menschen so zu beleidigen, nur weil du völlig daneben bist. Halt jetzt die Klappe!«

»Ich halte die Klappe, wenn ich es will, du Mistkerl!«

In diesem Augenblick betrat Liza den Raum, in der Hand eine große Spritze. Vorsichtig schlich sie von hinten an Betty heran, stürzte sich dann auf die Besessene und stach ihr die Spritze in die Schulter. Betty verdrehte die Augen und schrie auf:

»Hilfe! Hilfe! Die kleine Hure bringt mich um!«

Dann brach sie zusammen und polterte auf den Boden wie ein Stück Vieh. Marcel hob sie hoch und legte sie aufs Sofa.

»Mit der Dosis hättest du ja ein Pferd ruhigstellen können.«

»Das war nötig, sie ist mitten in einer Krise. Wahrscheinlich nimmt sie schon seit längerem ihre Medikamente nicht mehr. Jetzt müssen wir wieder bei Null anfangen. Ich bringe sie zurück ins Krankenhaus.«

»Ich begleite dich.«

»Nein, ich habe ohnehin Nachtdienst. Aber zu einer kleinen Stärkung vorher würde ich nicht nein sagen.«

Marcel brachte ihr ein Glas Weißwein.

So schnell ließ er sich nicht abwimmeln. Liza schloss die Augen, ließ den samtigen Château Fieuzal durch ihre Kehle rinnen und stellte ihr Glas auf dem Zeichentisch ab.

»Gut, dann geh ich mal. Aber du könntest mir helfen, sie runterzutragen. Hast du die Autoschlüssel?«

»Die Schlüssel? Das geht nicht, ich brauche das Auto morgen.«

»Marcel, das hier ist wirklich ein Notfall.«

»Nein, nein, nein! Ich sag doch, es geht nicht. Ich rufe ein Taxi.«

»Marcel! Sie ist deine Frau!«

»Ja, ja, sie ist immer dann meine Frau, wenn sie mir mal wieder auf den Wecker gehen will.«

Die Züge der Rothaarigen verhärteten sich.

»Gib mir die Schlüssel, du Dreckskerl!«

Widerwillig reichte Marcel Liza den Schlüsselbund und legte sich seine Frau wie eine Rinderhälfte über die Schulter.

»Verdammt, die ist ja schwer wie ein toter Esel.«

»Klar, für dich ist sie ja auch tot.«

Sie stiegen die Treppe hinunter, und während Marcel Betty auf den Rücksitz legte, fragte er Liza:

»Sehen wir uns morgen?«

Die Rothaarige ließ sich hinters Lenkrad gleiten und drehte den Zündschlüssel.

»Keine Ahnung ... ist kompliziert. Ach nein, morgen geht's nicht, da nimmt mich Professor Duchemin mit in die Oper. Gute Nacht, Marcel.«

Der mauve-farbene Käfer entfernte sich. Marcel sah ihm nach, bis er im Verkehr verschwand. Dann ging er wieder hoch und schlug ein Heft auf mit der Aufschrift *Zum Anbeißen schön.* Und mit akkurater Schrift, notierte er: »Liza, am besten lauwarm verzehren, mit einem Château Rothschild.«

Bordeaux

Die Region Bordeaux gehört zu den größten und bekanntesten Weinbaugebieten Frankreichs. Sie liegt im Südwesten des Landes, ist identisch mit dem Département Gironde und wird von den Flüssen Garonne und Dordogne durchzogen, die nach ihrem Zusammenfluss als Gironde ins Meer münden. Diese Flüsse gliedern die Region in drei Teilgebiete: Rive gauche (das linke Ufer der Garonne und der Gironde), Rive droite (das rechte Ufer von Gironde und Dordogne) und Entre-deux-Mers, das Gebiet zwischen den Flüssen. Jedes Teilgebiet weist eine andere Bodenbeschaffenheit auf. Ein besonders guter Boden für den Anbau anspruchsvoller Rotweine findet sich in der Rive gauche, die ihrerseits noch einmal in die Gebiete Médoc und Graves unterteilt ist. Vor allem im Médoc, dem nördlichsten Teil des Rive gauche an der Girondemündung, werden kräftige, tanninbetonte Rotweine produziert; im Gebiet Graves, in der Nähe der Stadt Sauternes, werden aus weißen Rebsorten Süßweine gewonnen. Der Boden besteht aus Sand und Sediment, angeschwemmt aus den Pyrenäen und dem Zentralmassiv, und zeichnet sich durch hohe Wasserdurchlässigkeit aus; die Rebwurzeln dringen daher in tiefere, besonders nährstoffreiche Bodenschichten vor, wodurch ganzjährig eine optimale Versorgung mit Wasser und Mineralien gewährleistet ist.

Das Bordeaux-Anbaugebiet profitiert vom Golfstrom, der für milde, regenreiche Winter, nicht zu heiße Sommer und einen langen, warmen Herbst sorgt; das Klima ist also insgesamt mild und somit ideal besonders für die Rotweinreben. Gegen die kräftigen Westwinde vom Atlantik ist das Gebiet durch große Wälder geschützt.

Für die Weißweine des Bordeaux werden die Rebsorten Sémillon, Sauvignon blanc und Muscadelle verwendet, für die Rotweine die »Klassiker« Merlot und Cabernet Sauvignon sowie Cabernet franc, Petit Verdot und Malbec. Cabernet Sauvignon ist eine der beliebtesten Rotweinrebsorten weltweit. Aus den spät reifenden kleinen festen Beeren lassen sich farbintensive Weine keltern, mit einem charakteristischen Duft nach Zedernholz und Cassis. Die Geschmacksnoten sind süßer Tabak, Leder und Teer, oft auch eine würzige Vanillenote.

Das Bordeauxgebiet teilen sich etwa 20 000 Erzeuger. Viele gehören den Caves Coopératives, den Genossenschaften, an, doch es gibt auch rund 4000 Weingüter (die berühmten Châteaux), die ihre eigenen Weine produzieren. Im ganzen Bordeaux ist die Weinherstellung noch vorwiegend Handarbeit. Fünf Médoc-Weine zählen nach der Klassifizierung für das Bordeauxgebiet von 1855 zu den Spitzenweinen, den »Premiers Grands Crus Classés«: Haut-Brion, Lafite-Rothschild, Latour, Margaux und Mouton-Rothschild (seit 1973). Alle fünf werden vorwiegend aus den Rebsorten Cabernet Sauvignon, Merlot und Cabernet franc gekeltert.

Wildpastete mit Sauerkirschsauce

Für 10 Portionen

500 g Mehl
2–3 Eier
50 g weiches Schmalz
1 EL Wasser
500 g Wildfleisch (Reh oder Hirsch)
250 g Kalbfleisch
250 g frischer Speck
125 g Kalbsleber
20 g Butter
8 EL Sauerkirschsaft
Salz, Pfeffer
2 Zwiebeln
50 g Pistazienkerne
Majoran
Fett für die Form
1 Eigelb

Für die Sauce

200 g entsteinte Sauerkirschen (aus dem Glas)
20 g Butter
1 EL milder Senf
250 ml aufgefangener Kirschsaft
1 EL Honig
Salz, schwarzer Pfeffer aus der Mühle
Zimt, Nelkenpulver
1 TL Speisestärke

Mehl, Eier, Schmalz und Wasser zu einem Teig verkneten, in Frischhaltefolie einschlagen und im Kühlschrank mind. 1 Stunde ruhen lassen.
Die Hälfte des Wildfleischs, alles Kalbfleisch und Speck durch den Wolf drehen (mittlere Lochung).
Leber in fingerdicke Streifen schneiden, in Butter leicht anbraten, mit 4 EL Kirschsaft ablöschen, salzen, pfeffern und herausnehmen.
Restliches Wildfleisch in feine Streifen schneiden, anbraten, mit restlichem Kirschsaft ablöschen, salzen, pfeffern und herausnehmen.

Zwiebel fein würfeln und im Bratfond glasig braten. Pistazien grob hacken und zugeben.
Durchgedrehte Fleischmasse mit Zwiebeln, Pistazien und Bratfond gut mischen, mit Salz, Pfeffer und Majoran kräftig würzen und gebratenes Wild und Leber unterheben.
Pastetenteig auf etwas Mehl ausrollen, ein Drittel für den Deckel beiseitelegen und mit dem Rest eine eingefettete Form auslegen. Fleischmasse hineinfüllen und glattstreichen. Teigrand mit Wasser anfeuchten, Teigdeckel auflegen und gut andrücken. Deckel mehrmals einstechen und mit Eigelb bestreichen.
Im vorgeheizten Ofen bei 200 °C etwa 75–90 Min. backen. 15 Min. vor Ende der Garzeit mit Alufolie abdecken, damit die Pastete nicht zu dunkel wird. (Hölzchenprobe: Bleibt ein hineingestecktes Holzspießchen beim Herausziehen trocken, ist die Pastete gar.)
Herausnehmen und einige Stunden auskühlen lassen.
Für die Sauce die Kirschen abtropfen lassen und den Saft auffangen. Kirschen in heißer Butter 5 Min. köcheln. Durch ein Sieb streichen oder im Mixer glatt pürieren. Mit Senf, Kirschsaft und Honig unter Rühren einmal aufkochen. Mit Salz, Pfeffer, Zimt und Nelken kräftig würzen. Speisestärke in etwas Saft anrühren, zur Sauce geben und unter Rühren noch einmal aufkochen.
Pastete in Scheiben geschnitten mit der kalten oder warmen Sauce und Brot servieren.

Gefüllte Champignons

Für 24 Stück

24 große Champignons
150 g Bergkäse
2 Stangen Lauch
Butter
Salz, Pfeffer aus der Mühle
frische Thymianblättchen

Lauch putzen, waschen und fein würfeln.
Pilze abreiben. Stiele herausdrehen, hacken und mit dem Lauch in Butter braten. Salzen und pfeffern, etwas abkühlen lassen.

Käse würfen und unter die Gemüsemischung heben.
Pilzköpfe innen salzen und pfeffern und die Füllung hineingeben. In eine Gratinform setzen, etwas Wasser angießen und im vorgeheizten Ofen bei 225 °C zugedeckt 15 Min. und dann ohne Deckel noch 5 Min. backen.
Mit frischen Thymianblättchen bestreut servieren.

Auberginen-Kartoffel-Törtchen

Für 6 Stück

315 g fertiger Blätterteig

Für den Belag

2 Auberginen, in Scheiben geschnitten
Olivenöl
1 EL Olivenöl
3 Kartoffeln, geschält und in dünne Scheiben geschnitten
3 braune Zwiebeln, in Ringe geschnitten
2 EL Zitronenthymianblätter
3 Knoblauchzehen, in Scheiben geschnitten
Meersalz und gestoßener schwarzer Pfeffer
Olivenöl

Teig auf leicht bemehlter Fläche 3 mm dick ausrollen. Sechs Kreise mit 12 cm Durchmesser ausschneiden und auf mit Backpapier ausgelegte Bleche setzen. Für den Belag Auberginenscheiben leicht mit Öl bestreichen und in einer heißen Pfanne von beiden Seiten je 2 Min. goldgelb braten. Auberginen aus der Pfanne nehmen und beiseite stellen. Zusätzliches Öl in der Pfanne erhitzen und Kartoffelscheiben von beiden Seiten je 2 Min. goldgelb braten, aus der Pfanne nehmen. Zwiebeln mit Zitronenthymian in der Pfanne bei mittlerer Hitze 8–10 Min. goldgelb und glasig braten, abkühlen lassen.
Teigkreise mit den Zwiebeln belegen, darauf Auberginen, Kartoffeln, Knoblauch, Salz und Pfeffer häufen. Mit etwas Olivenöl besprenkeln und im vorgeheizten Ofen bei 200 °C 20–25 Min. backen, bis der Teig goldgelb und der Belag gar ist.

Jakobsmuscheln mit Limetten-Ingwer-Butter

Für 24 Stück

24 Jakobsmuschelhälften

Für die Butter

2 EL sehr fein gehackter Ingwer
2 EL fein abgeriebene Limettenschale
2 EL Sesamöl
grob gemahlener schwarzer Pfeffer
2 EL Zitronenthymianblätter
100 g weiche Butter

Butterzutaten mischen und auf jede Muschelhälfte etwas davon geben.
Vor dem Servieren die Schalen unter dem Grill 1 Min. goldgelb überbacken.
Nicht länger, denn sie garen in der heißen Schale nach.

Walnussbaisers

Für 50 Stück

5 Eiweiß
250 g Puderzucker
750 g Walnusskerne, gemahlen
50 kleine, runde Oblaten

Das Eiweiß sehr steif schlagen. Löffelweise den Puderzucker hineinsieben und dann die Walnüsse vorsichtig unterheben.
Mit einem Löffel etwa 2–2,5 cm hohe Häufchen auf die Oblaten setzen und bei geringer Hitze (100 °C) etwa 2 Std. im Backofen trocknen. Die Plätzchen sollen nicht gelb werden und das Eiweiß sollte noch etwas nachgeben, aber nicht am Finger festkleben.

NINA SCHINDLER

Salute!

»Coglione! Du Scheißkerl!« Giuliano hieb mit der Faust so auf den Tisch, dass alle Gläser wackelten und klirrten. »Hör endlich mit deinen Lügereien auf! Die stehn mir bis dahin!« Er fuhr sich mit dem Zeigefinger quer über die Kehle und stierte auf Antonio herab, der gelassen nach seinem Glas griff und einen Schluck trank.

»Hast du mich gehört, stronzo? Ich will eine Antwort, du Mistkerl!«, brüllte Giuliano.

Alle Männer in der Bar sahen zu den beiden hin.

Antonio sah hoch. »Worauf soll ich dir antworten? Ich habe keine Lügen verbreitet, nicht eine einzige.« Er sah Giuliano direkt in die Augen. »Es weiß ohnehin das ganze Dorf Bescheid!«

Die Gespräche in der Bar verstummten, alle Augen waren auf Giuliano und Antonio gerichtet.

Giuliano traten vor Wut die Augen aus den Höhlen. »Du – du ...«, stieß er hervor und wollte sich auf Antonio stürzen.

Doch nun machte Carlo von seinem Recht als Wirt Gebrauch und knurrte: »Ruhe, Alter, oder ich setz dich eigenhändig raus! Bei mir wird sich nicht geprügelt!«

Giuliano zog den Kopf ein, und bei seinem Stiernacken sah das aus, als habe er keinen Hals. »Dem Arschloch brech ich noch mal alle Knochen!«, zischte er und ging an den Tresen. »Einen doppelten!«, verlangte er.

»Hör mal, was willst du eigentlich?«, mischte sich jetzt der alte Alberto ein. »Er sagt, er hat nicht über dich geredet, keine Lügen über dich verbreitet, was wirfst du ihm also eigentlich vor?«

Giuliano musterte Alberto aus zusammengekniffenen Augen. »Er hat rumerzählt, ich würde meine Frau verprügeln. Das ist eine Sauerei, porca madonna, und dafür schlag ich ihm demnächst die Zähne ein!«

»Und wieso stört dich das, wenn es nicht wahr ist?« Alberto kräuselte die Lippen. »Hör endlich mit diesen Drohungen auf. Wir wollen hier keinen Krach. Setz dich her, trink einen mit.«

»Nein. Mit dem Schwein da trink ich nicht, pezzo di merda!«

»Wie du willst«, sagte Alberto achselzuckend. »Dann eben nicht. Aber am besten wär's, du verprügelst Elena nicht mehr, dann hört auch das Gerede auf. Capito?«

Giuliano war auf dem Weg zur Tür ruckartig stehen geblieben und hatte sich zu Alberto umgedreht. »Was …?«

»Nun komm schon.« Carlo griff nach einem Glas und polierte es sorgsam. »Alle Nachbarn können es hören, wenn du deine Frau oder deine Tochter schlägst, die sind doch nicht taub. Glaubst du, wir brauchen Antonio, um das mitzukriegen?«

Giuliano lief rot an, außer sich vor Wut starrte er Carlo an. »Anche tu? Du also auch«, stieß er hervor. »Seitdem dieser Arsch wieder zurückgekommen ist, seid ihr alle gegen mich. Weil er die viele Knete gemacht hat, darum! Weil er auf einmal Winzer geworden ist und den dicken Max markiert, darum, spaccone! Was seid ihr doch für Arschlöcher! Che stronzi siete!« Er riss die Tür auf, trat nach draußen und warf sie mit lautem Krachen hinter sich ins Schloss.

»Los, Leute, ich geb 'ne Runde aus«, sagte Carlo und grinste. »Der alte Stinker ist weg.«

Ein paar der Anwesenden lachten.

Alberto blieb ernst. »Dafür geht er jetzt nach Hause und macht Elena das Leben schwer.« Er seufzte. »Ein Glück, dass ihr Vater das nicht mehr miterleben muss. Giuseppe würde es das Herz im Leibe umdrehn.«

Carlo brachte die Gläser an Antonios Tisch. »Salute!« Er hatte sich auch ein Glas eingegossen und hob es hoch. »Auf deine Trauben! Wie ist denn der neue Jahrgang?«

Antonio lachte. »Kann man noch nicht sagen. Aber der 2004er ist schon trinkbar.«

Silvio schüttelte den Kopf. »Dass du dich das traust! Das ist doch hier keine Weingegend. Sogar für Oliven ist es zu kalt.«

»Das stimmt so nicht ganz.« Antonio setzte sein Glas ab. »Es kommt nur auf die Sorte an. Früher hat's auch hier Weinberge gegeben, das hab ich gelesen. Man muss ihn eben nur auf den richtigen Hängen anbauen.«

»Und welche Sorte soll das sein?«, fragte Carlo.

»Sangiovese. Ist zwar nicht billig, aber die bringt's.«

Der alte Alberto nickte. »Giuseppe hätte das gefallen. Der war ja völlig verrückt nach Wein. Er hatte einen hervorragend sortierten Weinkeller. Und den hat jetzt Giuliano. Ausgerechnet! Der trinkt doch nur Grappa oder Bier.« Er nahm noch einen Schluck aus seinem Glas. »Na ja, eigentlich gehört der Weinkeller ja Elena, und die versteht was von Wein. Dafür hat der Alte gesorgt.«

Danach wandte sich das Gespräch wieder anderen Dingen zu, wichtigeren Themen wie Fußball oder wie der Bürgermeisterwahl und natürlich der Sagra della castagna am nächsten Wochenende. Als Antonio endlich aufbrach, war er ziemlich benebelt vom vielen Schnaps. Vorsichtig fuhr er die drei Kilometer nach Hause – Silvio, der Dorfpolizist, hatte auch in der Bar gesessen, der würde niemanden aufschreiben. Schön war es, wieder hier zu sein. Antonio hatte sich auf die Rückkehr nach Hause gefreut. Nach zwanzig Jahren Arbeit in Deutschland hatte er genug beiseite gelegt, um den ererbten Hof zu renovieren und Weinberge anzulegen, und Weiden für ihre fünf Pferde gab es auch. Ein schönes Leben – da konnte Giuliano ihn noch so provozieren, Antonio ließ das kalt.

Carla war noch wach. Sie schmunzelte, als er ins Wohnzimmer trat. »Oho – da hat aber jemand reichlich gebechert.« Sie stand auf und umarmte ihn. »Hattest du einen schönen Abend? Mein Krimi war jedenfalls große Klasse.«

Er rieb seine Wange an ihrem Haar. »Es war wie früher. Wie immer. Bloß Giuliano hat mich angestänkert, aber dann hat Carlo ihn gewissermaßen rausgeschmissen, und ab da war es nett.« Er schwankte leicht. »Und du, hast du die Pferde gefüttert?«

»Na klar. Ab ins Bett mit dir.«

Am nächsten Morgen stand er leise auf, zog seine Reitklamotten an, füllte die Eimer mit Kraftfutter und machte sich auf den Weg zur Weide oben am Hang.

»He, Mirò, wo bist du denn?«, rief er, aber der Wallach ließ sich nicht blicken.

Antonio pfiff. Nichts rührte sich. Er schnitt eine Grimasse und ging zum Offenstall. Da standen die Pferde – nein, nur vier. Wo war Gennaio, der alte Haflinger? Der war doch immer der Erste, wenn es Futter gab.

»Ho, Gennaio«, rief er.

Komisch, die anderen Pferde kamen auch nicht auf ihn zugetrabt wie sonst. Was zum Teufel war hier los? Dann sah er den mächtigen Pferdeleib neben dem Stall am Boden liegen. Gennaio. Antonio stürzte zu dem Tier und kniete nieder, aber ein Blick auf Gennaios verdrehte Augen und seine merkwürdig starr abstehenden Beine sagte genug. Der Haflinger war tot.

»Wahrscheinlich vergiftet«, sagte der Tierarzt und streifte sich die Handschuhe ab. »Ich habe eine Probe von dem Futterrest mitgenommen und schick sie ein.« Er verzog den Mund. »Seltsam, dass die andern nichts haben. Fast könnte man sagen, ein Glück, dass der alte Gaul so verfressen war. Wenn die andern mehr davon abgekriegt hätten, wären dir vielleicht alle verreckt.« Er klopfte Antonio auf die Schulter. »Wie alt war er? Ende zwanzig, hm? Na, dann war er doch langsam reif für den Pferdehimmel.« Er rieb sich die Schläfe. »Hast du eine Ahnung, wer das getan haben kann? Wer würde dir denn so etwas antun?«

Antonio zuckte ratlos mit den Schultern. »Verdächtigungen sind immer gefährlich, wenn man keine Beweise hat. Ich werde die Pferde von jetzt an nachts runter in den Stall beim Haus bringen. Da passt der Hund auf, dass keiner an sie rankommt.«

Er brachte den Tierarzt zum Auto. »Danke, dass du so schnell gekommen bist. Ich setz mich dann mit dem Abdecker in Verbindung.«

»Mach das. Schade, dass man den alten Gaul wegen des Gifts nicht mehr in die Wurst tun kann.« Der Arzt grinste. »Aber vielleicht war er dafür eh zu zäh. Ciao!«

Carla war außer sich. »Das ist doch völlig klar! Das war Giuliano! Der hat dich noch nie leiden können, und nachdem ich ihm auf der Festa de l'Unità wegen seiner ständigen Anmache Ohrfeigen angedroht hab, war es ganz aus. Was machen wir jetzt bloß?«

Antonio hob die Hände und spreizte die Finger. »Keine Ahnung. Der Tierarzt sagt mir Bescheid, wenn sich der Giftverdacht bestätigt, aber die Carabinieri werden kaum was unternehmen können. Wie willst du beweisen, wer das Zeug da hingeworfen hat?« Er holte tief Luft. »Bloß weil du ihm die kalte Schulter gezeigt hast und er mich nicht ausstehen kann, wird er doch nicht gleich zum Verbrecher. Nachher hol ich die Pferde runter in den Stall. Da sind sie erst mal sicher.«

Wie ein Lauffeuer hatte sich die Nachricht von dem vergifteten Haflinger im Dorf verbreitet. Als Antonio abends in die Bar kam, trafen ihn mitfühlende Blicke, und Alberto klopfte ihm teilnahmsvoll auf den Rücken.

»Das ist eine üble Sache«, meinte er. »Zank und Raufereien hat es ja schon immer gegeben, aber so was?« Er schüttelte den Kopf. »Madonna, da hört der Spaß aber auf!« Er zog ein Paket Spielkarten aus der Jackentasche. »Komm, das bringt dich auf andere Gedanken.«

Antonio hatte schon zwei Runden verloren, als die Tür aufging, und das allgemeine Stimmengewirr merklich leiser wurde. Giuliano kam herein, marschierte schnurstracks zum Tresen und verlangte einen Grappa. Mit dem Glas in der Hand drehte er sich um und musterte die anderen, die inzwischen ihre Gespräche wieder aufgenommen hatten und sich nicht um ihn kümmerten.

»Allora, ich schmeiß eine Runde«, sagte er laut.

Alberto schüttelte als Erster den Kopf. »Danke, ich hab genug für heute.«

»Ich auch!«

»Ich auch«, kam es von den anderen Tischen.

Giuliano stieg die Röte ins Gesicht. Er warf den Kopf in den Nacken und näherte sich dem Tisch, an dem Antonio, Alberto und die anderen Kartenspieler saßen.

»Na, da wäre doch noch der berühmte Winzer, der will doch bestimmt einen Grappa. Oder trinkt er nicht mit mir? Ist er dafür zu vornehm?«

Antonio sah nicht auf. Ein Muskel seiner Wange zuckte, aber sonst blieb er völlig beherrscht.

»Ich trink heute keinen Schnaps. Ich trauere nämlich um mein Pferd. Jemand hat es vergiftet.«

»Was du nicht sagst! Che peccato, wie traurig! Ja, wer macht denn so was?«

»Ja, genau«, sagte Antonio kaum hörbar. »Das ist die Frage.«

»Was denn? Willst du damit andeuten, ich ...? Ich hätte ...? Mannaggia! Das ist doch Kuhscheiße! Totale Kuhscheiße!« Giuliano sah sich im Raum um. »Was glotzt ihr mich so an? Denkt ihr das etwa auch? Siete pazzi tutti quanti? Seid ihr denn alle total verrückt geworden? Ich hab nichts getan!« Er stürzte den Grappa hinunter, stapfte wutschnaubend zur Tür und knallte sie hinter sich zu.

Mit einem Schulterzucken mischte Alberto die Karten aufs Neue. »Vielleicht war er's, vielleicht nicht. Ich möchte jedenfalls heute Abend nicht in Elenas Haut stecken, wenn er so eine Saulaune hat. Die Arme!«

Am nächsten Tag stand Antonio schon in aller Herrgottsfrühe auf und eilte sofort zum Stall. Alle Pferde waren gesund und munter. Erleichtert atmete er auf. Heute hatte er allerdings keine Zeit zum Reiten, denn heute mussten sie die Trauben quetschen, die Carla und er während der letzten zwei Tage gelesen hatten. Es war jetzt Anfang Oktober, also schon reichlich spät für die Weinlese, aber der Sommer war in diesem Jahr ungewöhnlich verregnet gewesen, und da hatte er seinen Trauben wenigstens noch die letzten Sonnenstrahlen des Herbstes gönnen wollen. Jetzt würde es sich erweisen, ob die magere Ernte in diesem Jahr wenigstens von guter Qualität war. Als er die erste Probe von dem frisch gepressten Traubensaft nahm, sah er gebannt auf das Glasröhrchen, in dem der Öchslemeter auf und ab tanzte.

Er strahlte. »Carla! Du glaubst es nicht! Vierundneunzig Öchsle! Das ist Wahnsinn!«

Sie lachte, besah sich die Probe, holte sich dann ein Glas und trank einen Schluck von dem Traubensaft. »Wahrhaftig! Er schmeckt viel besser als der vom letzten Jahr!«

»Und wart erst mal ab, was ich aus dem hier machen werde!« Voller Begeisterung wedelte er mit den Armen. »Der kommt in das neue Alufass! Den Wein vom letzten Jahr füll ich jetzt um in das Eichenfass, damit wir dem blassen Wässerchen noch ein bisschen mehr Geschmack abzwicken. Und nächstes Jahr – haben wir schon richtigen eigenen Wein!«

»Bellissimo!« Carla ging wieder an die Quetsche. »Dann mach ich mal weiter mit unserem Superwein.«

Kurz darauf kam Antonio aufgeregt aus der Cantina. »Du, der vom letzten Jahr ist absolut trinkbar! Hier, koste mal!« Er hielt ihr ein gefülltes Glas hin. »Die Farbe ist zwar immer noch etwas blässlich, aber der Geschmack ...«

Carla nahm einen Schluck, kostete ihn langsam, rollte ihn genießerisch auf der Zunge, ließ ihn am Gaumen entlanggleiten und schluckte bedächtig. »Stimmt. Ich würde sagen: im Coop zwei Euro siebzig die Flasche!«

Sie lachte, und er lachte mit. »Du bist gemein, weißt du das? Allmählich wird es ja wirklich etwas eng in der Cantina mit den neuen Fässern – das Beste ist, ich stell dieses Eichenfass in den alten Schweinestall nebenan.«

Abends erzählte er in der Bar begeistert von den vierundneunzig Öchsle und ertrug grinsend die Neckereien der andern.

»Ho ho, ein echter Winzer in unserem Dorf!«, sagte Carlo, während Alberto vielsagend zwinkerte. »Tja, diese geklonten Weine haben alle eine Spitzenqualität ...«

»Das wird Giuliano aber gar nicht schmecken«, warf Ennio ein. »Der platzt bestimmt vor Neid.«

»Genau«, sagte ein anderer. »Du, Antonio, wenn jetzt die Jagdsaison losgeht, würde ich mich vorsehen – es könnte sein, dass der dir einen auf den Pelz brennt, so sauer wie er auf dich ist.«

»Pass bloß auf«, war es auch von den anderen zu hören, »dem ist alles zuzutrauen!« und »so gewalttätig, wie der ist!«

»Gestern hat er bei sich zu Hause schon wieder Prügel ausgeteilt.« Ennio seufzte. »Wenn man doch bloß was dagegen unternehmen könnte.«

»Das geht nicht«, schnaubte Alberto. »Elena müsste ihn anzeigen, aber dafür ist sie zu stolz; diese Blöße will sie sich einfach nicht geben.«

Die Tür ging auf, das Gespräch verstummte abrupt. Giuliano kam herein. Er sah sich rasch um, dann ging er zum Tresen.

»Ein Bier.«

Carlo stellte schweigend das volle Glas vor ihn hin. Giuliano nahm einen langen Zug und schmatzte lautstark mit den Lippen.

»Hach, es geht doch nichts über ein frisch gezapftes Bier!«

»Höchstens der neue Wein von Antonio!« Ennio konnte es sich nicht verkneifen.

Giuliano winkte verächtlich ab. »Bei der Popelernte dieses Jahr würde ich mir mal keine Hoffnungen machen, dass du auch nur ein Glas davon abkriegst, Ennio.«

»Aber dafür trinken wir bald mal eine Flasche vom letzten Jahrgang«, sagte Ennio provozierend. »Der soll nämlich auch schon ganz gut schmecken. Und davon kriegst du dann wahrscheinlich nichts ab.«

»Pah. Vino! Wer will schon dies selbst gepanschte Gesöff trinken?«

»Mir wird hier die Luft zu schlecht, ich geh dann mal. A la prossima«, sagte Antonio und stand auf.

Die Pferde standen jetzt schon seit zwei Wochen nachts im Stall und bislang hatte niemand versucht, die Stalltür zu öffnen. Der Hund hatte zwar ein paar Mal angeschlagen, aber auch heute wandten sich alle vier Pferdeköpfe Antonio höchst lebendig zu, als er das Futter brachte. Ein lauter Schrei von Carla ließ ihn zusammenfahren. Er rannte hinüber zur Cantina – da war sie nicht. Während er sich noch suchend umsah, kam sie aus dem ehemaligen Schweinestall gelaufen.

»Antonio! Du glaubst es nicht – das ist ja so gemein …« Sie brach in Tränen aus und klammerte sich an ihn.

Vorsichtig befreite er sich und näherte sich dem niedrigen Stallgebäude. Er ging hinein. Seine Augen brauchten einen Moment, bis sie sich an das Halbdunkel gewöhnt hatten. Der Boden war seltsam feucht – was war das? Entsetzen durchfuhr ihn – Blut? Er schnüffelte. Wein! Das war Wein! Da stand das aufgebockte Eichenfass, und aus dem offenen Spundloch fielen ein paar letzte Tropfen in die Riesenlache, die sich im ganzen Stall ausgebreitete hatte. Hunderte Liter Wein waren ausgelaufen!

Moment mal. Er bückte sich. Da hatte jemand den Spund herausgezogen, ganz klar. Der war nicht von selbst aus dem Spundloch geflogen. Antonio knirschte mit den Zähnen, als er sich wieder aufrichtete. Wer …? Nein. Er wollte ohne Beweise kein Urteil fällen. Mit schleppenden Schritten ging er zu Carla zurück, die sich schniefend die Nase putzte.

Am Wochenende kamen die Jäger. In protzigen Geländewagen fuhren Männer in Tarnanzügen mit jaulenden Hunden durchs Dorf. Überall entlang der

Feldwege parkten sie, brachen durch das Unterholz, schossen und brüllten und amüsierten sich königlich. Als junger Mann war Antonio auch gern auf die Jagd gegangen, aber mittlerweile machte es ihm keinen rechten Spaß mehr. Das Jagdwild im Oktober, die Fasane, wurde extra für die Jagd gezüchtet und im Sommer ausgewildert, damit die mutigen Jäger im Herbst was vor die Flinte bekamen. Das war keine richtige Jagd, das waren Rambospiele ...

Am Sonntagmittag saßen Carla und Antonio auf der Terrasse hinter dem Haus und blinzelten in die blasse Herbstsonne, während sie genießerisch an ihrem Prosecco nippten. Paff, paff: Schüsse durchbrachen die Ruhe.

Carlas Kopf fuhr hoch. »Was zum Teufel ...?«

Antonio war aufgestanden und sah suchend vom Bach zu dem dicht bewaldeten Hügel hinüber. »Das kann ja wohl nicht wahr sein! In diesem Jahr gehört der Hügel doch gar nicht zum Jagdgebiet! Können die Idioten denn nicht lesen? Divieto di caccia!«

In diesem Augenblick tauchte oben am Hang zwischen den Kastanienbäumen eine Gestalt auf, legte ein Gewehr an und zielte Richtung Haus. So schnell sie konnten brachten sich Antonio und Carla drinnen in Sicherheit.

»Wer ist dieser Verrückte?«, knurrte Antonio und suchte in der Kommodenschublade nach dem Fernglas.

»Du brauchst nicht zu suchen. Ich hab ihn erkannt«, sagte Carla. Und durch zusammengebissene Zähne zischte sie: »Giuliano.«

»Ist der jetzt völlig durchgedreht?« Antonio ließ sich in einen Sessel sinken. »Was machen wir bloß? Erst diese wüsten Ausbrüche, und jetzt auch noch das? Dabei hab ich ihm nie etwas getan!« Er bedeckte die Augen mit einer Hand und schüttelte den Kopf. »Ich fass es nicht.«

Am nächsten Wochenende herrschte strahlend schönes, blau-goldenes Herbstwetter, aber weder Carla noch Antonio hatten Lust, sich auf die Terrasse zu setzen.

»Komm, wir machen einen Ausritt«, schlug er vor. »Wir können über die Weide hoch zum Schafhügel reiten. Wo keine Bäume und Büsche sind, gibt es auch keine Jäger. Und wir können Giuliano auf drei Kilometer Entfernung erkennen.«

»Buona idea.« Carla strahlte.

Oben auf dem Schafhügel hielten sie die Pferde an und schauten hinunter ins Tal. Eine Bilderbuchlandschaft lag vor ihnen. Das Dorf, der mächtige Borgo aus dicken, grauen Mauern, der Kirchturm über den hellroten Ziegeldächern, dahinter die Gärten und Felder, die Weiden und Wälder ...

»Ach, wie wunderschön das ist«, sagte Carla leise.

Antonio sah sie von der Seite an und lächelte.

»Du bist also nicht mehr sauer auf mich, dass ich hierher zurückwollte?«

»Aber nein!« Sie lachte. »Es ist herrlich hier. Meistens jedenfalls.«

Der Rückweg führte durch einen Hohlweg. Antonio ritt voran und sog die Luft tief ein. Es roch nach porcini, nach castagne, nach Rauch und altem Laub ...

Wamm! Der Knall ließ ihn zusammenfahren. Mirò scheute und stieg, und er musste sich zunächst darauf konzentrieren, das Pferd zu beruhigen.

»Alles in Ordnung?«, rief er, ohne den Kopf zu wenden. Als keine Antwort kam, drehte er sich zu Carla um.

Sie stand neben ihrer Stute und sah fassungslos auf eine helle Kerbe in der Baumrinde einer einzelnen Eiche, die nur wenige Meter von ihr entfernt stand.

»Das war kein Schrot«, sagte sie kaum hörbar. »Das war richtige Munition.«

»Was meinst du, wer das gewesen ist?«, fragte Antonio.

»Das fragst du noch?« Sie sah ihn unverwandt an. »Eigentlich müssten wir ihn anzeigen.«

Er runzelte die Stirn. »Aber wir haben keine Beweise.«

»Nein, aber wir wissen trotzdem, wer es war.« Sie lächelte kalt und starrte ins Leere.

Schweigend ritten sie nach Hause.

»Mario hat angerufen«, sagte Carla am nächsten Tag. »Er fragt, ob du nächstes Wochenende kommen kannst, er braucht Hilfe, wenn er das Dach noch vor dem Winter dicht bekommen will.«

»Va bene.« Antonio half gern, zumal das einen Ausflug nach Massa Marittima bedeutete, und bestimmt würden sie abends gut essen gehen. Außerdem bekam er dann Giuliano nicht zu Gesicht, und das war besser so, denn er war sich nicht sicher, ob er sich nach dem gestrigen Anschlag noch im Griff haben würde, wenn der ihm auf einmal gegenüberstand.

»Und was machst du das Wochenende über, so ganz allein?« Er nahm sie in die Arme. »Eigentlich hab ich kein gutes Gefühl dabei, wegzufahren, wenn dieser Irre da durch die Gegend ballert.«

»Da mach dir mal keine Sorgen.« Sie löste sich langsam aus seiner Umarmung und küsste ihn. »Ich kann gut für mich sorgen. Außerdem muss ich dringend mit meinem Artikel vorankommen, nächste Woche ist der Abgabetermin. Wahrscheinlich setz ich keinen Fuß vor die Tür.«

Als Antonio am Sonntagabend von seinem Ausflug nach Massa Marittima zurückkam, hielt er im Dorf an und ging in die Bar. Nur drei Männer standen am Tresen und schwiegen.

»Vino rosso«, sagte Antonio und sah Carlo erstaunt an. »Was ist denn hier los?«

»Du weißt noch nichts?«

»Was soll ich denn wissen? Ist was passiert? Ich war das ganze Wochenende weg.«

»Das war auch gut«, sagte Carlo leise. »Dich hatten sie natürlich als Ersten im Verdacht.«

»Mich? Wieso? Was ist denn los, verdammt noch mal?«

»Giuliano ist tot. Erschossen. Auf der Jagd.«

»Giuliano? Tot?«, krächzte Antonio. »Gib mir 'nen Grappa.«

»Tja, so ein paar Sonntagsjäger aus Florenz haben ihn gefunden. Drüben, hinter dem Berg von Fossini. Mit einem Loch in der Stirn. Gewehrkugel. Vielleicht ein Jagdunfall. Aber es hat sich keiner gemeldet.«

»Wir haben doch noch gar keine Wildschweinjagd! Momentan ist doch bloß Schrot erlaubt.«

»Vielleicht wissen das die feinen Herren aus Florenz nicht so genau«, sagte Carlo. »Jedenfalls ist Giuliano tot. Tja. Viel Trauer wird es um ihn wohl nicht geben.«

»Mamma mia«, sagte Antonio und zahlte. »Ich muss schnell nach Hause. Ciao.«

Carla saß in ihrem Arbeitszimmer am Computer. Antonio betrachtete ihren gebeugten Nacken und die flink tippenden Finger. Bestimmt hatte sie keine Ahnung, was passiert war. Er räusperte sich, und sie drehte sich um, während er ihr einen Kuss hinters Ohr gab.

»Ciao, bella«, sagte er leise.

»Ciao, carissimo. Wie war's bei Mario? Seid ihr fertig geworden?«

»Hmm, alles bestens. Ich war eben noch kurz bei Carlo. Du glaubst nicht, was er mir erzählt hat: Giuliano ist tot. Man hat ihn im Wald hinter Fossini gefunden. Erschossen. Wahrscheinlich mit einem Jagdgewehr.«

»Ach?« Sie sah ihm in die Augen. »Soll ich jetzt sagen, dass es mir leidtut?«

»Nein, nein. Der Kerl war eine Gefahr für alle, das wissen wir ja wohl am besten.«

»Seh ich genau so.« Sie stand auf und hakte sich bei ihm ein. »Komm, ich hab eine Überraschung für dich. Heute gibt es frische Steinpilze, selbst gesammelt.«

»Toll! Aber dann warst du ja doch draußen?«

»Ja, aber nicht allein.« Sie tätschelte seine Wange. »Den Pferden geht es gut, und unserem Wein ist auch nichts passiert.«

Er holte tief Luft. »Bellissimo.«

Sie saßen noch beim Essen, als es klopfte. Antonio öffnete die Tür. Draußen stand Elena mit einem Korb.

»Ecco.« Sie reichte Antonio den Korb.

Mit einem raschen Blick überflog er die Etiketten der darin liegenden Flaschen. Madonna! Castello di Ama, Sangioveto, Tignanello, Pergole Torte – die besten Weine, die der Chianti zu bieten hatte.

»Für mich?«, fragte er verdutzt.

»Für Carla«, sagte Elena.

Chianti

Das Chiantigebiet liegt in der italienischen Region Toskana. Es gliedert sich in sieben Teilbereiche, die alle DOCG-Status haben (DOCG steht für Denominazione di origine controllata e garantita, kontrollierte und garantierte Herkunftsbezeichnung); die hier produzierten Weine erfüllen also die höheren Qualitätsansprüche des italienischen Weingesetzes. Die sieben Teilgebiete sind: Chianti Colli Fiorentini, Chianti Rufina, Chianti Montalbano, Chianti Colli Senesi, Chianti Colli Aretini, Chianti Colline Pisane und Chianti Montespertoli. Eine eigene Weinbauzone des Chiantigebiets, die ebenfalls DOCG-Status hat, ist das Gebiet des Chianti Classico – die bedeutendste Herkunftsbezeichnung der Chianti-Familie.

Die klimatischen Bedingungen und die Beschaffenheit der Böden sind in dem großen Gebiet recht unterschiedlich. Allgemein lässt sich aber sagen, dass das Klima warm und sonnig ist und der Boden vorwiegend aus Kies und Sand besteht.

Das Herz der Chiantiregion bildet das Gebiet des Chianti Classico, die Hügellandschaft zwischen Florenz und Siena. Hier gedeihen die Reben auf Galestro, einem lockeren Kalkmergelboden, der dafür sorgt, dass die Weinberge auch nach kräftigen Regenfällen gut entwässert werden.

Im Chianti werden fast ausschließlich Rotweine produziert. Die häufigste Rebsorte ist Sangiovese, von italienisch »sangue di Giove«, Blut des Jupiter. Es ist eine spät reifende Sorte mit einem hohen natürlichen Säuregehalt. Nur bei Weinen aus vollreifen Reben tritt diese Säure nicht störend in den Vordergrund, und nur diese Weine haben eine tiefrote Farbe. Häufig wird Sangiovese mit anderen Rebsorten, etwa Cabernet Sauvignon oder Merlot, verschnitten.

Einer der bekanntesten Rotweine Italiens, der aus dem Chianti-Classico-Gebiet stammt, ist der Tignanello. Er ist ein Verschnitt aus Sangiovese, Cabernet Sauvignon und Cabernet franc und wird im Barrique (Holzfass) ausgebaut.

Früher wurde Wein aus dem Chiantigebiet im »fiasco« verkauft, der typischen bauchigen Flasche, die mit einem Korbgeflecht umwickelt war. Seit den 1970er Jahren, mit dem Beginn des kontrollierten Qualitätsweinbaus, ging man aber dazu über, auf die eleganteren Bordeauxflaschen umzusteigen.

Rosmarin-Fladenbrot

Für 16 Stück

1 TL Trockenhefe
625 ml warmes Wasser
475 g Vollkornmehl
2 TL Meersalz
1 EL Olivenöl
400 g Mehl

Zum Bestreuen

Olivenöl
Meersalz
Rosmarinblätter

Hefe in eine Schüssel mit Wasser krümeln. Falls kein elektrisches Rührgerät mit Knethaken vorhanden ist, zum Rühren einen Holzlöffel verwenden. Vollkornmehl und Hefemischung in einer Schüssel mit Knethaken gut verrühren. Teig mit Klarsichtfolie abdecken und an einem warmen Ort 1 Stunde gehen lassen, bis er doppelt so groß ist. Meersalz und Öl hinzufügen und mit den Knethaken gut durcharbeiten. Unter Rühren Mehl zufügen, bis sich ein glatter Teig bildet, dann noch 8 Min. kneten. Teig mit Klarsichtfolie abdecken und auf doppelte Größe gehen lassen (dauert etwa 2 Stunden).

Teig in 16 Stücke teilen und jedes Stück zu einer Kugel formen. Teigkugeln auf leicht bemehlter Fläche auf 4 mm Dicke ausrollen. Eine Seite mit etwas Olivenöl bestreichen und mit Salz und Rosmarin bestreuen. 10 Min. gehen lassen.

Fladenbrote auf vorgeheiztem Grill oder Holzkohlegrill von beiden Seiten je 1 Min. backen, bis sie locker und goldgelb sind. Warm servieren.

Fenchel-Pilz-Salat

Für 4 Portionen

4 Riesenchampignons
2 EL Butter, zerlassen
1 EL Öl
150 g Baby-Blattspinat
1 EL Salbeiblätter
1 EL abgeriebene Zitronenschale
2 kleine Fenchelknollen, in dünne Scheiben geschnitten
etwa 20 eingelegte grüne Oliven
gestoßener schwarzer Pfeffer
2 EL Balsamico

Pilze abbürsten und Stiele herausschneiden. Pilze mit Butter und Öl bestreichen und auf den vorgeheizten Grill legen. Von beiden Seiten je 2 Min. braten.
Zum Servieren auf jeden Teller einige Spinatblätter legen, mit Salbei und Zitronenschale bestreuen und einen Pilz daraufsetzen. Darüber Fenchel, Oliven und Pfeffer geben. Mit Balsamico beträufeln und mit warmem Sauerteigbrot reichen.

Geflügelpastetchen

Für 6 Stück

350 g Mürb- oder Blätterteig
2 Eier
2 EL Verjus (oder Zitronensaft)
schwarzer Pfeffer aus der Mühle
1 TL frisch geriebener Ingwer
450 g Hähnchenbrust
3 große Streifen Frühstücksspeck

Teig ausrollen und 6 Kreise mit 16 cm Durchmesser ausschneiden. Teig ruhen lassen. Ofen auf 220 °C vorheizen.
Eier mit Verjus, Pfeffer und Ingwer verquirlen. Hähnchenbrust in feine Streifen schneiden, in der Eiermischung wenden und auf die Teigplatten verteilen,

dabei eine Hälfte und den ganzen Rand freilassen. Rand mit Eiermischung bestreichen. Die freie Teighälfte über die Füllung klappen und gut mit einer Gabel andrücken. Pasteten einige Male einstechen.
Auf Backpapier 15 Min. backen, dann bei 190 °C weitere 20–25 Min. backen.
Heiß oder kalt servieren.

Erbsen-Reis-Frittata

Für 2 Portionen

1 Zwiebel, gehackt
2 Knoblauchzehen, in Scheiben
Butter zum Braten
200 g gekochter Reis
150 g Erbsen, frisch oder Tiefkühlware, aufgetaut
100 g Bergkäse, gerieben
½ Bund Kerbel, gehackt
½ Bund Schnittlauch, geschnitten
2–3 Eier
Salz, Pfeffer

Zwiebel und Knoblauch in Butter glasig braten (Knoblauch darf auf gar keinen Fall braun werden).
Reis mit Zwiebel, Knoblauch, Erbsen, geriebenem Käse und Kräutern mischen.
Eier verquirlen und unter die Reismischung heben. Salzen und pfeffern.
Butter in der Pfanne erhitzen, Reis-Eier-Mischung hieneingeben und gleichmäßig flachdrücken, sodass ein ca. 1 cm hoher Fladen entsteht.
Zunächst etwa 1 Min. bei starker Hitze anbraten lassen, dann bei geringer Hitze zugedeckt 4–5 Min. weiterbraten. Fladen vom Pfannenboden lösen, einen großen Teller umgekehrt auf die Pfanne legen und Frittata wenden.
Noch etwas Butter in die Pfanne geben, Fladen hineingleiten lassen und weitere 2–3 Min. braten.

Variante: Mit gebratenen Zucchini- oder Tomatenscheiben statt Erbsen und zerkrümeltem Feta statt Bergkäse.

Italienischer Haselnusskuchen

Für eine Springform von 26 cm Durchmesser (ergibt 12 Stücke)

150 g ganze Haselnüsse
100 g weiche Butter
100 g Zucker
100 g Quark
4 Eier, getrennt
Mark von 1 Vanilleschote

Haselnüsse in einer beschichteten Pfanne bei geringer Hitze etwa 5 Min. ohne Fett rösten, dabei die Pfanne ständig schwenken. Backofen auf 180 °C vorheizen.

Die Nüsse mahlen. Butter und Zucker schaumig aufschlagen und Quark und Eigelbe darunter mischen. Zum Schluss das Nussmehl dazugeben. Den Teig mit Vanille würzen und das sehr steif geschlagene Eiweiß unter die Masse heben. Den Teig in eine Springform geben und etwa 40–50 Min. backen.

Gefüllte Pfirsiche

Für 4 oder 8 Portionen

4 Pfirsiche, entsteint und halbiert
4 EL Makronenkrümel
2 EL fein gehackte kandierte Kirschen
8 blanchierte Mandeln
Marsala oder lieblicher Weißwein

Einen Teil des Fruchtfleisches aus den Pfirsichhälften entfernen; der Rest sollte aber noch fest sein.
Fruchtfleisch pürieren und mit Makronenkrümeln und Kirschen mischen.
Masse in die Pfirsichhälften füllen und mit je einer Mandel garnieren.
Pfirsichhälften in eine gut gefettete, flache Auflaufform legen und mit Wein beträufeln.
Im vorgeheizten Ofen bei 180 °C 20–30 Min. backen. Heiß oder gekühlt servieren.

ALMUTH HEUNER

Wein, Weib und Tod

In der Krypta war es kalt, und ich war froh über mein gestepptes Wams, den Umhang und die Stiefel. Angesichts der warmen Frühlingssonne heute Morgen, die die Hänge des Pfälzer Waldes grün aufleuchten ließ, hatte ich gezögert, ob ich mich überhaupt gewanden sollte. Doch Adas Anruf hatte mich überzeugt. »Ulrike und ich wollen den Gästen so viel Atmosphäre wie möglich bieten«, hatte sie gesagt, »und Gernot und Herbert haben auch versprochen, die alte Kluft anzulegen.«

Nun saß ich neben Ada und konnte es nicht lassen, immer mal wieder einen Blick auf die Stelle zu werfen, wo die milchweiße Haut ihres Dekolletés im geheimnisvollen Dunkel des burgunderfarbenen Mieders verschwand.

»Wirst du wohl zuhören!«, zischte sie mir zu, als sie merkte, wohin meine Aufmerksamkeit gewandert war. Aber sie lächelte dabei.

Gehorsam wandte ich mich also wieder Ulrikes Vortrag zu. Sie sprach über Wein, natürlich – und gar nicht mal schlecht. Den Anfang hatte ich verpasst, weil ich noch nie im Kloster Limburg gewesen war und in der Kirchenruine den Eingang zur Krypta nicht gleich gefunden hatte. Vermutlich hatte sie ihr Weingut vorgestellt. Jetzt plauderte Ulrike über die Römer, die den Weinbau in der Pfalz aufgezogen hatten.

Auf der anderen Seite des Raumes erspähte ich im Licht von Fackeln und Kerzen noch zwei aus unserer alten Clique. Gernot, in seinem Kettenhemd, Helm und Schwert neben sich auf dem Tisch, war unser strahlender Anführer gewesen; ob er immer noch so geschickt war im Fechten? Herbert hingegen hatte sich einfach eine Mönchskutte übergeworfen, und ich wäre jede Wette eingegangen, dass er auch heute Turnschuhe dazu trug. Manches ver-

ändert sich eben nicht. Unsere Leidenschaft für Robin Hood und die Ritter der Tafelrunde hatten wir von der Schule zur Uni beibehalten, getarnt als Theater-AG. Ich betrachtete Ulrikes zweilagiges Kleid mit Schleier, Adas Leinenhemd unter dem Mieder und den weiten Rock, und uns Männer als Ritter und Mönch, und ich fühlte mich in unsere gute alte Zeit zurückversetzt.

Einige der Gäste, die an Adas kulinarischem Mittelalterseminar teilnahmen, waren zwar in historisch angehauchten Kostümen erschienen, aber überzeugend wirkten nur wir, selbst Herbert, dessen Haar sich tonsurähnlich gelichtet hatte. Irgendwie war ich stolz auf uns.

Gernot winkte mir zu und machte ein Zeichen, dass er mich sprechen wolle. Nach all der Zeit, die wir uns nicht gesehen hatten, gab es eine Menge zu erzählen. Ich kannte Gernots Kochsendung, bei der er selbst den Kochlöffel schwang, natürlich aus dem Fernsehen, und wusste, dass Herbert als Produzent und Finanzier dazu gehörte; der hatte schon immer eine Nase für Geld gehabt.

»Der Riesling – übrigens auch Chardonnay, Lemberger und viele andere«, erläuterte derweil Ulrike, »stammt von der Rebsorte Weißer Heunisch ab. Die wurde im Mittelalter in Deutschland häufig angepflanzt und ist heute fast ausgestorben. Vor kurzem wurden bei Heidelberg einige Rebstöcke dieser Sorte durch genetische Untersuchungen wiederentdeckt … Wir probieren den Wein heute natürlich – wie im Mittelalter – aus Tonbechern …«

Während sie und Ada herumgingen und ausschenkten, huschte ich zu den beiden anderen.

»Das trifft sich gut, dass du hier bist, Volker«, sagte Gernot und hieb mir auf die Schulter. »Ada will, dass wir beide nachher ein kleines Kämpfchen vorführen – hast du dein Schwert dabei? Außerdem wollte ich dich wegen etwas anderem schon länger mal anrufen …«

»Könnt ihr das nicht später besprechen?«, fragte Herbert muffig. Ich warf einen Blick nach unten. Turnschuhe.

Ulrike sprach weiter, und ich schlich auf meinen Platz zurück.

»Schwertkampf?«, flüsterte ich Ada zu. »Was gibt es noch für Überraschungen? Soll ich vielleicht auch singen?«

Sie lachte. »Bewahre! Nein, aber wenn du mir gleich in der Küche helfen könntest …«

Ulrikes Stimme verschluckte meine gemurmelte Antwort. »Natürlich kannten die alten Griechen und Römer schon verschiedene Herkunftsorte und Rebsorten. In unseren Landen jedoch wurde der Wein aus heimischer Produktion nur nach gutem und schlechten unterschieden. Der schlechte hieß Hunnenwein, der gute Frankenwein …« Meine Blicke folgten ihr. Sie ging langsam zwischen den Tischen auf und ab. Der Saum ihres Kleids schwang in eleganten Falten und ließ gelegentlich ihre zierlichen Lederschuhe hervorblitzen. Sie erzählte davon, wie man erst zu Beginn der Neuzeit, also ab 1500, auch in Deutschland auf die Rebsorte zu achten begann, als die Haltbarmachung mit verbranntem Schwefel erfunden wurde, was dafür sorgte, dass man die Rebsorte im fertigen Wein überhaupt herausschmecken konnte. Ulrikes zarte Figur ließ nicht vermuten, dass sie eine erfolgreiche Winzerin war und gern selbst mit anpackte.

Doch für mich hatte es nie eine andere als Ada gegeben. Es hatte mich voll erwischt. Und das nicht zum ersten Mal, denn schon in der Schule war Ada das Ziel meiner selbstverfassten Minnegedichte gewesen. Sie hatte sie damals zwar huldvoll entgegengenommen, doch meine Leidenschaft nur mit schwesterlicher Zuneigung erwidert. So war ich es, der sie trösten durfte, wenn sie Liebeskummer hatte, der ihr Händchen halten durfte, wenn sie wieder einmal sitzengelassen worden war. Es war ihr feuriges Temperament, das andere zurückschrecken ließ; doch genau das zog mich so zu ihr hin, auch wenn sie mich nicht erhören wollte.

Und dann, vor ein paar Wochen, war ich wieder entflammt. Ich hatte sie nach langer Zeit zufällig auf dem Mittelaltermarkt in Worms getroffen. Wir waren beide gewandet, deshalb hatte sie mich zuerst nicht erkannt. Aber ich sie! Ihre langen dunklen Kringellocken und ihre rassige Figur hatte ich nie vergessen. Ada haute mich einfach um, wie sie so dahinschlenderte, mit rotem Mieder und blauer Schürze, einen Korb am Arm, mit wallendem Rock, der sich bei einem Windstoß an ihre schlanken Beine presste ... Ich hatte mir den Helm vom Kopf gerissen und war ihr zu Füßen gefallen. »Süeze frouwe mîn!«, rief ich. Sie hatte gelacht, und wir waren dann in der Marktschänke versackt und dort immer näher zusammengerückt. Bis ihre halbwüchsigen Kinder auftauchten. Da erst erfuhr auch ich, dass Ada mit Herberts finanzieller Hilfe im alten Kloster Limburg bei Bad Dürkheim ein Hotelrestaurant eröffnet hatte. Vom ehemaligen Kloster war das Gästehaus stehengeblieben, und das hatte sie restauriert und ganz im Stil des dreizehnten Jahrhunderts eingerichtet. Adas Küche, nach Rezepten aus dem Mittelalter und der Renaissance, galt als hervorragend, und so strömten schon bald zahlreiche Gäste herbei. Das Ambiente der Klosterruine drumherum war natürlich nicht zu toppen, und sie hatte alle Hände voll zu tun, berichtete Ada mit leuchtenden Augen. Ihre Kinder – von verschiedenen Vätern, was mich nicht wunderte – unterstützten sie als Auszubildende in der Küche und im Service.

Ich kenne mich in diesem Metier gut aus, denn in meinem Restaurant, ein paar Dörfer weiter die Weinstraße hinunter, hatte ich auch schon mit historischen Tafelfreuden experimentiert. Das passt ausgezeichnet in die kalte Jahreszeit und lockt immer viele Gäste an, wenn die Weinfeste vorbei waren und die Mandelblütenfeste noch in weiter Ferne lagen. Zu diesem Seminar war ich natürlich nur wegen Ada gekommen. Kochen konnte ich ja.

»Sie müssen sich vorstellen, dass es damals vor allem um die Ertragsmenge ging, und die Ernte wurde einfach wie's kam gekeltert«, sagte Ulrike. Allgemeines Erschaudern. »Na ja – die Menge war auch deswegen wichtig, weil ja damals noch der Zehnte, also die Steuern, meist in Naturalien bezahlt wurde ...« Lachen. »Und wer wirklich guten Wein trinken wollte, musste ihn eben aus dem Ausland importieren.«

Ulrike hatte schon seit einer Weile immer wieder irritiert zu Gernot und Herbert hinüber gesehen, aus deren Ecke andauernd gezischt und gemurmelt wurde. Jetzt drehte sie sich ganz in ihre Richtung und sagte betont laut: »Dazu kam auch, dass immer wieder Kriege und Hungersnöte das Land verwüsteten und dass im Mittelalter auch das Klima hier nicht so günstig für den Weinanbau war. Da nahmen sie halt das, was überhaupt wuchs und möglichst viel Frucht trug.«

Die beiden stellten ihr Privatgespräch ein. Gernot lächelte Ulrike verlegen zu, Herbert drehte seinen Becher hin und her.

»Welche Rebsorten damals angebaut wurden, können wir heute eigentlich nur raten. Vermutlich jedoch waren sie den heutigen Sorten Burgunder, Traminer und Riesling ähnlich, das sind die, die die Römer hierher brachten, wie durch archäologische Funde belegt ist. Wir kommen jetzt zum Burgunder, den kennen die meisten ja als Rotwein. Ich habe aber für Sie einen Grauburgunder mitgebracht ...« Ulrike und Ada begannen einzuschenken.

Ulrikes klangvolle Stimme umschwebte uns weiter. »Im Mittelalter haben eigentlich nur Klerus und Adel Wein getrunken, und dann meist mit Wasser verdünnt. Alle anderen Menschen tranken Bier, das sie häufig auch selbst brauten. Dazu gab es noch Maulbeerwein und andere Fruchtweine sowie Met, der aus Honig gebraut wird. Auch dieser Grauburgunder enthält eine Honignote, dazu Heu und Birnen. Lassen Sie ihn auf der Zunge rollen, dann werden Sie weitere Obstnoten bemerken ...«

Ich rollte den Wein wie befohlen auf der Zunge. So einen würde ich in meinem Restaurant zu Linsen oder Pfifferlingen servieren.

In Gernots und Herberts Ecke wurde es wieder unruhig.

»Das hier ist Gewürztraminer, der wird heute ja eher selten getrunken«, sagte Ulrike mit erhobener Stimme, »völlig zu Unrecht, wie Sie jetzt sicher bei dieser edelsüßen Variante entdecken werden. Stellen Sie sich den Wein als Apéritif vor oder zu einem Dessert mit Schokolade und Marzipan ... Alle Weine gibt's auch heute Abend zum Essen«, sagte Ulrike. »Doch jetzt wird uns der Benediktinermönch Heribert erst einmal durch das Klostergelände führen.«

Ada zog mich vom Stuhl und die ausgetretene Steintreppe hinauf ans Tageslicht. Es waren nur ein paar Schritte bis zum Eingang des Gästehauses. Ich folgte ihr die Stufen hinauf und im Haus wieder hinunter und bewunderte das Spiel ihrer Gesäßmuskeln. In der Küche angekommen, warf Ada mir eine Schürze zu.

Sie zeigte mir ihre Menüfolge. Die meisten Gerichte waren mir einigermaßen vertraut, und wir stürzten uns in die Arbeit. Teig kneten für Brote und Pasteten, Fleisch und Gemüse anbraten, Gewürze mischen – ich bewunderte, wie flink ihr das alles von der Hand ging. Auch wenn sie sich das Kochen selbst beigebracht hatte, von einem Profi war sie kaum zu unterscheiden. Mehr noch freute mich, dass wir so harmonisch zusammenarbeiten konnten.

In der Küche wurde es immer wärmer und dunstiger. In dieser Atmosphäre konnten sich alle Düfte richtig entfalten. Zimt und Muskat, Zwiebeln und brutzelndes Schmalz waberten um uns herum, und wenn ich dicht neben Ada stand, stieg mir auch ihr ganz eigener Duft in die Nase, der mich an frisch gebrannte Mandeln erinnerte ...

Als die Suppe im Topf, der Braten am Spieß, die Pasteten im Ofen und die Beilagen vorbereitet waren, wischte sich Ada die Hände an ihrer Schürze ab und strich sich die feuchten Kringellocken aus dem Gesicht.

»Kleiner Rundgang durch Haus und Garten gefällig? Den Rest hier können die Kinder erledigen.«

In den wenigen Zimmern ihres Hotels hatte Ada streng nach dem Prinzip »weniger ist mehr« gearbeitet. Die Einrichtung war auf das Notwendigste beschränkt und schlicht, Farben wie Burgundrot, leuchtendes Blau, Cremeweiß herrschten vor, dazu dunkle Holztöne. Das Mittelalter war allgegenwärtig: hier ein tönerner Krug, dort ein übers Bett geworfenes Schaffell, hier ein schmiedeeiserner Tischleuchter, dort ein pergamentener Lampenschirm. Einfach gelungen!

Ihr eigenes Zimmer war natürlich etwas üppiger ausgestattet, an den Wänden hingen einige Reproduktionen mittelalterlicher Bilder. Ada deutete auf eines, dass einen Ritter hoch zu Ross mit einem Falken auf der Faust zeigte.

»Früher hab ich nicht verstanden, warum die Ritter so viele Liebeslieder auf ihre Falken dichteten«, sagte sie leise und drehte sich zu mir um. »Du hast das ja auch getan ... Erst jetzt weiß ich, dass der Falke das Symbol für die Geliebte ist.«

»Ja, und manche fliegen eben weg und wollen lieber frei sein«, sagte ich.

»Aber manche kommen auch zu ihrem weißen Ritter zurück.« Sie trat ganz dicht an mich heran und küsste mich sachte. »Ich bin ein Falke, der zurückkommt ...«

Als wir wieder nach unten kamen, wollte Adas Tochter wissen, ob sie schon die Mandeltörtchen für das Dessert in den Ofen stellen sollte, und ihr Sohn rief aus der Gaststube irgendetwas über Besteck.

»Geh schon mal vor«, sagte sie und schob mich in den Garten.

Mit geschlossenen Augen stand ich ein paar Minuten lang einfach nur auf dem Weg zwischen den Beeten und genoss die Sonnenstrahlen und den Duft nach blühendem Flieder und warmer Erde. Bienen summten, und vom Gartentor her hörte ich das Gemurmel der anderen Gäste. Sie hatten ihren Rundgang offenbar beendet und saßen im Hof des Kreuzgangs, wo Ada bei gutem Wetter ihre Gäste verköstigte. Immer wieder näselte zwischendrin Herberts Stimme und erklärte architektonische Besonderheiten der Romanik.

Hier möchte ich leben, dachte ich. Das Restaurant, das ich von meinen Eltern übernommen hatte, könnte jemand anders führen, ich könnte es auch gut verkaufen. Und dann würde ich endlich meinen Traum leben – mit einer tollen Frau und Geschäftspartnerin … Ja. Adas weißer Ritter war gekommen.

Ich hörte Schritte nahen und das unverwechselbare Klirren von Kettenhemd und Schwertgehänge.

»Hier steckst du also, ich suche dich schon überall«, sagte Gernot. »Ich verrate dir jetzt unser großes Geheimnis: Ulrike ist es gelungen, der wiederentdeckten Rebsorte einen ganz passablen Wein zu entlocken. Und den wollen wir jetzt natürlich groß rausbringen!« Er schlug sich auf die Schenkel. »Bei der Einschaltquote meiner Kochsendung ist das ein Kinderspiel. Mir fehlt nur noch ein Koch, der sich mit dem Mittelalter auskennt, und da kommst für mich nur du infrage. Ich hab auch gehört, du hättest ein bisschen Kapital … was natürlich nicht schadet! Was sagst du?«

Ich sagte erst mal gar nichts.

»Komm schon«, drängte Gernot. »Das klingt vielleicht alles sehr kühn, aber so waren meine Pläne ja immer – und ich hab immer Erfolg damit gehabt.«

In der Tat. Je verwegener, desto erfolgreicher. Das begann, als wir noch Kinder waren, mit Beutezügen auf Kuchen und Eis, und fand die Krönung in unserer Theater-AG. Gernot hatte wirklich ein Gespür dafür, was funktionieren würde. Wer hätte gedacht, dass zu Zeiten von Neuer Deutscher Welle und Tschernobyl sich irgendwer für mittelalterliches Laienschauspiel interessieren würde? Doch wenn wir schwertklirrend in Strumpfhosen über die Bühne tobten oder unsere edlen Maiden auf Mittelhochdeutsch ansangen, johlte und trampelte das Publikum.

»Du kreierst jede Woche ein halbwegs authentisches Menü und kochst es vor«, führte er aus, »ich mach dazu ein bisschen Zusatzinfo, und dann tritt Ulrike mit ihrem Wein auf! Ich sag dir, damit werden wir ratzfatz reich.«

»Ich werde lieber glücklich«, rutschte es mir raus. Wie unvorsichtig: Gernot machte sich über Gefühlsausbrüche gern lustig. Schon früher hatte er nicht verstanden, dass ich Gedichte schrieb – das sei doch nur was für Weicheier.

Er betrachtete mich mit zusammengezogenen Brauen. »Was soll das heißen? Meinst du, es käm nicht genug dabei rum für dich?«

Ein Windstoß raschelte im Laub der Zitronen- und Olivenbäume, die in Kübeln an der Gartenmauer entlang aufgereiht standen, und trug den Duft von Glyzinien herbei. Irgendwo im Gemäuer über uns jodelte eine Dohle.

»Tut mir leid«, sagte ich.

Ada rief aus der Küche nach mir, und ich wandte mich um.

»Es wär die Chance für uns alle!« Gernot packte mich am Arm und hielt mich zurück. Dann folgte er meinem Blick zur Küchentür und begann zu lachen. »Ach so! Es ist nicht die Kohle – glaubst du wirklich, du könntest endlich bei ihr landen?«

»Wir mussten wohl alle erst unsere Erfahrungen machen«, sagte ich. »Damals hatte sie den Kopf nur voller Jungs – heute ist sie eine erfolgreiche Geschäftsfrau.« Ich deutete auf das Gästehaus hinter uns, auf den Kreuzgang, den Garten.

Gernot lachte leise. »Ist sie das? Vielleicht hat sie ja vergessen, zu erwähnen, dass Herbert woanders investieren will? Und weil das alles schnell gehen muss, sieht es für Ada demnächst nicht gut aus.«

Zuerst war ich einfach nur überrascht. Nie hätte ich Gernot zugetraut, so abfällig über jemanden zu sprechen. Schon gar nicht über einen aus der alten Clique – und erst recht nicht über Ada. War sie nicht damals oft als seine Königin aufgetreten, als Guinever oder Maid Marian? Hatte er womöglich selbst versucht, »bei ihr zu landen«, und war abgeblitzt? Wo waren überhaupt seine Ideale von Ritterlichkeit geblieben?

Und in diesem Moment wusste ich, dass ich mein weiteres Leben mit Ada verbringen würde, hier.

»Es tut mir leid, Gernot«, wiederholte ich fest und ging wieder hinein.

Wir tafelten unter freiem Himmel im Hof des Kreuzgangs. Um uns herum ragte die malerisch bröckelnde Ruine von Kloster und Kirche in den samtblauen Himmel. Gegen die Abendkühle kämpften Heizstrahler an, und um den langen Tisch waren mittelalterliche Glutbecken verteilt. Mittelalterlich ging es auch auf dem Tisch zu: Als Teller dienten uns große, flache Roggenbrote. Wie die anderen Pärchen unter den Gästen, teilte ich mir eins mit Ada. Wir hatten auch einen gemeinsamen Pokal, aus dem wir abwechselnd tranken. Adas Sohn reichte vor dem Auftragen der Speisen eine Schüssel mit Wasser herum, damit sich alle noch einmal die Finger säubern konnten. Mir fiel die ehrenvolle Aufgabe zu, den Braten zu tranchieren. Währenddessen wurden Schüsseln mit gesottenem Lachs, Gemüseeintopf, Dinkelbrei und Geflügelragout, dazu Wildpasteten, gegrillte Forellen, Schweinekoteletts und kleine Fleischpasteten in Fischform aufgetragen. Adas Tochter reichte Weißbrot herum.

In einem Moment andächtiger Stille bewunderten wir die Fülle und Vielfalt – und fielen dann darüber her. Ulrike schenkte Wein ein und brachte einen Trinkspruch auf die Köchin aus. Dass mit den Händen gegessen wurde, ließ uns die Speisen auf besonders sinnliche Art erleben. Immer wieder hörte ich »ah« und »oh«, wenn jemand zum ersten Mal die süßsaure Minzsauce zu gebratenem Fasan probierte oder das Kirschmus zum Wild.

»Salat war doch nicht üblich damals, oder?«, fragte ein Gast neben Ada.

»Nicht so, wie wir das heute kennen«, antwortete sie und wischte sich die fettigen Finger am Mundtuch ab. »Aber Rauke und andere Wildkräuter wurden durchaus ähnlich kombiniert mit Leinöl und Verjus – das ist eine säuerliche Sauce aus unreifen Trauben.«

Mir war immer weniger wohl bei dem Gedanken an einen Fechtgang mit Gernot, und deshalb versuchte ich, mich nicht allzu vollzustopfen, damit ich mich nachher noch bewegen konnte. Auch kam hinzu, dass er Ulrikes Wein mehr Aufmerksamkeit schenkte als Ulrike. Ich hatte angenommen, dass die beiden jetzt zusammen waren, nach all dem, was er mit ihrer Beteiligung plante. Mit Herbert sprach er auch kaum, was mich ebenfalls erstaunte. Wie zwei frisch gebackene Geschäftspartner wirkten die beiden nicht; mir erschienen sie eher wie zwei frisch zerstrittene Geschäftspartner.

Die Gäste waren weg, die Küche halbwegs aufgeräumt. Mit einem Glas Wein saß ich, wieder zivil gekleidet, allein in der Gaststube. Ada hatte sich mit Herbert in ihr Büro zurückgezogen, und Gernot und Ulrike waren auf ihr Zimmer gegangen.

Die Erinnerung an das Schaufechten, an Gernots wilden Blick ging mir nicht aus dem Kopf. Auch nicht, wie er mir über unseren verschränkten Schwertern zugezischt hatte, dass ich sein Angebot nicht ablehnen solle. Warum war ihm das nur so wichtig? Mir war es so vorgekommen, als wolle er meine Zustimmung mit der Waffe erzwingen. Ein reiner Schaukampf war das nicht mehr gewesen. Warum wollte er ausgerechnet mich? Es ging doch sicher auch ohne Koch; notfalls konnte er sich selbst an den Herd stellen. Und je mehr Leute bei dem Projekt dabei waren, desto kleiner fielen die Anteile hinterher aus – wenn es denn überhaupt etwas zu verteilen gäbe. Na ja, vielleicht doch, denn Herbert mit seinem Riecher für Geld würde sicher keine Probleme haben, andere Sponsoren aufzutreiben.

»Da bist du ja noch«, knurrte es aus dem dunklen Flur. Gernot, ebenfalls umgezogen, kam in die Gaststube. Er ging leicht schlingernd. Vielleicht war seine Erregung doch nur dem Wein zuzuschreiben.

Er ließ sich neben mir auf die Holzbank fallen. »Und?«

»Lass mal, Gernot«, sagte ich.

»Nein, das werd ich nicht!«, brauste er auf.

»Morgen früh, wenn wir alle wieder klar im Kopf sind, können wir besser drüber reden.«

»Ich bin klar«, murmelte er.

Wir saßen schweigend da. Ich nippte an meinem Wein. Gernot starrte vor sich hin.

Schließlich seufzte er. »Herbert ist ausgestiegen.«

»Schade.«

»Scheiße.« Er sah mich an. Jetzt wirkte sein Blick völlig klar. »Damit ist die ganze Sache gestorben – wenn du nicht mitmachst.«

»Seit wann weißt du das eigentlich?«

»Seit gestern.«

Deshalb also hatten sie während der Weinprobe heute vormittag so heftig aufeinander eingeredet.

»Herbert hat ein anderes Projekt », erläuterte Gernot. »Lässt mich einfach hängen ... aber ich lass mir das nicht verderben!«, fuhr er auf. »Und deshalb musst du einfach mitmachen! Schon der alten Zeiten zuliebe, Volker, das ist dir doch auch wichtig.«

»Ja, die alten Zeiten sind mir wichtig«, sagte ich behutsam. »Aber anders als dir.«

Er sprang auf und tigerte umher. »Hattest du mir nicht Gefolgschaft geschworen, damals?«

»Damals ...« Ich seufzte. »Inzwischen hab auch ich ein paar Erfahrungen gemacht. Dass Menschen sich ändern, zum Beispiel – wie Ada.«

»Sie ändern sich nicht«, beharrte Gernot.

»Ich bleibe dabei – bei Ada.«

Er packte mich vorn am Hemd. »Du musst einfach mitmachen!«

Ich versuchte mich loszumachen. »Das bringt doch nichts. Du wirst schon jemanden finden, deine Idee ist gut.«

»Dich brauche ich!« Er riss mich von der Bank.

Ich fand keinen festen Stand und verlor das Gleichgewicht. Mit der einen Hand versuchte ich, seine Finger von meinem Kragen zu lösen, mit der anderen schob ich ihn zurück. Wir schwankten hin und her, dann konnte ich mich nicht mehr halten und stürzte zu Boden. Gernot fiel auf mich und schlug dabei mit der Stirn an die Tischkante. Sein Körper auf mir war schlaff und schwer.

»He, Gernot«, sagte ich und rüttelte ihn. »Komm zu dir …« Ich wand mich unter ihm hervor und drehte ihn um. Die kleine Platzwunde an seiner Stirn blutete kaum. Sicher war er nur für einen Moment weggetreten. Ich holte ein feuchtes Tuch aus der Küche und legte es Gernot aufs Gesicht. Ein paar Minuten später war er immer noch nicht bei sich, obwohl ich ihn mehrmals geschüttelt hatte.

Ich suchte an seinem Hals nach dem Puls. Vielleicht lag es daran, dass ich mich mit so etwas nicht auskannte, denn ich konnte nichts finden. Ich horchte an seiner Brust; nichts bewegte sich. Atmete er noch? Kein Hauch streifte meine Hand. Tot.

Es war ein Unfall. Natürlich war es ein Unfall, aber würde man mir glauben? Herbert wusste, dass Gernot und ich nicht einig waren über das Weinprojekt. Das würde er bestimmt auch der Polizei sagen. Und mehr als zwanzig Leute hatten gesehen, wie erbittert wir miteinander gefochten hatten. Meine Kehle wurde eng bei dem Gedanken, was alles passieren würde, wenn ich den Notruf wählte. Durch meine Gedanken zogen Nebelschwaden voller fremder Menschen, die mir lauter Fragen stellten. Was würde Ada von mir denken? Würde sie mir glauben? Würde unser gemeinsames Unternehmen dann überhaupt noch zustandekommen?

Ich musste unbedingt wieder klar denken können.

Nachdem ich mir kaltes Wasser ins Gesicht geschüttet und einen starken Kaffee getrunken hatte, kam mir der rettende Einfall: Ich musste ja gar nicht anrufen! Niemand hatte mitbekommen, was hier passiert war … Ich würde die Leiche irgendwo im Wald in einer Schlucht verschwinden lassen und den anderen erzählen, dass ich Gernot zum nächsten Bahnhof gefahren hatte. Weil ihm plötzlich eingefallen war, wo er noch einen Sponsor für sein Projekt finden könnte, und das musste dann unbedingt sofort sein, mit dem ersten Zug nach – ach, irgendwas Überzeugendes würde mir schon einfallen.

Als ich zurückkam, sah ich in der Küche noch Licht. Mittlerweile war es halb fünf; stand Ada so früh auf? Sie saß tatsächlich auf einem Hocker neben dem offenen Kamin, in dem noch Glut schwelte.

Als sie mich hörte, blickte sie auf. Ihre Augen waren rotgerändert, und Tränen liefen über ihre Wangen.

»Was ist denn?« Ich nahm sie in die Arme.

Aus ihrem Geschluchze an meiner Brust hörte ich undeutlich »Herbert«.

»Aber, aber – das ist doch alles nicht mehr wichtig.« Plötzlich fiel mir ein, dass ich Ada ja noch überhaupt nichts von meinem Entschluss mitgeteilt hatte. Ich fasste sie an den Schultern, sodass sie mich ansehen musste. »Liebste, süßeste Frau! Euer edler Ritter ist herbeigeeilt, Eure Not zu wenden!« Ich erzählte ihr von meinem Kapital, das bislang ungenutzt auf einem Konto vor sich hinschimmelte, dass ich das Restaurant verpachten oder verkaufen wollte, dass ich nur allzu gern im Kloster Limburg leben wollte – »an Eurer Seite, edele frouwe, so Ihr mich denn nehmt als Leibkoch und Gatten …«

Daraufhin brach sie erneut in Tränen aus, und ich zog sie wieder in meine Arme. Wollte sie mich doch nicht?

»Das ist es nicht«, schluchzte sie, »nichts lieber als das – aber Herbert – in meinem Büro …«

Weil ich aus all dem nicht schlau wurde, ging ich schließlich in ihr Büro. Vielleicht konnte ich dort einen Hinweis darauf finden, warum sie so verzweifeln war.

In der Tür zu dem kleinen Nebenraum erstarrte ich. Wir hatten für den Abend Ulrikes Wein hier gelagert, und obwohl sie reichlich verkauft hatte, stellten noch genug Kisten den Raum zu. Nur am Schreibtisch war ein bisschen Platz geblieben. Und dort, auf dem Boden und halb an einen Kistenstapel gelehnt, lag Herbert. Blutüberströmt. Ich sah ihn eine ganze Weile lang an, ohne ihn wirklich zu sehen. Irgendwann erkannte ich, dass in seinem Hals ein Korkenzieher steckte.

Ich stürzte zurück in die Küche. »Was ist passiert?«

Ada hatte Herbert ein letztes Mal zu überreden versucht, ihr das Darlehen noch eine Zeitlang zu lassen. Sie hatte an seine Freundschaft, an die alten Zeiten, sein Gewissen appelliert, doch nichts hatte ihn von seinem Nein abbringen können.

»Und dann«, schluchzte sie, »war ich so wütend und hab zugeschlagen und ganz vergessen, dass ich ja den Korkenzieher in der Hand hatte … Was soll ich denn jetzt bloß machen?«

Ich bekam noch heraus, dass sie vor lauter Schreck nach draußen gelaufen und offenbar längere Zeit durch die Ruine und den Wald geirrt war. In dieser Zeit, aber das sagte ich Ada nicht, musste Herbert verblutet sein.

Das war wirklich ein schöner Schlamassel, in dem wir jetzt saßen. Ich hatte Streit mit Gernot gehabt, und er war tot. Ada schuldete Herbert Geld, und er war tot. Wer würde uns glauben, dass wir das nicht gewollt hatten? Und was würde geschehen, wenn wir die Wahrheit sagten? Ada käme ins Gefängnis, und was würde dann aus ihren Kindern? Und aus unserem Traum?

Ich starrte in die Glut. Es tat mir leid um Gernot – um unseren König Artus und Robin Hood, nicht aber um den neuen Gernot, der mir gestern begegnet war. Und auch wenn ich Herbert nie so recht gemocht hatte, es war schade, dass er, das Finanziergenie, keine tollen Projekte mehr anschieben könnte wie das von Ada hier. Ja, auch Gernots Idee vom wiederentdeckten Mittelalterwein hatte mir im Grunde gefallen. Und ich wollte mir gar nicht vorstellen, wie Ulrike das alles aufnehmen würde.

Draußen graute der Morgen, und auch wenn es aus dem Küchenfenster nicht zu sehen war, musste der Himmel im Osten schon rot und gold sein von der Sonne. Die Meisen lärmten im Garten.

»Und wenn wir nun sagen, Gernot sei's gewesen? Grund genug hatte er – sogar denselben wie du …« Ich erzählte ihr, wie es mir ergangen war.

Sie hörte mir aufmerksam zu, die Hand auf meinen Arm gelegt, und saß dann eine ganze Weile stumm da. Mir wurde währenddessen klar, was ich da vorschlug. Aber ich war müde und erschöpft von dem langen Tag und der noch längeren Nacht. Ada schwieg immer noch, in Gedanken versunken. Was wohl in ihrem Kopf vorging? Als ich mich schon halb entschlossen hatte, doch die Polizei anzurufen und die ganze Wahrheit zu sagen, seufzte Ada einmal tief und stand auf.

»Und du meinst, Gernot wird wirklich nicht gefunden?«

Da war ich mir einigermaßen sicher.

»Dann machen wir es so, wie du sagst.« Sie schenkte mir ein halbes Lächeln. »Weißt du, Volker: Zum weißen Ritter taugst du nicht recht. Aber ich nehm auch gern einen schwarzen.«

Pfalz

Die Pfalz, früher Rheinpfalz, ist nach Rheinhessen das größte Weinbaugebiet Deutschlands. Es erstreckt sich über siebzig Kilometer entlang des Pfälzer Waldes von Monsheim im Norden bis zur französischen Grenze im Süden. Trotz der Größe dieses Gebiets gibt es nur zwei Teilregionen: Mittelhaardt-Deutsche Weinstraße und Südliche Weinstraße. Im nördlichen Teil des Gebiets findet man viele private Weingüter mit langer Anbautradition, während der Süden lange Zeit überwiegend von großen Genossenschaften bewirtschaftet wurde, was sich aber seit den 1990er Jahren allmählich ändert.

Das Klima in der Pfalz ist sonnig und warm. Es gibt viele verschiedene Böden, unter anderem Lehm, Buntsandstein, Mergel, Muschelkalk, Porphyr, Granit und Schiefer.

In der Pfalz herrschen weiße Rebsorten vor. Besonders großer Beliebtheit erfreut sich der Riesling (siehe Seite 72), aber auch Müller-Thurgau wird häufig angebaut.

Müller-Thurgau ist nach Riesling die am zweithäufigsten angebaute Rebsorte in Deutschland. Die früh reifende Weißweinrebe bevorzugt nährstoffreiche Böden und kühle Lagen. Aus Müller-Thurgau-Reben werden blassgelbe Weine hergestellt, die im Aroma leicht blumig oder neutral sind, manchmal auch einen Muskatton aufweisen. Dazu kommen in der Pfalz Kerner, Silvaner und Weißburgunder. Charaktervolle Spezialitäten sind Grauburgunder (auch Ruländer genannt), der jährlich an Bedeutung gewinnt, und Gewürztraminer, der schon im ältesten Weinberg der Pfalz angebaut wurde. Bei den roten Rebsorten liegt Dornfelder an der Spitze, es gibt aber auch Spätburgunder, aus dem in diesem Gebiet hervorragende Weine erzeugt werden. Dornfelder ergibt farbkräftige Weine mit fruchtigem, gehaltvollem Charakter. Aus Silvaner werden sehr helle Weine mit ledrig-erdigen Noten hergestellt, und Weißburgunderweine können sehr finessenreich und fruchtig sein, manchmal haben sie auch eine nussige Note.

Die Weißweinbereitung beginnt unmittelbar nachdem die Trauben im Keller eingetroffen sind. Sie werden gepresst, gelegentlich auch ohne sie zuvor abzubeeren, und der Most wird oft direkt nach dem Pressen geklärt. Die Temperatur, bei der Weißwein in Tanks oder Holzfässern reift, liegt meistens unter der, die für Rotwein benötigt wird. Ist die Gärung abgeschlossen, erfolgt häufig ein Säureabbau, entweder durch Milchsäurebakterien (biologischer Säureabbau) oder durch Kalziumkarbonat (chemischer Säureabbau). Weine, die im Stahltank gereift sind, werden danach oft noch in Holzfässern ausgebaut.

Hechtklößchen

Für 4 Portionen

250 g Hechtfleisch
250 g Butter
125 g Mehl
250 ml Milch
Salz, Pfeffer
1 Prise Muskat
4 Eigelb
4 Eiweiß

Für die Sauce

Hechtabfälle (Kopf, Gräten, Schwanz)
500 ml Wasser
je 1 Zweig Thymian, Oregano, Estragon
1 Lorbeerblatt
2 Eigelb
Safran
125 g Sahne

Filetiertes Hechtfleisch zerteilen und mit Butter durch einen Fleischwolf (feine Lochung) drehen.
Von der Milch 5 EL abnehmen. Restliche Milch mit Mehl und Gewürzen zu einer dicken Creme kochen und vom Herd. Eigelb mit den 5 EL Milch verquirlen und unter die Creme ziehen. Abkühlen lassen.
Hechtfleisch mit der Creme vermischen. Eiweiß mit 1 Prise Salz steif schlagen und unter die Masse ziehen. Alles durch ein grobes Sieb passieren. Hechtpüree mit Folie abgedeckt einige Stunden kühl stellen.
Hechtabfälle in Wasser mit Kräutern 30 Min. kochen. Brühe durch ein mit einem Tuch ausgelegtes Sieb gießen und wieder erhitzen.
Von dem Hechtpüree mit einem Löffel längliche Nocken abstechen und in der Brühe 8–10 Min. gar ziehen lassen. Klößchen herausnehmen, abtropfen lassen und zugedeckt warm stellen.
Eigelb mit Safran und Sahne verquirlen und in die Brühe einrühren. Unter ständigem Rühren eindicken lassen.
Hechtklößchen mit Sauce überzogen servieren.

Flusskrebspastete

Für 4–6 Portionen

Für den Teig

250 g Mehl
2 Eier
1 EL Schmalz
2–3 EL Wasser

Für die Füllung

3 Eier
50 g frisch geriebener Parmesan
125 g geriebener Lebkuchen
Salz
Safran
2 Salbeiblätter
1 EL gehackte Petersilie
16 ausgelöste Flusskrebsschwänze
1 Apfel
3 getrocknete Feigen
Schmalz zum Bestreichen

Mehl, Eier, Schmalz und Wasser zu einem glatten Teig verkneten und in Frischhaltefolie einschlagen. Mindestens 1 Stunde im Kühlschrank ruhen lassen.
Eier, Käse und Lebkuchen zu einer cremigen Paste verrühren. Wird sie zu trocken und krümelig, mit etwas Milch geschmeidig rühren. Mit Gewürzen und Kräutern pikant abschmecken.
Teig auf einer bemehlten Fläche ausrollen. 1/3 des Teigs für den Deckel beiseite legen. Mit dem übrigen Teig eine gefettete Auflauf- oder Springform auslegen. Füllung darin gleichmäßig verstreichen und die Flusskrebsschwänze sternförmig hineindrücken.
Apfel schälen, entkernen und in Scheiben schneiden. Feigen in Streifen schneiden. Apfel- und Feigenstücke zwischen den Flusskrebsschwänzen verteilen.
Teigränder anfeuchten, Teigdeckel auflegen und gut festdrücken. Teigdeckel mit Schmalz bestreichen. Im vorgeheizten Ofen bei 200 °C etwa 45 Min. backen, bis die Kruste goldbraun ist.
In Tortenstücke geschnitten servieren.

Kaninchentopf mit Gewürzbrot

Für 6–8 Portionen

Für den Teig

150 g Weizenmehl
350 g Roggenmehl
1 Tütchen Trockenhefe
1 TL Salz
1 TL gemahlener Fenchel
1 TL gemahlene Korianderkörner
250 ml lauwarmes Wasser

Für das Fleisch

1 Kaninchen, küchenfertig
1 EL Schmalz
80 g altbackenes Weißbrot
200 ml Wildfond
200 ml trockener Rotwein
1 TL gemahlener Ingwer
1 TL gemahlener Kardamom
gestoßener schwarzer Pfeffer, Salz
4 Gewürznelken
4 Pimentkörner
Saft von ½ Zitrone

Beide Mehlsorten in eine Schüssel sieben und mit Hefe, Salz und Gewürzen mischen. Wasser zugeben und alles zu einem geschmeidigen Teig verkneten. Zugedeckt an einem warmen Ort gehen lassen, bis sich das Volumen verdoppelt hat.

Kaninchen längs halbieren. Beine abtrennen und halbieren, Kaninchenhälften in je 4 Stücke teilen. Rückgrat entfernen.

In einem großen, feuerfesten Schmortopf Schmalz zerlassen und Kaninchenteile darin rundherum anbraten. Herausnehmen und beiseite stellen.

Brot würfeln und im Fett braten. Brühe und Wein zufügen und alles mit dem Mixstab pürieren. Kräftig mit Ingwer, Kardamom, Pfeffer und Salz würzen. Nelken und Piment zufügen. Kaninchenstücke hineingeben und mit Zitronensaft beträufeln.

Aus dem Teig auf einer bemehlten Fläche eine lange Rolle formen und am Topfrand festdrücken. Topfdeckel auflegen und gut festdrücken.
Schmortopf im vorgeheizten Ofen bei 150 °C etwa 45–60 Min. im Ofen garen lassen. Wenn das Brot fertig ist (Stäbchenprobe), ist das Fleisch auch gar.
Den Schmortopf ungeöffnet servieren. Am Tisch den Brotrand abbrechen, die Fleischstücke auf die Teller verteilen und den Brotrand als Beilage reichen. Man benutzt die Stücke zum Auftunken der Sauce.

Wildschweinrücken mit Trauben

Für 8–10 Portionen

1 Frischlingsrücken (etwa 2 kg)
je 1 Zweig frischer Thymian und Salbei
Salz, gestoßener schwarzer Pfeffer
500 ml roter Traubensaft
2 Karotten
1 Zwiebel
1/4 Sellerieknolle
250 g weiche Butter
3 Eier
6 EL Semmelbrösel
3 EL gehackte Petersilie
1 TL Zucker
je 1 Prise gemahlener Zimt und Ingwer
150 g blaue Trauben
6–8 EL Sahne

Das Fleisch säubern und Hautreste entfernen. Mit den Kräutern kräftig einreiben, salzen und pfeffern. Karotten, Zwiebel und Sellerie würfeln. Fleisch in einen Bratentopf legen, Gemüse darum verteilen und alles mit Saft übergießen. Etwa 90 Min. zugedeckt bei milder Hitze schmoren lassen. Ab und zu Bratensaft über das Fleisch schöpfen.
Butter, Eier, Brösel, Petersilie, Zucker, Zimt und Ingwer zu einer Creme verrühren.

Fleisch aus dem Topf nehmen, abtropfen lassen und auf ein Backblech legen. Mit der Würzcreme rundum bestreichen und im vorgeheizten Ofen bei 200 °C 10–15 Min. überbacken, bis sich eine goldbraune Kruste gebildet hat.
Trauben halbieren und entkernen.
Bratenfond passieren, Trauben zugeben und mit Sahne aufkochen, bis die Sauce sämig ist.
Fleisch vom Knochen lösen und in Scheiben geschnitten mit der Sauce servieren.

Zuckerbrot mit Pinienkernen

Für 16–20 Stücke
200 g Zucker
2 EL klarer Honig
125 ml Wasser
2 EL gemahlene Pinienkerne
100 g feine Weißbrotkrümel
½ TL gemahlener Ingwer

Zucker, Honig und Wasser in einem Topf bei geringer Hitze auf 110 °C erhitzen (Zuckerthermometer verwenden). Den Sirup in eine gekühlte Schüssel gießen und 2–3 Min. kräftig schlagen. Mit Pinienkernen, Brotkrümeln und Ingwer vermischen. Die Masse in eine mit Wasser ausgespülte rechteckige Auflaufform geben und erstarren lassen. In Stücke geschnitten servieren.

Äpfel in Vanillesauce

Für 4 Portionen

4 Äpfel (Boskop)
75 g Rosinen
50 g gehackte Mandeln
1 EL Butter

Für die Sauce

250 ml Milch
250 g Sahne
1 Vanilleschote
50 g Zucker
1 Prise Salz
2 Eigelb
1 TL Speisestärke

Äpfel waschen und Kerngehäuse ausstechen. Mit Rosinen und Mandeln füllen und Butterflöckchen aufsetzen.
Äpfel in eine gefettete Auflaufform geben und im vorgeheizten Ofen bei 225 °C etwa 20 Min. braten.
Milch, Sahne, aufgeschnittene Vanilleschote, Zucker und Salz in einem Topf aufkochen und 10. Min ziehen lassen. Schote entfernen, das Mark auskratzen. Eigelb verquirlen. Stärke mit etwas Milch anrühren. Vanillemark, Eigelb und Stärke in die Milchmischung rühren und erhitzen, aber nicht kochen lassen. Bratäpfel in Schälchen anrichten, mit der Sauce umgießen und servieren.

Weitere mittelalterliche Rezepte finden Sie auf den Seiten 52 (Blattsalate mit Verjusdressing), 148 (Wildpastete mit Sauerkirschsauce) und 166 (Geflügelpastetchen).

Gabriele Wolff

Rubinrote Robe

»Ja, Iris, ja. Geh nur, mach dir einen schönen Abend mit deinen Freundinnen. Nein, keine Angst, ich werde mich schon nicht langweilen ...«

Ein flüchtiger Kuss auf die Wange. Die Tür schlägt zu.

Natürlich werde ich mich nicht langweilen. Au contraire, ma chère. Denn was wäre langweiliger als ein weiterer Fernsehabend mit Iris bei Früchtetee und Serienkrimis? Iris ist so leicht zu berechnen. Entweder schweigen wir uns an und tun so, als ob wir uns für die Täterprofile profilloser Täter interessieren, während wir an andere Dinge denken. Oder aber Iris hat Gründe, mich in gute Laune versetzen zu wollen. Dann schaltet sie auf deutsche Produktionen um, versucht, den Täter zu entlarven und gerät immer an den offensichtlichen: den betrogenen Ehepartner, die verlassene Geliebte, den ungeliebten Sohn, das schwarze Schaf der Familie. Ihre romantische Vorstellung von der Macht der Liebe soll mich rühren. Bewegen. Zum Widerspruch reizen. Und dann tue ich ihr den Gefallen. Erkläre ihr die Dramaturgie dieser immergleichen Machwerke. Weise auf die Besetzung hin. Der prominente Schauspieler in dieser unbedeutenden Nebenrolle, der muss der Täter sein. Der in neunzig Prozent aller Fälle ein gesellschaftlicher Underdog ist. Ein in seinem Stolz Gekränkter. Einer, der seine Niederlagen in Siege verwandeln und Rache nehmen will. Das Terroristen-Psychogramm. Sind Macht und Erfolg, kurz, das liebe Ego, nicht immer wichtiger als die Schwäche, die man Liebe nennt? Ich behalte fast immer recht mit meinen Prognosen, Iris mimt noch vor dem Abspann die Anbetende, und ich fühle mich geschmeichelt, obwohl ich meine Frau durchschaue. Meine blonde, blasse, durchsichtige Frau. Woraufhin sie bei mir durchsetzt, was immer sie sich gerade in den noch ziemlich hübschen

Kopf gesetzt hat. Es ist alles sehr absehbar. Nicht, dass ich etwas dagegen hätte. Keineswegs. Im Gegenteil.

Den Wein habe ich vor einer Stunde dekantiert. Moulin à Vent, Jahrgang 2004, optimal angeblich erst im Jahr 2010, aber optimal ist für mich heute. Jetzt. Zwölf Euro fünfzig die Flasche, der reine Wahnsinn. Nicht, dass ich mir diesen Wein nicht leisten könnte. Ich verdiene mehr, als ich sinnvoll ausgeben kann. Selbst Iris schafft es nicht, mein Konto zu überziehen, auch wenn sie den nur biologisch erwachsenen Kindern dauernd etwas zusteckt. Aber so viel Geld für eine Flasche Wein? Früchtetee ist billiger. Bier auch.

Ich schalte den Computer ein. Die Mail von Christian ist schon da. »Na, Lothar, alter Sack, ist die Luft rein? Bist Du startklar?« Fast. Ich schlage die Schachzeitschrift auf, stelle die Figuren auf das Brett und gieße mir ein Glas ein. Weinlyrik ist lächerlich. »Eine intensiv rubinrote Robe mit zarten Abstufungen am Rand. Die Robe leuchtet hell und klar und besitzt eine schöne Konzentration«, hat der Weinhändler dichten lassen. Könnte hinhauen. Aber eigentlich sehe ich nur Marie in ihrer rubinroten Robe. Ein Fetzen von Sommerkleid auf einem mageren, vibrierenden, sonnengebräunten Körper. Septemberlicht auf ihrem wirren dunklen Haar. Blitzende, pupillenschwarze Augen. Ein saftiger Kirschmund, der niemals still steht. Den man niemals in Ruhe lassen will. Diese Adjektive, die alle Bilder kaputtmachen ... Liebeslyrik hat auch etwas Lächerliches.

Nur Marie war einzig. Damals, in den Siebzigern. Als ich Student war und diesen Weinlesejob in der Bourgogne hatte. Der König der Crus aus dem Beaujolais. Moulin à Vent. Der aus der Gamay-Rebe mit der langen Lagerfähigkeit. Wegen des manganhaltigen Granitbodens. Ich hatte keine Ahnung von Wein, Marie brachte mir alles bei. Mein Französisch war schlecht, und Marie sprach schnell. Aber später hatte ich ja Zeit, um vieles nachzulesen.

Christian wird sich wundern. Heute bin ich vorbereitet. Ich ziehe, wie es die Vorlage will, und maile ihm den Zug. Weiß zieht und gewinnt. Er wird klassisch antworten, so gut kenne ich ihn. Die Schachuhr läuft. Zeit, das Glas zu schwenken und tief einzuatmen. »Das Bukett verspricht ein einzigartiges Lagerpotenzial.« Was da im Keller lagert, weiß ich ziemlich genau. Ich steige aber selten hinab. Jedes Mal, wenn ich es wage, hat sich etwas verändert. Heute, glaube ich jedenfalls, wird Marie mir verziehen haben. Wie ich ihr, schon seit langem.

Den Stolz der Winzerfamilie spürte ich sofort. Der beste Cru des Beaujolais. Ein Familienbetrieb seit mehr als hundert Jahren. Dieses schöne, weinumrankte Haus in der Hügellandschaft. Sanft geneigtes, grünes Land, so weit das Auge blickt. Wir deutsche Studenten waren billige Tagelöhner, wie heute die Polen und Ukrainer in Deutschland, die Erdbeeren pflücken und Spargel stechen. Für uns war es ein Abenteuer, kostenloser Urlaub lockte und die Exotik körperlicher Arbeit. Abends saßen wir mit der Familie und ihren Angestellten vor dem riesigen Backofen in der Küche. Aßen Kartoffelsuppe, grüne Bohnen mit Speck und Knoblauch, Kaninchen in Rotweinsauce, Crème brulé. Ich war ausgehungert, fraß wie ein Wolf, hatte noch nie so gut gegessen wie hier. Schielte hinüber zu Marie, der Tochter des Hauses, die lachte und redete und Feuer sprühte, deren Hände wild gestikulierten, Hände, die die Kartoffeln geschält, die Bohnen geschnippelt, die Kaninchen zerlegt hatten. Marie saß neben einem tumben Bauern, Henri, das war wohl ihr Bruder. Er sah ihr ähnlich, aber sonst war er das Gegenteil von ihr. Ein breiter, ruhiger Kerl mit einem Steingesicht. Manchmal grinste es, und wenn die Maisgitane im Mundwinkel klemmte und die Augen den aufsteigenden Rauch blinzelnd aussperrten, hatte es etwas Verwegenes. Ich aß und aß und starrte und starrte, vergaß die schmerzenden Kniee und den stechenden Schmerz im Rücken, dachte nicht mehr daran, wie niedrig die Weinreben waren und wie scharf die glitzernde Cerpette, mit der wir die Trauben abtrennten … Auch die Schnittwunden spürte ich kaum noch, wenn ich Marie ansah. Und darauf wartete, dass der Weg ihres dunklen Blicks den meiner hellen Augen kreuzte. Ich trank den leichten Wein vom letzten Jahr wie Wasser. Am Morgen zum zweiten Frühstück auf dem Feld mit Baguette und Salami um zehn, während des Mittagessens ab dreizehn Uhr, und natürlich abends. Ich war ständig unter Strom. Nicht ganz ich selbst, glaube ich. Marie trug Kleider, geblümte, getupfte, weiße, schwarze. Ihre Mähne war meistens im Nacken zusammengebunden, manchmal hochgesteckt, abends offen, zurückgedrängt von der braunen Stirn durch ein Tuch, das aus demselben Stoff war wie das Kleid, das sie gerade trug. Ihre sonderbar kleinen Füße steckten in weißen Tennisschuhen. Sie war immer sie selbst. Am schönsten kam sie mir vor, wenn sie in den schon ziemlich kühlen Nächten eine grobe Strickjacke überstreifte und sie über der zarten Brust zusammenhielt. Sie saß dann auf der Bank vor dem Haus, allein, sie rauchte und sah zum Himmel. Ein Sternengewimmel ohnegleichen. Ich dachte, dass mein Leben verdorren und wie ein welkes Blatt zu Boden segeln müsse, wenn sie mich nicht bemerkte. Mein Gott, war ich damals jung. Jung, aber nicht unerfahren. Drittes Semester Betriebswirtschaft. Schon vier Tage da, nur noch zehn lagen vor mir. Maries Blick war dem meinen einige Male, sehr flüchtig, begegnet. Ich war ein Nichts in ihren Augen. Bis zu jenem vierten Abend, an dem ich all meinen Mut zusammennahm.

Christians erster Zug ist da. Keine Überraschung. Ich werde pro forma ein paar Minuten verstreichen lassen, bevor ich dem Beispiel des siegreichen

Großmeisters folge. Christian wird noch früh genug merken, dass ich eine Partie nachspiele. »Herrliche Fruchtnoten von Kirsche, Zwetschge, Cassis und Brombeere. Bei zunehmender Belüftung gewinnt der Wein an Fülle und entwickelt eine sagenhafte Kraft. Gedulden Sie sich noch ein wenig …«, rät der Meistersommelier. Sagenhafte Kraft. Geduld. Ich trinke den ersten Schluck.

Ich stand neben der Tür des flachen Anbaus, in dem wir untergebracht waren. Zweiundzwanzig Uhr, es war dunkel. Drinnen die scharfe Ausdünstung von Männerkörpern und das schale Gerede von Typen, die nicht zugeben konnten, wie fertig sie waren. Seit dem zweiten Abend duschte ich als Letzter. Allein, unbeobachtet, unbelästigt von dem Anblick unschöner haariger Körper. Schräg gegenüber irrlichterte ein Glühwürmchen. Maries Zigarette. Ich steckte auch eine an. Zwei kleine Leuchtsignale, deren Rhythmus sich bis zum Gleichklang annäherte. Zu meinem Abendritual gehörte es, den sechs Jahre alten Moulin à Vent zu trinken, der uns nach dem Abendessen gereicht wurde. Auf dass wir ehrfürchtig wurden und ahnten, zu welchem Meisterwerk wir unser Scherflein beitrugen. Auf dass wir müde ins Bett sanken und uns nicht auffiel, dass um uns herum nur Wein war und sonst nichts, keine Kneipe, kein Dorf, keine Kirche, eben nichts. Ich schmuggelte mein Glas hinaus und trank es später, unterm nachtschwarzen Sternenhimmel. Allein und glühwürmchenverknallt. Groß, fruchtig, rund, von sagenhafter Kraft. Das Glühwürmchen drüben glomm schwach auf, dann verlosch es. Dieses Maispapier brannte schlecht. Was dann passierte, passierte einfach. Ich lief hinüber zu ihr. Zu Marie. Ratschte an meinem Einwegfeuerzeug, das seinen Dienst verweigerte, gerade jetzt, oder lag es daran, dass meine Hand zitterte? Irgendwann zündete es doch. »Du feu?«, fragte ich. »Mais si, Lothar«, sagte sie. Lothaaar. Sie hatte sich meinen Namen gemerkt, und wie sie ihn aussprach … Meinte sie wirklich mich? Ich vergaß fast, ihr Feuer zu geben, so überwältigt war ich. Das Ding brannte in meiner Hand, also beugte ich mich dann doch vor und gab ihr Feuer. Sie sog heftig, der Lichtschein auf ihrem Gesicht, der Wein in meinem System, die physische Erschöpfung, die wenigen Tage, die uns blieben – war es das? Nichts von dem fragte ich mich damals, als ich vor ihr auf die Kniee fiel, wie ich den ganzen Tag vor den Weinreben gekniet hatte, gebückt, gebeugt, außer Atem.

»Je vous aime. Je suis fou. Je vous en prie«, besser konnte ich mich nicht ausdrücken, und doch meinte ich all das. Genau das und nur das. Ich liebte sie, ich war verrückt, ich bat sie um alles. Auch um Verzeihung, wenn es sein musste. Marie lachte, aber sie lachte mich nicht aus. Dann fing sie an zu summen, ganz leise, eine traurige kleine Melodie, schließlich sang sie, »tous les garçons et les filles de mon âge«, sie alle gehen Hand in Hand und wissen, was das Glück ist. Nur sie ist allein, weil keiner sie liebt. Ihre Tage und Nächte sind immer gleich, ohne Freude und voller Schmerz. Aber eines Tages wird sogar sie jemanden haben, der sie liebt. Marie sang die einfachen Worte, die selbst ich verstand, rauchig zart, ironisch, erfahren, mit unterdrücktem Lachen, oder war es ein Weinen? Ihre Tage und Nächte auf diesem Weingut, waren sie etwa nicht immer gleich? Ich setzte mich zu ihren Füßen, streichelte die kindlichen Tennisschuhe und spürte ihre Hand auf meinem Nacken.

»Demain«, sagte sie. Und lachte wieder. Ich habe vergessen, was ich antwortete. Ob ich überhaupt antworten konnte? Wie ich mich von ihr verabschiedete, hinüberging, wie ein Unsichtbarer den Schlafsaal durchquerte, das alles weiß ich nicht mehr. Ich weiß nur noch, dass ich unter der Dusche stand, aus der es lauwarm tröpfelte, und »demain, demain, demain« flüsterte, wie ein Irrer. Das schönste Wort der Welt. Morgen. Ein Versprechen.

Irgendwann habe ich die Platte gefunden. Ein Chanson von Françoise Hardy, und sie singt es so, wie man es singen muss. Melancholisch und ernsthaft. Nicht so verwirrend wie Marie, die nur halb an das Lied glaubte. Zu glauben schien.

Ich maile den nächsten Zug meines Großmeisters. Ich liege gut in der Zeit, drei oder vier Züge lang wird Christian dasselbe tun wie der Gegner der wahren Partie. Ich trinke das Glas leer wie ein Verdurstender. Stillos. Ungeduldig. »Aromareich und ölig im Auftakt verwöhnt eine seidige Fruchtigkeit den Gaumen. Die Struktur wird von einer einmaligen Säure und saftig jungen Tanninen untermalt«, das alles entgeht mir natürlich. Es *soll* mir entgehen, denn ich weiß ja sowieso, dass dieser Wein niemals die Wirkung haben kann wie der Moulin à Vent von damals. Selbst wenn ich bis 2010 warten würde.

Morgen. Ich wurde fast wahnsinnig. Suchte nach Zeichen und geheimen Botschaften. Sah, wie sie Tabakkrümel von der Lippe wischte und mich wie ertappt ansah, als sie bemerkte, dass ich sie beobachtete. Das Haar bereits mittags ungebändigt. Marie vor dem Backofen, dessen Hitze ihr Schweißperlen auf die Stirn trieb. Ich ging fünfzehn Minuten früher in die Küche als sonst, allein, ohne die Meute, und sah sie erstmals in einer viel zu weiten Kittelschürze, unter der sie nur Unterwäsche trug. Der Kittel war von Maman, der schwarze spitzenbesetzte BH, den der viel zu weite Ausschnitt preisgab, war aus Paris. Marie redete mit Henri, der mich unwirsch musterte. Schuldbewusst sah ich auf meine Armbanduhr, schlug theatralisch den Handrücken gegen die Stirn, lächelte verlegen, sagte »Pardon, j'avais déjà faim«, und zog mich zurück. Mein Hunger war nicht zu stillen. Nur bei der Mahlzeit hielt ich mich zurück, und als ich das Dessert ablehnte, was Maman mit einer Kaskade entrüsteter Laute quittierte, wurde Henri auf mich aufmerksam. Er flüsterte Marie etwas ins Ohr, woraufhin sie schallend lachte und ihn »mon petit choux« nannte. Ich griff nach dem Schälchen mit Pudding und Obst und leerte es hastig. Schließlich hatte ich gesagt, dass ich hungrig sei. Ich schützte Bauchschmerzen vor und verließ die Küche als Erster. Marie hatte mich vollständig ignoriert, den ganzen Tag lang. Ich war der Erste unter der Dusche, für den Fall des unwahrscheinlichen Falles.

Viel Hoffnung hatte ich nicht, als ich wie immer vor die Tür trat. Das Glühwürmchen erschien an seinem gewohnten Platz, bewegte sich aber schneller als sonst. Ich grüßte es mit einem langen tiefen Zug meiner Zigarette, fast schon glücklich. Mein Leuchtpunkt gegenüber stieg auf und tanzte über den Hof. An mir vorbei bis zum Zaun. Dann hörte ich meinen Namen, »Lothaaar«, und »viens ici«, leise, aber verständlich. Was weiß ich noch? Ihre Hand in meiner, die Taschenlampe, die den Feldweg erhellte, wie unheimlich dunkel es auf dem Land ist, wie riesenhaft so ein angeleuchteter Feldstein wirkt, Maries Stimme, Rascheln überall, als ob Tiere vor uns flüchteten, wovon sprach Marie? Sie erwähnte Henri, der bei einer Versammlung der örtlichen Jäger in Chénas sei, Henri, der misstrauisch zu sein schien, »jaloux« gar, sie sprach über den Wein und fragte, ob sie mir gefalle, wie konnte sie das fragen! Dann wurde sie still und öffnete einen Verschlag, in dem Stroh lag oder Heu, ich kannte mich nicht aus. Es roch süß und würzig, Marie scharf und wild, sie küsste langsam und vorsichtig, bis sich unsere Lippen und Münder begriffen hatten. Irgendwann standen wir nicht mehr. Was wir miteinander taten, weiß ich nicht mehr. Es wird das Übliche gewesen sein, es ist auch vollkommen egal, was man miteinander macht, sind es nicht eher peinliche Verrenkungen, von außen betrachtet? Einem Blinden kann man keine Farben erklären, und warum die Welt zusammenstürzt und tausend Seligkeiten erstehen, wenn die Zunge einer Frau die eigene Mundhöhle erkundet und Körper sich gegeneinanderpressen und ihre Hand das wachsende Geschlecht umschließt und die eigenen Finger in eine warme, sich öffnende feuchte Höhle eindringen ... Das ist unerklärlich, und mit Marie war es wie ein Wunder. Sie war ganz da, ich hörte sie, spürte sie, roch sie, reagierte auf sie. Sie war lebendig und meinte mich. Es war alles so leicht und selbstverständlich, ohne Scham, ohne Ängste, der reine Genuss, und noch während ich es erlebte, wusste ich, dass es nie wieder so sein würde, und gleichzeitig war ich hungrig auf das nächste Mal. »Ça te plaît?«, fragte sie manchmal, Rhythmus und Geschwindigkeit verändernd, und ich sprach ihr die Worte nach, sie hier berührend und dort, und am Ende war sie heftig keuchend an einem Ort, den ich als Mann nie erreichen werde. Ich weiß bis heute nicht, was Frauen dabei empfinden, aber Marie nahm mich auf eine Weise mit, dass ich ihr ganz nahe war, stolz, freudig, dankbar, wie sie mir nahe war, als ich kam.

Ob der Unterschied der ist: Bei Frauen ist es Auflösung und bei Männern Konzentration? Daher das unterschiedliche Danach, die Erschöpfung bei Männern und das rasante sich wieder Zusammensetzen bei Frauen, die reden wollen und Präsenz herstellen? Damals war ich einfach nur glücklich, ohne nachzudenken. Die Sache mit dem Präservativ fällt mir einfach nicht mehr ein, wie und wann, aber es gab eins. Vielleicht war Marie deshalb eine Offenbarung für mich, weil die sanfte Einführung durch meine zehn Jahre ältere Tante, ich war sechzehn und hatte seit dem dreizehnten Lebensjahr von diesem Moment geträumt, ewig dankbar bin ich ihr dafür, eine sehr schmale Basis war. Und die zwei, drei Mädchen danach, ängstlicher und verkrampfter als ich, mich in die Rolle des Erfahrenen drängend, der ich noch gar nicht war, hatten mich zwar sicherer, aber nicht hingebungsvoller gemacht.

Christians Mail. Alles im roten Bereich. Ich antworte sofort, weil ich nachdenken will. Wie es zur Katastrophe kam. Und was ich falsch gemacht hatte. Man kann mir nicht vorwerfen, dass ich nichts daraus gelernt hätte. Das nicht. Ich trinke. Vielleicht hilft das.

Vielleicht waren es die Wiederholungen unserer heimlichen Begegnungen in der kleinen Scheune, die uns süchtig machten. Die immer größere Freiheit und Sicherheit. Wenn ich ehrlich bin, waren es wohl eher meine Lügen über mich und mein Leben. Marie wollte mich groß, und so tat ich ihr den Gefallen. Erzählte von der funkelnden Weltstadt Berlin, als ob ich ihr gewachsen sei. Dabei hockte ich meistens in meiner winzigen Studentenbude bei einer Dahlemer Witwe, ging selten aus und kannte kaum jemanden. Träumte von meinem Heimatort, einer langweiligen Provinzstadt am Niederrhein. Marie lauschte hingerissen. »C'est un peu comme à Paris?«, fragte sie, und ich lachte. »Un peu ...«. Ich malte mir, nein, uns eine Zukunft als Manager in einer großen Firma aus, viele Auslandsreisen, ein schönes Haus in Frohnau oder eine Maisonettewohnung in Charlottenburg. Museen, gehobene Restaurants, die Oper. In der Nacht vor meiner Abreise weinte sie, als wir uns liebten, sang später, *Ne me quitte pas.* »Jamais, chérie, jamais«, wie könnte ich sie aus freien Stücken verlassen? Ich würde sie immer in mir tragen. Als ich sie küsste, sprach sie wirres Zeug vor sich hin. Ich verstand nur meinen Namen und begriff nur, dass sie genauso untröstlich war wie ich. »À demain«, wie furchtbar dieses Wort klang an unserem letzten Abend, an dem sie davonlief, ohne mich zu umarmen. Ich warf mich zurück auf das Strohlager. Ich habe dort lange geweint.

Christian bietet mir ein Bauernopfer an. Das hat Schwarz in der Partie, die ich nachspiele, nicht getan. Was will er damit erreichen? Kann ich das Opfer ignorieren und den nächsten Zug von Weiß exakt nach Vorlage machen? Welche Folgen hat das? Mehr als zwei Folgezüge kann ich nicht berechnen.

Will es auch nicht. Ich sage mir, dass Christian das auch nicht kann. Dass es ihn verwirren wird, wenn ich den Bauer nicht schlage, sondern stur nach Konzept vorgehe, so, als habe ich seinen Plan durchschaut oder aber einen Fehler gemacht. Ich maile den Zug und führe das Glas an den Mund. »Ein herrlicher Duft von Iris und Veilchen verführt die Kennernase.« Ich weiß nicht, wie Iris oder Veilchen duften, Veilchenparfum ist sowieso längst aus der Mode, und eine Kennernase hatte ich noch nie. Weder für Wein noch für Frauen. Sturztrunk.

Dass Marie beim allgemeinen Abschied am nächsten Morgen fehlte, wunderte mich nicht. Wie hätten wir uns auch in aller Öffentlichkeit verabschieden können? Henri blickte noch finsterer drein als sonst und gab mir nur die Hand. Maman, der Vater, Pépé, la Grand-Mère umarmten und küssten uns. Wir Deutschen grinsten uns an, schlugen uns gegenseitig auf die Schulter, gegen die Brust, manche tauschten Adressen aus, Abschiedsphotos wurden gemacht. Ich trödelte herum, packte ausgesprochen langsam und unkonzentriert, dachte unablässig an Marie ... Als ich zu dem Platz kam, an dem unsere Autos abgestellt waren, stand da nur noch mein alter Käfer. Und Marie, in diesem rubinroten Kleid, das ich noch nie an ihr gesehen hatte. Die weißen Tennisschuhe waren wohl in dem Köfferchen, das neben ihr stand. Oder in der großen Reisetasche neben dem schicken Köfferchen. Dass sie auf diesen hohen Absätzen überhaupt gehen konnte, konnte ich kaum fassen. Und wie sie ging, auf mich zu ging! Stolz, froh, leuchtend, ganz sicher. Ich wollte losrennen und sie umarmen. Ich wollte ihr sagen, dass sie nicht mitkommen könne, auf keinen Fall. Ich wollte mit ihr schlafen, sofort, hier und jetzt. Ich wollte vom Erdboden verschluckt werden, das vor allem. Ich konnte ihr doch nicht wehtun ... Marie stand still, einen Meter von mir entfernt. Ihr Lächeln hielt sich noch einen Moment, bevor die Mundwinkel erschlafften. Dann Schreie, stampfende Laufschritte, ein wütender Henri brach durch das Buschwerk, das den Platz säumte.

»Ton frère«, stammelte ich, und ich glaube, Marie spürte, wie dankbar ich war, dass er nun heranstürmte und in wenigen Sekunden bei uns wäre. Marie schrie mich an, ich sei ein Idiot, »C'est mon fiancé!«, das Wort kannte ich nicht. Ich habe es später, im Wagen, nachgeschlagen. Henri war ihr Verlobter, auf ihn, dem sie versprochen war, ging sie jetzt los, hatte plötzlich eine Cerpette in der Hand, schlitzte sein Hemd auf und danach seine linke Wange, bis er Marie, ein schreiendes, wimmerndes Bündel Verzweiflung, in den Griff bekam. Dann ließ er sie los und redete auf sie ein. Ganz sanft. Ich sei es nicht wert. Bleib bei mir. Wir werden ein schönes Leben haben. Siehst du nicht, dass der nur weg will, allein, ohne dich? Ich verzeihe dir. Ich will dich. Für immer. Worte, die ich nie gefunden hätte. Und als Marie, schwer atmend, erst ihn ansah und dann mich, schämte ich mich. Schloss die Augen. Sah nicht, was passierte, fühlte nur einen stechenden Schmerz am Kinn und am Hals. Ich habe es überlebt, weil sie die Schlagader nicht traf. Und weil Henri sie daran hinderte, mich zu töten. Er umarmte sie, hinter ihr stehend, es sah fast zärtlich aus, obwohl er sie so fest wie in einem Schraubstock hielt. Für mich hatte er nur eine Kopfbewegung. Hau ab. Marie flüsterte: »Boche boche boche«, ganz kraftlos. Das war's. Obwohl ich jetzt, beim dritten Glas, ganz deutlich höre, wie sie »Lothaaar« sagt, später. Träumerisch und erinnerungssatt. Wir waren eben jung, damals.

Christian antwortet, wie Schwarz damals geantwortet hat, vor fünfundzwanzig Jahren. Hatte wohl doch keinen eigenen Plan, das Bauernopfer war ein Bluff, nichts weiter. Ich greife mit dem Springer an und weiß, dass Christian jetzt sehr nachdenklich werden wird. Ob Marie wohl noch manchmal an mich denkt? Hoffentlich anders als ich an sie denke. Gelassener, abgeklärter, mit dieser praktischen Vernunft der Französinnen. Wahrscheinlich ist sie jetzt so fett wie Maman damals, hat vier Kinder und gar nichts von dem Geld, das sie mit diesem unwahrscheinlichen Wein verdient. Träumt trotzdem nicht mehr von Paris und dem wahren Leben und der großen Liebe. Ich habe auch meine Lehren gezogen. Ich lebe am Niederrhein, bin Controller in einem mittelständischen Betrieb, der Armaturen herstellt, habe vor zwanzig Jahren Iris gefunden, die mir zuverlässig Wärme spendet und das Gefühl, dass die Welt sicher sei. Ein einziges Mal habe ich der Versuchung nachgegeben, diesem blöden Gefühl, da müsse noch mehr sein. Vielleicht nur, weil sie auch Marie hieß. Maria vielmehr. Eine hysterische Zicke, die laut im Bett war und fordernd außerhalb, die nach kätzchenhaft sanftem Beginn plötzlich meine Scheidung von Iris verlangte und Kinder von mir wollte.

Ich leere die Karaffe. Eigentlich bin ich Früchteteetrinker. Eigentlich vertrage ich Rotwein nicht, schon gar nicht diesen Moulin à Vent. Aber eigentlich kann nichts passieren. Das Schachspiel spielt sich wie von selbst, und Iris wird erst nach Hause kommen, wenn ich schon längst im Bett liege. Ich muss nur aufpassen, dass mir nicht die Tränen kommen. Aber das habe ich im Griff. Von Christian kommt nichts mehr. Vielleicht bin ich eingedöst, nachdem ich zu lange auf den Computer gestarrt und immer nur gesehen habe, wie Marie auf mich zugeht. Jedenfalls schrecke ich auf, als ich den Schlüssel im Schloss höre und die vertrauten Geräusche, wie Iris ihre Tasche auf dem Tischchen an der Garderobe abstellt, den Schlüssel daneben wirft, ihren Mantel auszieht. Zweiundzwanzig Uhr zehn, sagt der Computer. Christian denkt schon zwanzig Minuten über seinen nächsten Zug nach. Ob die Partie heute noch zu Ende geht? Wieso ist Iris schon zurück?

»Hallo«, sage ich. »Wie war's? Schon so früh zurück?« Sie sieht aus wie immer. Vielleicht ein wenig blasser als sonst. Sie nickt mir zu und setzt sich auf ihren Sessel. Greift in die Früchteschale auf dem Wohnzimmertisch, nimmt eine Orange und das Obstmesser und beginnt, die Frucht zu schälen. Sie hasst es, wenn Orangen nicht fein filetiert sind. Kein bisschen Weiß darf dran sein.

»Ging so. Wie immer eigentlich. Aber das interessiert dich doch sowieso nicht. Wieso fragst du?« Ich sehe Iris an. Ihr Gesicht verrät nichts. Sie ist eine Frau, die eine Orange schält, und daher ganz beiläufig, fast tonlos, spricht. Und den Kopf nicht hebt. Manchmal ist sie so. Dann will sie nur ihre Ruhe haben.

»Ich spiele Schach mit Christian. Habe ihn ganz schön ins Grübeln gebracht.« Iris lacht, hebt nun doch den Kopf und deutet auf die leere Karaffe. Ich könnte ihr jetzt einen Vortrag über Wein halten. Wie sehr er die Sinne und das Denken schärft. Aber ich lasse es.

»Christian ist kein Großmeister. Da kann ich mir schon ein Tröpfchen erlauben. Es gibt noch eine Flasche. Willst du?«

Iris lässt Messer und Orange sinken. Sie sieht mich an wie einen Fremden. Ihr Mund ein Strich. Ich habe einen Fehler gemacht.

»Du bist geschmacklos. Soll ich mir etwa auch deine Schwärmerei von dieser dummen Marie anhören? Amour fou, lächerlich. Überkandidelt war die.« Mir wird kalt. Iris weiß nichts von Marie. Diese Erinnerung habe ich doch noch nie mit jemandem geteilt. Nicht richtig jedenfalls.

»Ich habe mich heute Abend nicht mit meinen Freundinnen getroffen. Nur mit Maria«, sagt sie. Die ich im Bett einmal versehentlich »Marie« genannt habe. Die daraufhin wissen wollte, an wen ich bei diesem Namen denke. Bruchstücke, wirklich nur ein paar Bruchstücke habe ich Maria von dem erzählt, was damals passiert ist. Und mich sofort danach wie ein Verräter gefühlt.

»Iris, bitte reg dich nicht auf. Die Sache mit Maria ist fünf Jahre her. Das war ein Irrtum, ein Fehler, eine vollkommen überflüssige Geschichte. Wieso erzählt sie dir jetzt davon? Da kannst du mal sehen, wie sie ist. Eine böse, destruktive Frau. Iris!«

Iris steht auf. Hält das Obstmesser in der rechten und die Orange in der linken Hand.

»Es geht nicht um Maria, als ob ich die nicht kennen würde! Es geht um Marie.«

Das akustische Signal des Mailprogramms sorgt für die notwendige Atempause. Christian bietet mir ein Remis an. Vielleicht hat er die Partie gefunden, die ich nachspiele. Ein Remis kommt natürlich nicht infrage. Mit dem übernächsten Zug werde ich seine Dame schlagen. Abzugsschach. Dann dringt mein Springer weiter vor, und bald, sehr bald, ist es vorbei mit seinem König. Iris ist plötzlich ganz nah. Sie trägt einen roten Pullover, der ihr nicht steht. Nicht rubinrot, nein, sein Rot geht mehr in die Richtung ihres geliebten Türkischen Mohns, den sie in unserem Garten gepflanzt hat. Es macht sie noch durchscheinender und blasser, als sie ohnehin schon ist. Eisblau ist ihre Farbe. So wie die ihrer Augen, die nun riesig wirken in dem schmalen Gesicht.

»Ich bin zweite Wahl«, sagt sie. Was für ein Unsinn. Sie ist meine Rettung. Mit ihr kann ich darüber reden, sie ist so wie ich.

»Einen Augenblick«, sage ich. »Gleich.« Ich lehne das Remis ab. Und tippe den Zug der Vorlage in den Computer. Das wäre doch gelacht, wenn ich nicht gewinnen würde. Iris hebt die Hand mit dem Obstmesser. Ich drücke auf Senden. Die Mail ist im Postausgangsfach. Ein scharfer Schmerz am Hals. Wo bleibt Henri? Ich drücke auf Senden. Henri kommt nicht.

Burgund

Die Bourgogne (Burgund) im Osten Frankreichs gehört zu den wichtigsten Weinbaugebieten des Landes. Das Kerngebiet besteht aus den Teilregionen Chablis, Côte d'Or, Côte Chalonnaise und Mâconnais; dazu kommt das Beaujolais im südlichsten Teil der Region. Im nördlichsten Gebiet, dem Chablis, das fast an die Champagne grenzt, wird vorwiegend die Rebsorte Chardonnay angebaut, aus der feine, mineralische Weißweine gekeltert werden. Das Klima ist in diesem Teil des Burgund recht kühl, im Frühling herrscht oft noch Frostgefahr. Kalkmergel ist der häufigste Boden.

Südlich des Chablis verläuft der Höhenzug der Côte d'Or. Der Norden dieser Teilregion ist noch Weißweingebiet; im Süden wird vor allem die Rebsorte Pinot noir (Spätburgunder) kultiviert.

Im noch weiter südlich gelegenen, hügeligen Beaujolais ist das Klima schon recht mild, es gibt allerdings beträchtliche Temperaturschwankungen zwischen Tag und Nacht. Auf den Granit- und Schieferböden entlang der Saône wird fast ausschließlich die rote Rebsorte Gamay kultiviert. Diese Sorte mit den schwarzvioletten Trauben hat im Burgund ihren Ursprung, wird aber in vielen europäischen Ländern und auch in den USA, in Kanada und Südafrika angebaut. Heute erfreuen sich die Beaujolais Nouveau (auch Beaujolais Primeur), Weine, die sehr jung auf den Markt kommen – schon am dritten Novemberdonnerstag, also rund zwei Monate nach ihrer Lese! –, großer Beliebtheit; daneben gibt es aber immer noch die Klassiker, die Beaujolais Villages, zu denen die Lagen Morgon, Juliénas und Moulin à Vent zählen.

Der Moulin à Vent ist ein tanninbetonter, alterungsfähiger Rotwein. Das ist für Weine, die aus der Gamay-Rebe gekeltert werden, eher ungewöhnlich – typische Gamay-Weine sind kirschrot, fruchtbetont und werden jung getrunken. Die wenigen Weißweine, alle aus der Chardonnay-Rebe, die aus dem Beaujolais kommen, werden unter der Bezeichnung Saint-Véran auf den Markt gebracht.

Eine Besonderheit des Beaujolais ist der so genannte Gobeletschnitt, bei dem die Rebstöcke glockenförmig geschnitten werden; dadurch wird die Sonneneinstrahlung optimal ausgenutzt.

Entenleberpastete mit Pfefferbirnen

Für 12 Portionen

550 g Entenleber
125 ml Cognac
2 EL Butter
1 TL Estragonblätter
¼ TL geriebene Muskatnuss
schwarzer Pfeffer aus der Mühle
75 g Butter, in Flöckchen

Für die Birnen

3 EL Apfelessig
2 EL weißer Balsamico
1 EL Zucker
2 feste Birnen
schwarzer Pfeffer aus der Mühle

Leber putzen und in einer Schüssel mit Cognac 2 Stunden kühl stellen. Butter in einer großen Pfanne stark erhitzen, bis sie Blasen wirft. Leber aus dem Cognac heben und unter Wenden braten, bis sie die Farbe verändert, herausnehmen. Cognac, Estragon, Muskat und Pfeffer 2–3 Min. in der Pfanne kochen, bis die Flüssigkeit um zwei Drittel reduziert ist. Leber mit der Sauce im Mixer pürieren und durch ein feines Sieb passieren. Im Mixer mit Butterflöckchen pürieren. In einer Schüssel mit Klarsichtfolie abgedeckt 2–3 Stunden im Kühlschrank ziehen lassen.

Birnen schälen und in dünne Scheiben schneiden. Essig, Zucker und Pfeffer in einer Pfanne bei großer Hitze rühren, bis sich der Zucker aufgelöst hat. Pfanne vom Herd nehmen, Birnen hineingeben und 1 Stunde ziehen lassen.

Geröstete Weißbrotscheiben mit Leberpastete bestreichen und mit lauwarmen Birnen garniert servieren.

Teigtäschchen mit Lauchcremefüllung

Für 12 Stück

120 g Butter
230 g Lauch, geputzt und in feine Ringe geschnitten
230 g Frischkäse
1 EL fein gehackter frischer Dill
1 EL fein gehackte frische Petersilie
2 Frühlingszwiebeln, in feine Ringe geschnitten
1 Prise Cayennepfeffer
1 Knoblauchzehe, fein gehackt
½ TL Salz
¼ TL schwarzer Pfeffer aus der Mühle
1 Eigelb
9 Blätter Filoteig, aufgetaut

Ofen auf 200 °C vorheizen. 2 EL Butter in einer Pfanne zerlassen und Lauch darin 4–5 Min. weich dünsten. Gegebenenfalls Flüssigkeit abgießen. Frischkäse in einer Schüssel mit Dill, Petersilie, Frühlingszwiebeln, Cayennepfeffer, Knoblauch, Salz und Pfeffer verrühren. Eigelb und Lauch zufügen und gut umrühren. Restliche Butter zerlassen.
Ein Blatt Filoteig auf einem Brett mit geschmolzener Butter bestreichen und ein zweites darauflegen. Mit Butter bestreichen und ein drittes Teigblatt auflegen.
Teigplatte vierteln und in jedes Viertel 1 gehäuften EL Käsefüllung setzen. Teigecken zusammendrücken und verdrehen, sodass ein Täschchen entsteht. Restliche 6 Teigblätter auf dieselbe Weise zubereiten. Alle Täschchen mit etwas Butter bestreichen.
Auf einem gefetteten Blech 20–25 Min. im Ofen goldbraun backen. Um jedes Täschchen kreuzweise einen blanchierten Lauchstreifen binden.

Auberginen-Bohnen-Püree

Für 8 Portionen

2 Auberginen
2 Knoblauchzehen, ungeschält
150 g gekochte Cannellinos oder mittelgroße weiße Bohnen
80 ml Olivenöl
1 EL Tahin
1/4 TL gemahlener Kreuzkümmel
60 ml Zitronensaft
2 EL gehackte glatte Petersilie
1 EL gehackte Minze
Meersalz und Pfeffer

Auberginen und Knoblauch auf dem vorgeheizten Grill 6–8 Min. braten, bis die Haut gut gebräunt und das Innere weich ist. Auberginen und Knoblauch schälen und mit Bohnen, Öl, Tahin, Kreuzkümmel und Zitronensaft mit dem elektrischen Rührgerät zu einem glatten Püree verarbeiten. Petersilie, Minze, Salz und Pfeffer unterrühren. Mit warmem, geröstetem Steinofenbrot reichen.

Kartoffelwaffeln

Für 12 Stück

400 g mehligkochende Kartoffeln
50 g Butter
150 g Crème fraîche
250 ml Milch
1/2 Würfel Hefe (etwa 20 g)
200 g Mehl
50 gehackte Nüsse
Salz
Muskatnuss
3 Eier
3 EL Öl (für das Waffeleisen)

Kartoffeln waschen und in wenig Salzwasser etwa 20 Min. garen. Ausdampfen lassen, noch heiß abziehen und mit dem Gemüsehobel fein reiben. Butter und Crème fraîche unterrühren.
Milch leicht erwärmen, Hefe darin auflösen und mit Mehl zu einem glatten Teig rühren. Mit Kartoffelmasse mischen, mit Salz und geriebener Muskatnuss abschmecken. Zugedeckt etwa 35 Min. gehen lassen.
Eier unter den Teig rühren. Waffeleisen heiß werden lassen, mit Öl einpinseln und knusprige Waffeln backen.

Eingelegter Camembert mit Feigenpüree

Für 4 Portionen

1 rote Zwiebel
3 Knoblauchzehen
5 EL weißer Balsamico
1 EL eingelegter grüner Pfeffer
5 EL Olivenöl
Salz, Pfeffer aus der Mühle, Zucker
2 Zweige Rosmarin
2 Lorbeerblätter
2 reife Camemberts à 125 g
8 Feigen (oder 500 g Himbeeren oder Brombeeren)
1 EL Zitronensaft
100 ml weißer Portwein oder Sherry

Zwiebel und Knoblauch abziehen und fein würfeln. Essig mit Zwiebel, Knoblauch und grünem Pfeffer mischen, Öl darunter schlagen. Mit Salz, Pfeffer und Zucker abschmecken. Rosmarin und Lorbeer zufügen.
Käse waagerecht halbieren und in einer flachen Schale mit der Marinade bedecken. Zugedeckt über Nacht im Kühlschrank ruhen lassen.
Feigen waschen und abziehen. 2 Feigen längs halbieren, in Spalten schneiden und mit Zitronensaft beträufeln. Übrige Feigen mit Portwein oder Sherry pürieren und bis zum Servieren kühl stellen.
Feigensauce auf Tellern verteilen und Käse darauf anrichten. Mit etwas Marinade beträufeln und mit Feigenspalten garnieren.

Petits fours

Für 35–40 Stück
Für den Teig
4 Eigelb
4 EL Wasser
180 g Zucker
4 Eiweiß
je 80 g Speisestärke und Mehl
1 TL Backpulver

Für die Füllung
je 3 EL Aprikosen- und Himbeerkonfitüre
100 g Marzipanrohmasse
50 g Puderzucker

Für den Guss
250 g Puderzucker
5 EL Wasser
Lebensmittelfarbe
Dekorblüten, Pistazienkerne und Schokoladenraspel zum Dekorieren

Eigelb und Wasser schaumig schlagen, Zucker langsam unter Rühren einstreuen und für weitere 2 Min. auf höchster Stufe schaumig rühren. Eiweiß steif schlagen und auf das geschlagene Eigelb geben. Stärke, Mehl und Backpulver mischen, auf den Eischnee sieben und mit einem Holzlöffel unterziehen.
Teig auf ein mit Backpapier ausgelegtes Backblech streichen und das Papier an der offenen Blechseite zu einem Rand knicken. Im vorgeheizten Backofen bei 200 °C etwa 10 Min. goldbraun backen. Blech aus dem Ofen nehmen und den Biskuit sofort auf ein Geschirrtuch stürzen, Backpapier mit kaltem Wasser bestreichen und vorsichtig abziehen, Boden auskühlen lassen, teilen und eine Hälfte mit Aprikosenkonfitüre bestreichen. Zweite Hälfte darüber legen und mit Himbeerkonfitüre bestreichen.
Marzipan mit Puderzucker verkneten, zwischen Frischhaltfolie in der Größe der Biskuitböden ausrollen und auf die geschichteten Teigböden legen. In kleine Quadrate, Dreiecke und Rauten schneiden oder Kreise ausstechen.
Für den Guss Puderzucker und Wasser verrühren, mit Lebensmittelfarbe zart einfärben und Petits fours damit beziehen. Sofort dekorieren, trocknen lassen.

Peter Zeindler

In vino vanitas

Sie standen hinter der Abschrankung der Teststrecke, weniger eng beisammen, als er es sich wohl gewünscht hatte. Auf der Fahrt hierher nach Modena in der italienischen Provinz Emilia-Romagna hatte seine Begeisterung für ihre Person zwar nicht nachgelassen, war jedoch auf eine harte Probe gestellt worden.

»Du bist eine Wucht!«

Im Augenblick, als er sich ihr zuwandte, um diesen Satz, an dem er schon eine ganze Weile herumgedacht hatte, auszusprechen, donnerte ein feuerroter Ferrari an ihnen vorbei und zertrümmerte seine Liebeserklärung.

»Was sagst du?«, fragte sie, als der Rennwagen in der Kurve wegtauchte, als habe ihn der Erdboden verschluckt. Oder der Teufel geholt, dachte sie.

Sie hatte die ganze Zeit demonstrativ in eine andere Richtung geschaut, hinüber zum Apennin, der wie ein gewaltiger Lindwurm in der Ebene zu dösen schien. Als sie ihren Begleiter jetzt anschaute, wurde er verlegen. Er schien froh darüber zu sein, dass das Dröhnen des vorbeirasenden Ferraris seine etwas platte Liebeserklärung zerschmettert hatte.

»Du hast Augen wie ein Bergsee«, korrigierte er sich deshalb schnell und war stolz darauf, dass ihm dieses Bild eingefallen war.

Aber anstatt ihn anzulächeln, glücklich über sein Kompliment und seinen Einfallsreichtum, verzog sie nur den Mund und schüttelte den Kopf.

»Bergseen sind smaragdgrün. Und wenn du schon einen alpinen Vergleich bemühen willst, müsstest du an Enziane denken.«

Er presste die Lippen zusammen wie ein gescholtenes Kind. Sie behandelte ihn ja auch so. Sie hatte ihn jedes Mal korrigiert, wenn er auf der Au-

tobahn zum Gotthard, selbstverständlich immer auf der Überholspur und ein paar Kilometer schneller als erlaubt, ihr die Namen einiger markanter Berggipfel genannt hatte. Obwohl ihre Schweizer Geographiekenntnisse bescheiden waren, hatte sie den Pilatus durch den Urirotstock ersetzt und den Bürgenstock durch den Dammastock. Natürlich hatte sie es nicht besser gewusst, aber sie wollte ihn demütigen, das Rachegefühl befriedigen, das sie beherrschte. Aus taktischen Gründen hielt sie sich lediglich bei Fragen zurück, die sich um Autos drehten, ja, sie gab sich bei diesem Thema ausgesprochen naiv und uninformiert. Sie besitze keinen Führerschein, hatte sie ihm beinahe beschämt mitgeteilt. Und so konnte sie den Tourenzähler nicht vom Tachometer unterscheiden, und sie hatte ihn beim Einsteigen sogar gefragt, was denn dieses springende Pferd bedeute, das sein rotes Auto schmückte.

»Das Ferrari-Emblem. Sagt dir der Name nichts?«, hatte er gefragt, offensichtlich glücklich darüber, dass er ihr auf diesem Gebiet überlegen war.

»Schon gehört.«

»Und den Namen Schumi – Schumacher?«

»Auch schon gehört – ein Dirigent?«

Der Spott in ihrer Stimme war nicht zu überhören. Doch er blieb euphorisch und bombardierte sie mit einer geballten Ladung technischer Daten, Rennfahrernamen und Pole Positions.

Obwohl er sie ja noch nicht lange kannte, hätte er spüren müssen, dass sie andere Themen interessierten. Sie hatten sich – so glaubte er – zufällig in einer Frankfurter Vinothek kennengelernt, waren anschließend zusammen essen gegangen, wobei sie sich als ausgesprochene Weinkennerin profiliert hatte, und als er scheinbar nebenbei erwähnte, dass er demnächst mit seinem neuen Auto nach Italien fahren wolle, hatte sie einen überraschten Schrei ausgestoßen und ihn spontan gefragt, ob er sie als Passagierin mitnähme. Sie habe Bekannte in Padua.

Und jetzt waren sie nach einer halsbrecherischen Fahrt mindestens heil in Modena angekommen, wo er ihr die Testrecke seiner Traumautos hatte zeigen wollen.

»Deine Gegenwart ist so belebend wie ein hiesiger Lambrusco. Prickelnd!«

Es hatte gedauert, bis ihm ein neues Kompliment in den Sinn gekommen war.

Sie atmete auf. Endlich hatte er das Stichwort geliefert. Sie zeigte ihr verführerischstes Lächeln, was ihr schwerfiel. Er war nicht ihr Typ, das heißt, er wäre es auch ohne die delikate Vorgeschichte nicht gewesen.

Er hatte keinen Charakterkopf, selbst wenn er seinem nichtssagenden Gesicht mit einem akkurat geschnittenen Schnurrbärtchen, einem dünnen schwarzen Strich, mehr Profil zu geben versuchte. Und auch seine Art, sich zu kleiden, war bemüht originell. Zwar hatte er vor ein paar Tagen, als sie ihn endlich in der Vinothek identifiziert hatte, einen dunkelblauen Anzug getragen, aber die goldgelbe Krawatte mit den dunkelblauen Punkten und vor allem die goldglänzende Spitze des Einstecktuchs hatten fatal an eine Kreditkarte erinnert: Visa Gold.

Jetzt gab er sich sportlich, allerdings dominierten Dunkelblau und Gold auch diesmal: Zur dunkelblauen Hose trug er ein weißes Hemd mit einem goldenen Kragen, ein weißes Leinenjackett, und auch seine Joggingschuhe waren golden. Oder waren es etwa Schuhe, wie sie Formel-1-Piloten zu tragen pflegen? Da kannte sie sich wirklich nicht aus, und sie interessierte sich auch nicht für diese Sportart, was jedoch in der jetzigen Situation, am Rand der Testpiste von Modena, kein Nachteil war. Sie musste die Rolle der Frau, die sich nicht für Autos interessierte und auch keine diesbezüglichen Kenntnisse hatte, weiterspielen. Deshalb war jetzt ein Break angesagt. Er hatte ja das Stichwort geliefert: Lambrusco.

»Frizzante?«

»Genau. Frizzante!«, rief er begeistert. Sie hatte ihm das Wort souffliert, das ihm nicht hatte einfallen wollen: Prickelnd war ja zutreffend, aber die italienische Umschreibung enthielt durch das a und die nachklingende Endung viel mehr Sinnlichkeit. Amore!

»Du scheinst ein Weinkenner zu sein. Hätte ich ja wissen können, schließlich haben wir uns in einer Vinothek kennengelernt.«

Er nickte abwesend und schien froh zu sein, dass ihm ein vorbeibrausender Testa Rossa eine Denkpause verschaffte.

»Lambrusco di Sorbara«, sagte er, als wieder Stille eingekehrt war. Er meinte damit den in Expertenkreisen als »eigenwillig« charakterisierten Wein aus der Gegend von Modena, einen der wenigen Spitzenweine, den die Emilia-Romagna hervorbrachte, die sich auf diesem Gebiet sonst eher durch Quantität als Qualität einen Namen gemacht hatte. Seine Antwort hatte nichts mit ihrer Bemerkung von vorhin zu tun. Ein Ablenkungsmanöver.

»Leider ist diese Vinothek pleite gegangen, habe ich mir sagen lassen. Kurz nachdem wir uns getroffen haben.«

Sie versuchte ihm auf die Sprünge zu helfen: »Oder die ganze Kette. Da gab es ja Ableger zwischen Zürich und Hamburg. Ein gigantisches Projekt. Wie hieß diese Kette doch wieder?«

»Ich weiß nicht«, sagte er schnell.

»Locanda Cubana?«, fragte sie.

Er strich mit der Spitze seines Zeigefingers über das akkurate Schnauzbärtchen und schwieg.

Sie insistierte. »Warst du da auch Mitglied?«

»Mitglied? Nein.«

Er schaute in die Ferne, fixierte wie zuvor sie den Apennin. Doch sein Gesichtsausdruck wirkte verbissen, hatte nicht diesen etwas wehmütigen Zug, den sie selbst zur Schau getragen hatte. Schließlich hatte sie eine Schauspielausbildung genossen, bevor sie in den Buchhandel gewechselt hatte. Ihr Interesse für Bücher hatte den Ausschlag für diesen Entscheid gegeben, ihre Faszination für Literatur, für ausladende Romane, Liebesgeschichten, die durchaus in ein Happy End münden durften. In der Fiktion. In der Realität glaubte sie nicht an die große Liebe. Sie sah ihren Begleiter von der Seite an.

»Es war doch ein schöner Zufall, dass wir uns in dieser Vinothek begegnet sind. Sonst wären wir jetzt nicht zusammen hier.«

»Es war dein Vorschlag«, sagte er und wandte sich ihr wieder zu. Er zeigte seine Zähne und versuchte sich in einem charmanten Lächeln. Aber er sah aus wie ein gähnendes Raubtier. Sie schloss die Augen. Sie durfte ihm jetzt keinen Raum mehr lassen, musste alle Fluchtwege verbarrikadieren.

»Diese Vinothekenkette!«

Sie nagelte ihn auf das Stichwort fest.

»Es war ein erfolgversprechendes Projekt«, knurrte er widerwillig. »Wein aus Italien, Zigarren aus Kuba.«

»Leider passt das nicht zusammen: italienischer Wein und kubanische Zigarren, Berlusconi und Castro. Das Projekt war eine Totgeburt. Und die Firma hat Konkurs angemeldet. Und die Investoren guckten in die Röhre. Habe ich zumindest gelesen«, fügte sie schnell hinzu.

Wieder donnerte ein rotes Rennauto vorbei und erschlug seine Antwort.

»Hast du etwas gesagt?«, fragte sie, als sich das Motorengeräusch in der Ferne verlor.

Er schüttelte den Kopf. »Das Thema interessiert mich nicht.«

Sie legte ihre Hand auf seinen Unterarm. Aber nur kurz.

»Mich interessieren Rennautos nicht. Ich dachte, als ich mich bereit erklärte, mit dir nach Italien zu fahren – in deinem neuen roten Auto –, es gehe um Kultur.«

»Gehen wir essen?«, fragte er, packte sie an der Hand und dirigierte sie zum Parkplatz, wo er seinen fabrikneuen Ferrari abgestellt hatte. Er straffte die Schultern und wechselte den Schrittrhythmus. Er ging jetzt langsamer, beinahe feierlich, hatte seinen Blick starr auf das Auto gerichtet. Er sah ein wenig wie ein Priester aus, der sich im Allerheiligsten bewegt. Dieter hatte den innigen Blick allerdings auf das springende Pferd gerichtet anstatt auf das Kruzifix.

Mit einer kleinen Verbeugung öffnete er die Tür auf der Beifahrerseite, berührte kurz ihren Ellbogen und drückte dann die Tür sanft ins Schloss. Dieser Anflug von Eleganz und Kultiviertheit verließ ihn aber auch schon wieder, als er am Lenkrad saß und mit einem so genannten Gentlemanstart losbrauste, der sie ins Sitzpolster presste und ihr einen spitzen Schrei entlockte. Vermutlich deutete er ihren Schrei als Begeisterungsäußerung.

Notgedrungen drosselte er die Geschwindigkeit, als sie sich dem Zentrum der Stadt Modena näherten und der Verkehr dichter wurde. Er ließ seinen linken Arm aus dem Autofenster hängen, gab sich lässig, souverän, obwohl sein Ferrari noch keine Patina angesetzt hatte und immer noch nach Fabrik roch.

Wie viel hatte er wohl dafür bezahlt? Oder war das Auto nur geleast? Sie hoffte nicht. Dass ihm die Dimensionen seines Wagens noch nicht vertraut waren, merkte sie beim Einparken. Er benötigte mehrere Versuche, bis er sich in eine Lücke manövriert hatte. Er schwitzte. Sein Schnurrbärtchen glänzte. Und unter den Achselhöhlen seines weißen Hemdes wuchsen die Schweißflecken. Sie registrierte alles minutiös, und ansatzweise fühlte sie sich befriedigt. Aber gegen dieses Gefühl, in das sich Mitleid mischte, wehrte sie sich.

Er schaltete die Alarmanlage ein.

Sie schaute ihn fragend an.

»Wir sind hier in Italien«, sagte er.

»Und wenn du den Code vergisst, nützt dir alles nichts.«

»Lena!«, sagte er und strahlte sie an.

Er hatte also ihren Namen als Codewort eingegeben. Etwas simpel. Vier Buchstaben. Für einen professionellen Autodieb wohl zu knacken.

Als sie sich auf den Weg zu einem Restaurant gemacht hatten, schaute er immer wieder zurück, als fürchte er, sein Ferrari könne unter seinen Augen abheben, eine Himmelfahrt antreten und sich dann in Luft auflösen.

Endlich hatten sie an der Via Taglio ein Restaurant gefunden. Als der Kellner an ihren Tisch trat, bestellte sie eine Flasche Lambrusco, ohne ihren Begleiter zuvor konsultiert zu haben. Er biss sich auf die Lippen, protestierte aber nicht.

»Was willst du essen?«

Sie schaute ihn von der Seite an.

»Cotechino?«, fragte der Kellner mit einem maliziösen Lächeln.

Dieter schaute Lena hilflos an.

»Was ist das denn?«

»Wurstbrät. Eine Spezialität aus Modena. Wird vorzugsweise mit Linsen und Sauerkraut serviert. Der Kellner hat uns als Deutsche identifiziert. Und da hat er eben an Sauerkraut gedacht.«

»Mitten im Sommer? He – cameriere!«

Dieter drohte dem Kellner mit dem Zeigefinger. Außer dem Wort für Kellner fiel ihm nichts Passendes ein. Seine Italienischkenntnisse waren offensichtlich rudimentär.

»Ich will ein Steak! Sag ihm das!«

»Wir sind nicht in der Toskana. Hier isst man kein bistecca fiorentina. Ein Salat reicht. Mit Aceto balsamico di Modena.«

Er nickte ergeben. »Dann eben einen Salat«, sagte er.

»Insalata mista. Basta!«

Es klang streng aus ihrem Mund. Das »Basta« hatte die Qualität einer Ohrfeige.

Der Kellner wandte sich mit Schaudern ab. Dieter schwieg verstockt. Lena wartete ungeduldig, bis der Kellner mit dem Wein zurückkam. Sie musste jetzt dafür sorgen, dass Dieters Stimmung nicht in den Keller stürzte. Sie hoffte auf die Wirkung des Lambrusco. Der Wein würde ihm die Zunge lösen. Und dann seinen Mund versiegeln.

»Du sprichst ja fließend italienisch«, sagte er endlich, als ihm ihr Schweigen offensichtlich unangenehm wurde. »Wir essen also Salat und Pasta?«

Er hatte das P aspiriert ausgesprochen.

»No, caro! Keine Teigwaren. Ich sagte ›basta‹! Mit weichem B. Und nicht aspiriert. Und das heißt: Das reicht!«

»Ach so?«

Er wirkte gedemütigt und enttäuscht zugleich.

Der Kellner brachte den Wein. Er griff nach Dieters Glas, schenkte ein wenig ein, kippte es leicht, ließ den Wein kreisen und reichte es dann Dieter. Gleichzeitig drehte er die Flasche so, dass das Etikett sichtbar wurde. Das altbekannte Zeremoniell. Einen Augenblick machte es den Anschein, als ob Dieter aufblühen würde, als er sich dem Ritual hingab und mit halb geschlossenen Augen den Wein zuerst mit der Zunge kostete, ihn dann gleichsam kaute, endlich den Kopf etwas nach hinten kippte, den Lambrusco in den Gaumen gleiten ließ wo er, bevor er durch die Speiseröhre schlüpfte, im Abgang noch eine letzte Duftmarke zurückließ.

»Buono!«

Dieter stellte das Glas auf den Tisch zurück, griff in die Innentasche seines weiß-strahlenden Leinenjacketts und legte eine in silberner Hülle verpackte Zigarre auf den Tisch. Ein verzücktes Lächeln umspielte seine Lippen. Er hatte also noch einmal in seinen Traum zurückgefunden.

»Kubanisch?«, fragte sie und zeigte auf die Zigarre.

Er zuckte zusammen, hob abwehrend die Hand und steckte die Hülle in die Brusttasche seines Jacketts zurück.

»Brasil«, sagte er schnell, griff zum Glas und hob es auf Augenhöhe. »Prost!«

»Salute!«

Ihre Gläser wollten nicht klingen, als sie sich berührten. Wahrscheinlich war ihre Bewegung zu heftig gewesen. Sie tranken beide. Dann setzten sie ihre Gläser ab und schauten sich an.

»Köstlich«, sagte sie.

»Ja. Vielleicht hat ja wirklich gerade dieser Lambrusco im Sortiment gefehlt, und ...«

Er brachte den Satz nicht zu Ende, griff hastig nach dem Glas und leerte es in einem Zug. Und schenkte auch schon nach. Sie nahm seine zunehmende Verunsicherung befriedigt zur Kenntnis.

Der Kellner brachte den Salat. Sie aßen schweigend. Zwischen zwei Bissen griff er immer wieder zum Glas. Obwohl der Wein nicht zum Salat passte.

»Wie meinst du das? Dieser Lambrusco hat vielleicht im Sortiment gefehlt – sprichst du noch immer von diesem gescheiterten Versuch, Italien und Kuba zu vermählen?«

»Es war doch eine Chance. Leider vertan.«

Er trank wieder.

»Du warst also mit von der Partie«, sagte sie scheinbar beiläufig.

Er zögerte, schaute sie von der Seite an und nickte. Der verklärte Ausdruck auf seinem Gesicht missfiel ihr.

»Meine Idee! Eine Marktlücke.«

»Wie das Resultat beweist. Konkurs!«

Ihr trockener Kommentar holte ihn wieder in die Realität zurück. Ihr war aufgefallen, dass seine Aussprache an Kontur verloren hatte. Die Wortenden versabberten. Er versuchte, ihre Hand zu packen. Sie zog sie schnell zurück. In diesem Augenblick schien ihm bewusst zu werden, dass seine Flucht nach Italien in Gesellschaft einer attraktiven Frau nicht zu einem prickelnden »Honeymoon« würde. Er hatte sich getäuscht.

Er schenkte nach und trank hastig. Nicht wie ein Kenner, sondern wie ein Säufer. Er begann zu schwitzen, zog sein Leinenjackett aus und hängte es über die Stuhllehne. Sie hörte das Klappern der Autoschlüssel in seiner linken Jackettasche. Er stand auf, schaute sie etwas verlegen an und sagte dann beiläufig: »Ich muss mal.«

Sie nickte. »Bitte.«

Er entfernte sich. Sie betrachtete nachdenklich die Pillendose in ihrer offenen Hand, klaubte dann sorgfältig das einzige weiße Kügelchen heraus und ließ es in sein Glas gleiten. Dann schenkte sie nach und lehnte sich zurück.

Als er zurück kam, griff er noch im Stehen nach dem Glas und nahm einen großen Schluck. Er verzog den Mund: »Der Wein riecht nach Korken.«

»Das ist der Aceto balsamico di Modena. Lambrusco passt so wenig zu Salat wie zu kubanischen Zigarren.«

»Aceto? Essig?«

Sie nickte. »Schade um den köstlichen Tropfen«, sagte sie und lehnte sich zurück. Er beobachtete sie beunruhigt.

»Was hast du vor?«

Sie schaute ihn scheinbar verständnislos an.

»Was sollte ich denn vorhaben? Ich kann warten.«

»Worauf wartest du denn?«

»Auf deine Beichte, Dieter.«

Er hob den Arm und winkte den Kellner zu sich her.

»Zahlen.«

»Il conto«, korrigierte sie.

Der Kellner grinste. Dieter zückte seine goldene Kreditkarte, unterschrieb die Quittung und stand auf.

»Das war's!«

Sie erhob sich ebenfalls und hielt ihn am Arm zurück. Er schwankte leicht und klammerte sich an ihr fest.

»So lasse ich dich nicht ans Steuer, mein Lieber!«

»Meine Sache, Liebe, ich fahre ohne dich!«

Jetzt redete er laut, zu laut. Passanten drehten sich nach ihm um. Sie zog ihn mit sich fort. Mit einer Hand stützte sie ihn, mit der anderen umklammerte sie sein Jackett. Er ließ es geschehen. Er folgte ihr bis zur Piazza Grande, wo sie vor der beeindruckenden Fassade des Doms stehen blieb. Die riesige Rosette blickte wie das dritte Auge des Riesen Polyphem. Dieter zog den Kopf ein.

»Du hast eine ganze Menge Leute um ihr Erspartes gebracht«, flüsterte sie ihm ins Ohr.

»Was soll das?«

Er versuchte, sich von ihrem Griff zu befreien, verlor aber das Gleichgewicht und fiel beinahe hin. Sie bewahrte ihn vor einem Sturz. Er klammerte sich erneut an sie.

»Komm!«

Sie gingen langsam auf das Portal des Doms zu, bewältigten die zwei Stufen mit Mühe und standen dann in der düsteren Kühle. Sie geleitete ihn vorsichtig zur hintersten Bankreihe. Sie setzten sich.

»In vino veritas!«

»Was soll das heißen? Ich kann nun mal kein Italienisch«, lallte er.

»Das ist Latein. In der katholischen Kirche ist das so üblich.«

Plötzlich hörten sie eine klare, eindringliche Stimme. Eine weiß gekleidete Nonne stand wie eine Statue im Chor der Kirche und sang *Il Signore.* Drei Priester tauchten aus einer Nische auf, einer von ihnen mit einem tonnenartigen Bauchgewölbe, auf das er sein Gebetbuch gebettet hatte.

»Die sehen aus wie Bocciaspieler, die sich als Priester verkleidet haben«, sagte er grinsend.

Seit er saß, ging es ihm anscheinend besser.

»Denkst du nicht, es wäre einen Versuch wert, jetzt deine Vergehen zu beichten? Vielleicht geht es dann besser. Wenigstens dir!«

Er zuckte mit den Schultern.

»Mir geht es ja nicht schlecht.«

»Aber all denen, die du um ihr Geld gebracht hast mit deinem exotischen Projekt. Hunderttausende.«

»Risiko gehört zum Geschäft. Es hat nun eben nicht funktioniert. Hätte es funktioniert, wären die jetzt alle um ein paar Tausender reicher.«

»Und du?«

»Ich auch.«

»Du hast dir einen neuen Ferrari gekauft.«

»Und? Schließlich habe ich das Risiko mitgetragen.«

»Und dann hast du dich in die Insolvenz gerettet.«

Sie spürte seinen Ellbogen, der sich zwischen ihre Rippen bohrte.

»Du bist nicht der liebe Gott.«

»Eben«, antwortete sie und rückte von ihm ab, »aber ich gehöre zu den Geschädigten. Vielleicht geht es dir ja auch moralisch besser, wenn du deine Vergehen beichtest. Du könntest sogar um Vergebung bitten.«

Sie hatte eine höhnische Reaktion erwartet. Aber er wirkte mit einem Mal nachdenklich. Sie wusste nicht, ob er erkannt hatte, dass sie ihr Geld ebenfalls in sein Projekt investiert hatte. Er war blass, und der Schweiß rann ihm über die Stirn.

»Mir ist übel.«

»Der Lambrusco hat es in sich. Frizzante!«

»Vielleicht hast du recht«, sagte er und drängte an ihr vorbei. »Ich muss mich erleichtern. Beichten. Aber wenn der Priester kein Deutsch versteht?«

»Ist doch egal. Auch wenn kein Priester im Kabäuschen sitzt. Denk nur an eines: Gott ist polyglott.«

Er zwang sich zu einem Lächeln. Dann nickte er.

»Und vergiss dein Jackett nicht. Vielleicht überfällt dich im Beichtstuhl das große Heulen und Zähneklappern«, fügte sie hinzu.

Er gab keine Antwort mehr. Sie schaute ihm nach, wie er mit unsicheren Schritten auf den nächsten Beichtstuhl zusteuerte, den Vorhang zurückschlug und dahinter verschwand. Jetzt sah sie nur noch seine Schuhe. Es sah aus wie in einer Schnellphoto-Kabine. Sie wartete, bis die Füße zu zucken begannen und dann wegrutschten.

Sie stand auf, öffnete die Faust, in der sie die Autoschlüssel versteckt hielt, die sie ihm aus der Jackettasche genommen hatte, und verließ schnell den Dom. Eine Weile stand sie benommen im grellen Sonnenlicht, dann machte sie sich auf, um Dieters feuerroten Ferrari zu suchen.

»Lena« war das Codewort. Bevor sie den Motor startete, warf sie noch einen schnellen Blick auf die kleine Karte, die sie auf der Herfahrt bei einem Halt an einer Raststätte in der Nähe von Milano hinter dem Scheibenwischer eines geparkten Autos hervorgeklaubt und dann in ihrer Handtasche verwahrt hatte.

»Wir kaufen Ihr Auto sofort. Gute Preise. Zahle bar.«

Und dann war da noch eine Handynummer und die Initialen G. B. notiert gewesen. Von Hand geschrieben.

Kurz vor der Auffahrt zur Autobahn in Richtung Mailand hielt sie noch einmal an und wählte auf ihrem Handy die angegebene Nummer. Dass die Stimme des Mannes, mit dem sie sich am Mailänder Hauptbahnhof verabredete, einen polnischen Akzent hatte, kümmerte sie nicht weiter. Die Vorstellung, dass Dieters Ferrari zukünftig über die Schlaglöcher in Polens Straßennetz holpern würde, belustigte sie eher. Und der Gedanke, dass sie mehr als die Summe zurückbekommen würde, die sie, von einer Freundin dazu verführt, in das Italien-Kuba-Projekt investiert hatte, erfüllte sie mit tiefer Befriedigung. Zukünftig würde sie dem prickelnden Lambrusco einen Ehrenplatz in ihrem Weinkeller einräumen. Schließlich hatte er sich als zuverlässiger Partner im Kampf gegen das Böse erwiesen.

Emilia-Romagna

Die Emilia-Romagna liegt im nördlichen Italien und erstreckt sich von Piacenza teilweise entlang der Po-Ebene bis nach San Marino. In diesem sehr alten Weinbaugebiet gibt es aufgrund des sehr warmen sonnigen Klimas große Ernten. Vorwiegend werden rote Reben angebaut, zum größten Teil Lambrusco – »labrusca« findet schon bei den Schriftstellern der römischen Antike Erwähnung – und Sangiovese (siehe Seite 164). Bei den weißen Sorten überwiegen Albana und Trebbiano. In der Region gibt es rund 68 000 Erzeuger, bei den meisten handelt es sich um Genossenschaften.

Der bekannteste Wein der Emilia-Romagna ist der Lambrusco. Unter diesem Namen (lateinisch »labrusca uva«, wilde Rebe) werden bis zu sechzig verschiedene, sehr alte rote Rebsorten zusammengefasst. Zu den bekanntesten Lambruscosorten gehören Lambrusco salamino, Lambrusco marani, Lambrusco Maestri, Lambrusco a foglia frastagliata, Lambrusco grasparossa, Lambrusco di Sorbara und Lambrusco Montericco. Aus diesen Rebsorten werden Rotweine gekeltert, von denen vier DOC-Status haben: Lambrusco di Sorbara, Lambrusco Grasparossa di Castelvetro, Lambrusco Salamino di Santa Croce und Lambrusco Mantovano.

Bis in die 1990er Jahre hinein waren die Lambruscoweine in der Regel schäumend und süß. Dann ging man jedoch dazu über, auch trockenere, qualitativ anspruchsvollere Weine aus den Lambruscoreben herzustellen. Früher wurde der Lambrusco überwiegend durch Flaschengärung erzeugt. Heute erfolgt die Gärung in der Regel in Tanks, gelegentlich wird auch die Limonadenmethode angewandt, das heißt, dem fertigen Wein wird Kohlensäure zugesetzt.

Aus der Albana-Rebe werden einerseits trockene oder süße Stilweine hergestellt, die als Albana di Romagna auf den Markt kommen, andererseits auch der Schaumwein Romagna Albana Spumante.

Salbei-Fladenbrot

Für 12 Stück

230 g Mehl
230 g Vollkornmehl
½ TL Salz
20 frische Salbeiblätter, fein gehackt
325 ml Wasser
2 TL Sonnenblumenöl zum Backen

Mehl und Salz in eine große Schüssel sieben. Salbei zufügen, dann nach und nach mit Wasser zu einem glatten Teig rühren. Auf einer bemehlten Fläche 10 Min. geschmeidig und elastisch kneten. Zugedeckt 30 Min. ruhen lassen. Teig in 12 Kugeln teilen und auf bemehlter Fläche zu Kreisen flachdrücken. Mit einer Gabel einstechen. Etwas Öl in einer gusseisernen Pfanne erhitzen und Fladen von beiden Seiten je 1–2 Min. hellbraun und knusprig backen. Heiß servieren.

Rucola-Würstchen

Für 6 Portionen

750 g Bratwurstmasse
250 g Rinderhack
100 g Rucola, zerpflückt
3 EL körniger Senf
1 Knoblauchzehe, zerdrückt
2 EL Thymian, gehackt
gestoßener schwarzer Pfeffer
Wursthäute

Bratwurstmasse, Hackfleisch, Rucola, Senf, Knoblauch, Thymian und Pfeffer vermengen. In eine Garnierspritze mit großer, glatter Tüllenöffnung füllen. Wursthaut über die Tülle ziehen und bis zum Ende hochschieben. Wurstmischung einspritzen und dabei Haut langsam von der Tülle gleiten lassen. Wurst in regelmäßigen Abständen mehrmals drehen, um einzelne Würstchen abzuteilen. 4 Stunden oder über Nacht im Kühlschrank ruhen lassen.

Würstchen in einen Topf mit kaltem Wasser legen. Langsam bis zum Köcheln erhitzen, dann vom Herd nehmen und abgießen. Auf vorgeheiztem Grill oder Holzkohlegrill bei mittlerer Hitze gar braten. Mit würzigem Chutney und gegrillten Zwiebeln reichen.

Lachs mit Pestokruste

Für 8 Portionen

1 Zwiebel
1 Knoblauchzehe
60 g entsteinte schwarze Oliven
2 Toastscheiben
1 Bund Basilikum
600 g Lachsfilet ohne Haut
7 EL Olivenöl
Öl für die Form
400 g entkernte, gewürfelte Tomaten
Salz
Pfeffer aus der Mühle
1 Prise Zucker
½ EL frisch geriebener Meerrettich
2–3 EL Zitronensaft

Zwiebel und Knoblauch abziehen und fein würfeln. Oliven halbieren. Toast zerkleinern und mahlen. Basilikum waschen, trockentupfen und die Blätter fein hacken. Lachs kalt abspülen, trockentupfen und in 4 gleiche Stücke teilen. Zwiebel und Knoblauch in 2 EL Olivenöl anbraten. Tomaten und Oliven zufügen. Bei geringer Hitze 15 Min. köcheln lassen, mit Salz, Pfeffer und Zucker abschmecken.
Ofen auf 225 °C vorheizen. Brotbrösel mit Basilikum, Meerrettich und 3 EL Olivenöl zu einer Paste rühren, salzen und pfeffern. Übriges Olivenöl erhitzen. Lachs salzen und pfeffern und auf beiden Seiten goldbraun braten. Herausnehmen.
Lachs mit Zitronensaft beträufeln und mit Basilikumpaste bestreichen. Auflaufform einfetten, Tomaten darin verteilen und Lachs darauf setzen. 10–15 Min. überbacken. Mit Bandnudeln servieren.

Kleine Süßkartoffelfrittatas

Für 12 Stück

500 g Süßkartoffeln, geschält und gewürfelt
Olivenöl
Meersalz
4 Eier, verquirlt
250 ml Sahne
gestoßener schwarzer Pfeffer
40 g geriebener Parmesan
2 EL kleine Salbeiblätter

Süßkartoffeln, Öl und Salz in einer Auflaufform mischen. Im vorgeheizten Ofen bei 200 °C 25 Min. backen, bis die Kartoffeln weich sind.
Eier, Sahne, Pfeffer und Parmesan verquirlen. Mischung in 12 kleine gefettete Tartelettförmchen gießen. Gebratene Süßkartoffeln auf die Förmchen verteilen, mit Salbei bestreuen. Frittatas bei 160 °C 20 Min. backen, bis sie goldgelb und fest sind. Schmecken warm oder kalt mit würzigem Relish.

Grillgemüsesalat

Für 6 Portionen

2 Auberginen, in Scheiben geschnitten
2 kleine Fenchelknollen, in Scheiben geschnitten
2 Zucchini, in Scheiben geschnitten
Olivenöl
150 g Halloumi, in Scheiben geschnitten
3 Stängel Minze, zerpflückt
3 EL Zitronensaft
2 EL gehackte glatte Petersilie
1 EL Honig
gestoßener schwarzer Pfeffer

Auberginen-, Fenchel- und Zucchinischeiben mit etwas Olivenöl bestreichen und auf dem vorgeheizten Grill von beiden Seiten je 1–2 Min. braten, bis sie weich sind. Halloumischeiben mit etwas Öl bestreichen und auf einem flachen

Grill oder in der Pfanne von beiden Seiten je 1 Min. braten, bis der Käse goldgelb ist.
Gegrilltes Gemüse und Käse auf Tellern anrichten und mit Minze bestreuen.
Zitronensaft, Petersilie, Honig und Pfeffer verquirlen und über den Salat gießen. Mit Brot reichen.

Cappuccino-Konfekt

Für etwa 35 Stück

300 g dunkle Schokolade (mind. 70%), zerkleinert
40 g Butter
40 g Kokosfett
100 ml Sahne
30 g Cappuccinopulver
farbige Pralinenkapseln aus Aluminium
(erhältlich im gut sortierten Haushaltswarenhandel)

Schokolade, Butter, Fett und Sahne im Wasserbad schmelzen. Das Cappuccinopulver untermischen und die flüssige Schokomasse in eine Rührschüssel füllen. Die Masse so lange kühl stellen, bis sie fast fest ist.
Mit der Küchenmaschine auf höchster Stufe aufschlagen, bis eine luftige Creme entsteht. In Spritzbeutel mit Sterntülle füllen und kleine Mengen in die Pralinenkapseln spritzen. Bis zum Verbrauch kühl stellen.

Vitae

Andrea C. Busch ist Diplom-Übersetzerin, Autorin und Herausgeberin. Ihre kriminelle Karriere begann mit einer Diplomarbeit und führte über den Verkauf von Membranen für DNA-Analysen und mehrere Jahre freiberufliche Übersetzungstätigkeit an die TU Darmstadt, wo sie ihr Studium der menschlichen Natur fortsetzt.

Serge Dounovetz, geboren 1959 in Paris, ist Autor von Krimis, zeitgenössischen Wildwestgeschichten und Science-Fiction. 1977 gründete er die Punkrockgruppe »Les Maîtres Nageurs«. Er war als Redner, Rettungsschwimmer und Maschinenarbeiter am Lido tätig, bevor er 14 Romane und rund 30 Novellen veröffentlichte. Außerdem schreibt er Jugendkrimis und erhielt 2006 dafür den Montigny-Preis.

Ann Granger studierte in London Französisch und Deutsch, unterrichtete im Ausland und arbeitete in verschiedenen Botschaften. Mit ihrem Mann, einem Diplomaten, und den zwei Söhnen lebte sie in Sambia und Deutschland, bevor sie mit ihnen nach England zurückkehrte. Sie schrieb zunächst historische Liebesromane; seit 1991 erschienen von ihr mehr als 20 Krimis in drei Serien.

Almuth Heuner, geboren 1962, in Wattenscheid aufgewachsen, studierte Russisch und Englisch mit Abschluss Diplom-Übersetzerin, anschließend Germanistik. Bis 1998 war sie in der Redaktion einer Wochenzeitung tätig, seitdem schreibt sie und arbeitet als selbständige Übersetzerin für Belletristik und Sachbuch. Sie lebt in Frankfurt am Main.

Carmen Iarrera studierte Politikwissenschaft, ist in Rom als Journalistin und Übersetzerin tätig und schreibt Kurzgeschichten über Kriminologie und Spionage sowie Drehbücher für Rundfunk und Fernsehen. Sie erhielt den Premio Gran Giallo Cattolica für die beste Spionagegeschichte; ihre Werke sind in mehrere Sprachen übersetzt.

Ralf Kramp, geboren 1963 in Euskirchen, arbeitet als Karikaturist und Krimiautor in der Eifel. Für sein Erstlingswerk wurde ihm 1996 der Eifel-Literatur-Förderpreis verliehen, seitdem erscheint jährlich ein Roman. Er ist einer der Köpfe der Agentur Blutspur, die Krimifälle zum Mitmachen veranstaltet. Daneben spielt er Theater und moderiert Krimiveranstaltungen.

Beatrix M. Kramlovsky, 1954 im oberösterreichischen Steyr geboren, studierte Anglistik und Romanistik in Wien, veröffentlichte daneben Essays, Short Storys und Lyrik und stellte ihre Bilder in Wien und den Niederlanden aus. Von 1987 bis 1991 lebte sie in Ostberlin und war von 1988 bis zum Mauerfall in der DDR mit Ausstellungs- und Veröffentlichungsverbot belegt. Seit 1992 wohnt sie als freie Künstlerin und Autorin mit ihrem Mann und ihren zwei Kindern in der Nähe von Wien. 1997 erhielt sie den Anerkennungspreis des Landes Niederösterreich für Literatur.

Fernando Martínez Laínez, geboren 1941 in Barcelona, war als politischer Korrespondent in Kuba, Großbritannien, der Sowjetunion und Argentinien tätig und schreibt heute für die Literaturbeilage einer spanischen Tageszeitung. Seit 1977 veröffentlicht er Kriminalromane, die mehrfach ausgezeichnet wurden. Ebenfalls preisgekrönt wurde sein Sachbuch über Kriminalliteratur. Er ist Präsident des spanischen Krimiautorenverbandes.

Kris Neri ist mehrfach ausgezeichnete Autorin zahlreicher Kriminalerzählungen und -romane. Daneben unterrichtet sie das Schreiben von Kriminalliteratur im Rahmen des Writers' Program der Universität von Kalifornien in Los Angeles. Sie lebt in Arizona, wo sie mit ihrem Mann einen Buchladen führt.

Nina Schindler arbeitete nach dem Studium bis Anfang der 1990er Jahre als Lehrerin, währenddessen Engagement im Bereich Kinder- und Jugendbuch als Übersetzerin, Rezensentin und vieles mehr. Sie hat eigene Kinder- und Jugendbücher verfasst, ist Krimifan und Herausgeberin des *Mordsbuch. Alles über Krimis.* Die Mutter von fünf Kindern lebt mit ihrem Mann in Bremen.

Gabriele Wolff, geboren 1955, studierte Rechtswissenschaften. 1974 trat sie der Karl-May-Gesellschaft bei. Sie ist als Oberstaatsanwältin am Justizministerium in Neuruppin tätig und im Zweitberuf Autorin von Kriminalerzählungen und -romanen, unter anderem um die Kölner Staatsanwältin Beate Fuchs. Für ihren Roman *Das dritte Zimmer* wurde sie mit dem Friedrich-Glauser-Preis ausgezeichnet.

Peter Zeindler, geboren 1934 in Zürich, studierte an der Universität Zürich Germanistik und Kunstgeschichte und promovierte bei Emil Staiger. Er war Journalist beim Fernsehen, Hörfunk und bei Printmedien. Seit 1980 ist er freier Schriftsteller, vier seiner Romane wurden mit dem Deutschen Krimi-Preis ausgezeichnet. 1997 erhielt er für sein Gesamtwerk den Friedrich-Glauser-Ehrenpreis. Er verfasste Fernsehdrehbücher, unter anderem für *Tatort*, Hörspiele und Theaterstücke. Peter Zeindler lebt in Zürich.

Kleines Weinglossar

Abbeeren (auch: entrappen, rebeln) Die Trauben werden vor dem eigentlichen ➤Keltern maschinell von den Stielen befreit. Insbesondere müssen die jungen, grünen Stiele entfernt werden, damit der Wein nicht durch ihre aggressiven, adstringierenden Tannine bitter und hart wird.

AOC (auch: AC) steht für Appellation d'origine contrôlée und bezeichnet die höchste Stufe der französischen Weinkategorien, die die Herkunft und Produktionsmethoden der Weine garantiert.

Appellation eigentlich Apellation d'origine (AC s. AOC). Der französische Ausdruck bedeutet so viel wie Herkunftsbezeichnung, meint im engeren Sinn aber die französische Bezeichnung für die hierarchische Einteilung der Weine in verschiedene Kategorien. Dieses französische Appellationssystem, das mit über 400 ACs bzw. AOCs nicht nur das umfangreichste, sondern wohl auch das älteste der Welt ist, diente vielen anderen Ländern als Anregung für ihre eigene Weingesetzgebung.

Aufspriten (auch: spriten, verstärken) Bei der Herstellung von Likörweinen wird dem Wein hochprozentiger Alkohol zugesetzt. Durch das Aufspriten besitzt der fertige Wein nicht nur einen höheren Alkoholgehalt, sondern auch noch süßenden Restzucker.

Assemblage (franz. für Verschnitt) Der Ausdruck wird in der Regel für den ➤Verschnitt höherwertiger Produkte verwendet, im Gegensatz zu coupage, was den Verschnitt bei einfacheren oder minderwertigen Weinen bezeichnet.

Ausbauen meint das Weiterverarbeiten und Lagern des Weines nach vollendeter ➤ Gärung. Auf diese Weise soll er vor dem Abfüllen eine besondere geschmackliche Reife erreichen. Der Ausbau kann – je nach Weintyp und angestrebtem Geschmackstyp – in Stahl- oder Betontanks, in großen Holzfässern oder in den kleineren ➤ Barriques erfolgen. In einigen Ländern, etwa in Italien, gelten zum Teil sehr präzise Vorschriften, was Ausbauart und -dauer anbelangt, in vielen anderen Ländern dagegen lässt man den Winzern beim Ausbau freie Hand.

Auslese ist die deutsche und österreichische Qualitätsstufe für Prädikatsweine aus vollreifen Trauben. In Deutschland muss das natürliche Mostgewicht von Auslesen bei mindestens 83–100 °Oe (➤ Öchslegrad) liegen, in Österreich bei 105 °Oe. Wie der Name schon andeutet, müssen die Trauben für diese Weine mit der Hand gelesen und schlechte oder unreife Beeren aussortiert werden. Im Geschmack sind Auslesen meist halbtrocken, lieblich oder süß. Es gibt aber auch trocken ausgebaute Auslesen, die durch ihren hohen Alkoholgehalt sehr kraftvoll sind. In Italien wird der Begriff Auslese im Gebiet um den Kalterer See in Südtirol verwendet.

Barrique ursprünglich im Bordeauxgebiet benutztes Holzfass mit einem Fassungsvermögen von 225 Litern, das sich hervorragend für den ➤ Ausbau von Weinen eignet. Für Barriques verwendet man ausschließlich bestimmtes Eichenholz von mindestens 100 Jahre alten, möglichst aber über 150 Jahre alten Bäumen. Die Fässer werden allein durch Stahlreifen zusammengehalten, und sie besitzen zwei Spundlöcher, durch die sie befüllt und entleert werden können. Durch das Biegen der Fassdauben (Seitenbretter) über einem Holzfeuer erhält der später darin gelagerte Wein die für den Barrique-Ausbau charakteristischen rauchig-würzigen Noten. Aber auch das Holz selbst beeinflusst den Geschmack des Weines: Der Alkohol löst Tannine aus dem Daubenholz, die bei Rotweinen den natürlichen Tanningehalt ergänzen, bei Weißweinen für mehr Struktur sorgen. Außerdem gibt das Holz Aromen ab, die sich als Zimt- oder Vanillenoten in den Weinen niederschlagen. Schließlich entwickelt sich der Wein auch unter Einwirkung des Luftsauerstoffs. Dieser dringt durch die Poren des Holzes in winzigen Mengen ein und beeinflusst die einzelnen Komponenten, ohne dass der Wein oxydiert. Während man Rotweine in der Regel erst nach der ➤ Gärung für sechs, zwölf oder mehr Monate im Barrique ausbaut, werden Weißweine häufig direkt im Barrique vergoren. Im Barrique ausgebaute Weine können sehr an Vielschichtigkeit und Charakter gewinnen, vorausgesetzt, sie bringen bereits genügend eigene Geschmacksstoffe mit.

Crus (franz. für »Wuchs, Gewächs«) Die Bezeichnung wird in Frankreich für qualitativ hochwertige Weinbergslagen und ihre Weine verwendet. Allerdings besitzt sie je nach Weinbauregion eine andere Bedeutung. Im Burgund zum Beispiel kennzeichnet sie besonders hochwertige ➤Lagen, die zu den Spitzen des Appellationssystems gehören; hier unterscheidet man zwischen Premiers Crus und Grand Crus. Im Bordeauxgebiet dagegen steht Crus für das Terroir und die Weine einzelner Weingüter; so unterscheidet man allein im Médoc fünf Stufen so genannter Grands Crus Classés, es folgen hierarchisch darunter drei Stufen Crus Bourgeois sowie noch weiter unten die Crus artisans und Crus paysans. Außerhalb Frankreichs, hauptsächlich in Italien, wird die Bezeichnung Cru synonym für hochwertige Lagen und ihre Weine verwendet.

Cuvée (von franz. cuve: »Bottich«) ist die auch außerhalb Frankreichs gebräuchliche Bezeichnung für den ➤Verschnitt von Trauben, Mosten oder fertig vergorenen Weinen, die regional und überregional allerdings verschiedene Bedeutungen besitzt. Im Bordeauxgebiet und anderen Anbaugebieten, in Italien oder in Deutschland etwa, meint Cuvée den Verschnitt verschiedener ➤Rebsorten, aus denen der Wein gekeltert wird. In der Champagne dagegen wird der Most, der beim ersten und sanftesten Pressvorgang gewonnen wird, als cuvée bezeichnet, in Abgrenzung zur taille, dem Saftertrag des nachfolgenden Pressens. Man findet auch Bezeichnungen wie Cuvée de Prestige oder Tête de Cuvée, die einfach nur eine besondere Auswahl oder eine Sonderfüllung meinen. Dabei kann es sich auch um reinsortige Selektionen handeln, also um das beste Fass oder die besten Partien bestimmter Weine eines Erzeugers.

DOCG Die Abkürzung steht für Denominazione di Origine Controllata e Garantita und heißt wörtlich übersetzt »Bezeichnung der kontrollierten und garantierten Herkunft«. Es handelt sich um die höchste von vier Qualitätsstufen des italienischen Weingesetzes, und die so gekennzeichneten Weine unterliegen strengen Produktionsvorschriften. Das DOCG wurde in den 1980er Jahren als Überklasse zum DOC (Denominazione di Origine Controllata) eingerichtet, einer bereits 1963 nach französischem Vorbild eingeführten Qualitätsstufe.

Edelfirne Weine, die den Höhepunkt ihrer Entwicklung erreicht oder bereits überschritten haben, werden als firn bezeichnet. Die Firne ist also das Ergebnis der verschiedenen Alterungsprozesse des Weines und lässt sich an einem zunächst nussigen, dann immer schärfer werdenden Duft erkennen, der die ursprünglichen Aromen des Weins zunehmend überlagert. Als Edelfirn bezeichnet man jenes Stadium der Entwicklung, an dem sich diese Altersnoten mit den ursprünglichen Aromen des Weins noch die Waage halten und zusammen ein vielschichtiges Bukett erzeugen.

Flaschengärung (auch: Liqueur de tirage, Dosage) ist das traditionellste und hochwertigste Verfahren zur Herstellung von Schaumwein. Dabei werden fertig vergorene und ausgebaute Grundweine zu einer ➤Cuvée verschnitten. Anschließend wird der Wein in Flaschen gefüllt und im Zuge der Fülldosage mit einer Lösung aus ➤Hefe und Zucker, dem Tiragelikör (franz. liqueur de tirage), versetzt. Nach dem Verschließen der Flaschen mit dem Kronkorken setzt die zweite Gärung ein, bei der Kohlendioxid entsteht, das im Wein gelöst bleibt. Ist auch diese Gärung abgeschlossen, müssen vor dem Verkauf noch die Heferückstände, das so genannte Gärungsdepot, durch das ➤Rütteln im Flaschenhals gesammelt werden. Dann werden die Weine degorgiert: Der Kronkorken wird geöffnet, und das Hefedepot wird entfernt. Den dabei entstehenden Weinverlust gleicht man vor dem Verschließen mit dem so genannten Versandliklör (franz. liqueur d'expédition) aus, einem Gemisch aus Wein, Zucker und gegebenenfalls einer geringen Menge Weinbrand. Dadurch wird der endgültige Restzuckergehalt und somit auch die Geschmacksrichtung des Schaumweines festgelegt.

Gärung ist ein durch Enzyme gesteuerter Abbauprozess organischer Substanz, der unter anaeroben, also sauerstofffreien, Bedingungen abläuft. Bei der alkoholischen Gärung sind Enzyme am Werk, die von Hefen stammen. Sie wandeln Zucker (Trauben- und Fruchtzucker) in Alkohol (Äthanol) und Kohlendioxid um. Dabei unterscheidet man drei Gärstadien: Angären, Hauptgärung, nachlassende oder abklingende Gärung. Im Zuge der Gärung entstehen außer Alkohol und Kohlendioxid noch eine Reihe von Nebenprodukten, deren Zusammensetzung von ➤Hefeart, ➤Rebsorte und Gärungsbedingungen abhängig ist und die für die Qualität des Weins und seiner Aromen von zentraler Bedeutung sind. Aber auch die Kontrolle des Gärverlaufs und der Gärtemperatur sind von großer Bedeutung für die Weinqualität. Moderne Gärbehälter sind daher mit Kühlvorrichtung und Temperatursensor versehen.

Hefen sind winzige, einzellige Pilze, die sich vorwiegend durch Sprossung vermehren, also durch Ausstülpungen der Zellwand, aus denen Tochterzellen entstehen. Sie produzieren Enzyme, mit deren Hilfe sie Kohlenhydrate (Zucker) in Alkohol umwandeln können. Diesen Umwandlungsprozess bezeichnet man als ➤Gärung. Es gibt in der Natur zahlreiche verschiedene

Hefearten, die sich in ihren biochemischen Eigenschaften unterscheiden. Sie werden durch die Witterung oder durch Insekten auf die im Weinberg reifenden Trauben übertragen, ihr Vorkommen ist also standortabhängig. Wenn sich diese so genannten Spontanhefen bei der Weinverarbeitung vermehren, legen sie damit eine Grundlage für die Ausprägung des Terroircharakters von Weinen. Um das Risiko hefebedingter Weinfehler zu verringern, werden aus bestimmten Hefestämmen Reinzuchthefen gewonnen, die dem Weinerzeuger als Trockenhefen zur Verfügung stehen.

Keltern (von lat. calcare, »mit den Füßen stampfen«) bezeichnet das Pressen der Weintrauben zu Most. Im weiteren Sinne sind damit jedoch sämtliche Arbeitsschritte der Weinherstellung gemeint.

Kohlensäure Bei der alkoholischen Gärung entsteht neben Alkohol das farblose Gas Kohlendioxid (theoretisch werden 48,9 % des Zuckers in Kohlendioxid umgewandelt). Als Kohlensäure bleibt es teilweise im Wein gebunden und verleiht ihm Frische, weshalb es Weißweinen beim Abfüllen häufig sogar zugefügt wird. Bei Schaumweinen sorgt Kohlendioxid bzw. Kohlensäure, die bei der zweiten Gärung entsteht, für das charakteristische Perlen des Weins.

Lage (in Österreich: Ried, Riede) bezeichnet sowohl einzelne abgegrenzte Weinbergsflächen (Einzellage) als auch mehrere benachbarte Flächen innerhalb eines Anbaugebiets (Großlage), die Weine gleichartigen Charakters hervorbringen. In Deutschland sind Einzel- und Großlagen als Herkunftsbezeichnungen für Qualitätsweine gesetzlich festgelegt. Während die Einzellagen hier oft bereits seit vielen Jahrhunderten existieren, bestehen die meisten Großlagen erst seit den Jahrzehnten nach dem Zweiten Weltkrieg. In Österreich existieren keine gesetzlich niedergelegten Riedenamen, in Frankreich hingegen sind die Lagennamen seit langem als Herkunftsbezeichnungen fest etabliert, so etwa im Burgund mit seinen ➤ Crus. In Spanien oder in Kalifornien wiederum konnten sich die Lagen erst seit den 1990er Jahren als Qualitätsbezeichnungen durchsetzen. Auch in Italien handelt es sich um eine jüngere Entwicklung.

Maische bezeichnet die Masse, die aus den in der Traubenmühle gequetschten Beeren entsteht. Auch die Stiele können Bestandteil der Maische sein, wenn die Trauben nicht ➤ abgebeert wurden. Nahezu sämtliche Rotweine werden vor dem Pressen oder Gären eingemaischt. Je nach Weintyp variiert die Maischestandzeit vor dem Abpressen des Mosts oder des vergorenen Weins. Bei Rotweinen wird die Maische oft mehrere Wochen stehen gelassen, damit der Alkohol alle Farbstoffe und Tannine extrahieren kann. Weißweine werden meistens nach kurzer Zeit, Rosés nach wenigen Stunden abgepresst.

Most heißt der abgepresste Traubensaft, aus dem durch den Gärprozess Wein entsteht.

Öchslegrad (auch: Grad Öchsle, abgekürzt °Oe) ist die deutsche Maßeinheit für das spezifische Mostgewicht, also das Gewicht des Traubenmosts im Verhältnis zu seinem Volumen. Das Mostgewicht, für das es in den verschiedenen Weinbauländern unterschiedliche Messsysteme und Maßeinheiten gibt, ist ein Indikator für den zu erwartenden Alkoholgehalt des Weins. In Deutschland wird das Mostgewicht mithilfe der so genannten Öchslewaage bestimmt, einer Senkwaage, die von dem Pforzheimer Christian Ferdinand Oechsle (1774–1852) Anfang des 19. Jahrhunderts entwickelt wurde.

Rebsorte Wissenschaftler sind sich bei der Einteilung der Unterarten und Arten der Familie der Rebengewächse zwar nicht vollkommen einig, dennoch werden im Allgemeinen 17 000 und 20 000 Rebsorten unterschieden. Als kommerziell nutzbar gelten allerdings lediglich 7000 Sorten, davon werden wiederum nur 1000–2000 für den Weinbau tatsächlich genutzt. Die wirklich relevanten Sorten des Weinbaus weltweit beschränken sich auf knapp 100 Namen, und betrachtet man nur die so genannten internationalen Rebsorten, bleiben kaum mehr als ein Dutzend Namen übrig. Es ist also nicht ganz einfach, sich angesichts der Vielzahl der Rebsorten und ihrer vielfach regional unterschiedlichen Namen einen Überblick zu verschaffen. Hinzu kommt, dass die Traubenfarbe nicht immer auf die Weinfarbe schließen lässt – zahlreiche Weißweine werden aus rötlichen oder roten Sorten gekeltert. Dennoch unterscheidet man der Übersichtlichkeit halber zwischen Weißwein- und Rotweinrebsorten und je nach Reifeverhalten zwischen früh und spät reifenden Sorten.

Rütteln Bei der ➤ Flaschengärung von ➤ Schaumweinen werden die Heferückstände, das so genannte Gärungsdepot, aus den Flaschen entfernt, indem man sie bis zu zwei Monate lang in regelmäßigen Abständen rüttelt. Dafür steckt man die Flaschen waagerecht in Rüttelpults, schräg stehende Holzplatten mit Löchern, dreht sie bei jedem Rütteln ein wenig und stellt sie zugleich immer steiler, mit dem Flaschenhals nach unten. Dadurch sammeln sich die Rückstände im Flaschenhals und können – unter geringem Weinverlust – vor dem Verkauf entnommen werden. Ursprünglich musste das Rütteln von Hand bewerkstelligt werden, heute geschieht es vollautomatisch.

Schaumwein Bezeichnung für Weine, in denen unter Druck Kohlendioxid gebunden ist. Sie schäumen beim Öffnen und Einschenken und perlen im Glas. Den strengen EU-Maßgaben zufolge müssen Schaumweine (im Unterschied zu Perlweinen) bei einer Temperatur von 20 °C einen Kohlensäuredruck von 3,0 bar besitzen. Bei Qualitätsschaumweinen muss die Kohlensäure zudem aus der zweiten Gärung stammen; bei renommierten Schaumweinen erfolgt diese in der Regel mit der aufwendigeren ➤ Flaschengärung und nicht mit der Tankgärung. Wird das Kohlendioxid dagegen zugesetzt, müssen die Erzeuger dies angeben.

Stilwein zeichnet sich dadurch aus, dass er, bedingt durch einen sehr geringen Gehalt an Kohlendioxid, weder perlt noch schäumt.

Tannine sind Gerbstoffe und Gerbsäuren, jene Inhaltsstoffe, die den Geschmack der Weine am stärksten prägen. Sie kommen im Holz sowie in den Blättern und Früchten vieler Pflanzen vor und haben die Aufgabe, das Gewebe vor Fäulnis und Schädlingen zu schützen. Bei den Weintrauben sind es die Tannine der Beerenstiele, Schalen und Kerne, die später den Geschmack des Weins prägen. Sie werden vor allem durch Hitze (etwa bei der Maischeerhitzung) oder durch den entstehenden Alkohol (wie bei der Maischegärung) gelöst, also aus den Pflanzenzellen extrahiert. Reift der Wein in Fässern aus neuem Holz, z. B. ➤ Barriques, werden Tannine aus dem Eichenholz extrahiert. Insbesondere bei Rotweinen lagern sich die Tannine – zusammen mit anderen Inhaltsstoffen – im Laufe der Alterung als Bodensatz (Depot) in der Weinflasche ab. Solche Weine werden vor dem Einschenken dekantiert, also in eine Karaffe (einen Dekanter) gegossen.

Terroir Die Herkunftsregion, also Boden und Klima, aber auch die Weinbergspflege und Kellerarbeit machen – ebenso wie natürlich die Reben, Geruch und Farbe, Geschmack und Alterungsfähigkeit – die Besonderheit eines Weins aus: Natur und Kultur prägen seine Identität, seinen unverwechselbaren Charakter, das, was ihn von anderen unterscheidet und wiedererkennbar macht. »Terroir« meint zum einen die Gesamtheit all dieser Elemente eines Weins, zugleich ist damit aber auch ein hoher Anspruch verbunden: die Idee von der Perfektion des Weins und der Weinherstellung. Denn Terroircharakter entwickeln nur sehr hochwertige Weine, die den Einfluss ihres Bodens, ihrer Vinifizierung und ihrer Reife auch wirklich zum

Ausdruck bringen können. Es ist eine hohe Kunst, das Terroir eines Weins im Geschmack wiederzuerkennen. Hinzu kommt, dass es ➤ Rebsorten gibt, die ihr Terroir besser übertragen als andere. Riesling, Chardonnay, aber auch Spätburgunder oder Gutedel zählen zu guten Überträgern ihres Terroirs, wohingegen Muskateller mit seinem ausgeprägten Sortenaroma, aber auch Cabernet Sauvignon und Merlot unter sehr unterschiedlichen Bedingungen sehr ähnliche Geschmacksprofile entwickeln.

Verschnitt bezeichnet das Mischen verschiedener Weine zu einem einheitlichen, ausgewogenen Endprodukt. Der Ausdruck ist einer jener Begriffe der Weinfachsprache, die für Laien irritierend klingen können, da dem Wort in der Alltagssprache etwas Negatives anhaftet. Beim Wein ist das Gegenteil der Fall: Eine Reihe der hervorragendsten Weine der Welt sind aus verschiedenen ➤ Rebsorten »verschnitten«, so sind etwa die großen Bordeauxweine meist Verschnitte aus Cabernet Sauvignon, Cabernet franc, Merlot, Petit Verdot u. a. Während in den kühleren, nördlicheren Anbaugebieten die Weine meist reinsortig verarbeitet werden können, da sie bereits die erforderliche geschmackliche Intensität mitbringen, wird in den südlichen, warmen Gebieten die Vielschichtigkeit des Geschmacks durch den Verschnitt mehrerer Sorten erreicht.

Weinregister

Rezepte nach Gruppen

Gemüse

Dips und Saucen

Desserts, Naschwerk und Gebäck

Rezepte alphabetisch

Mord zwischen Messer und Gabel

34 Krimis, 99 Rezepte
Andrea C. Busch (Hrsg.)
Illustrationen von Bengt Fosshag
384 Seiten, gebunden, 8. Auflage

Perfekte Verbrechen und perfekte Menüs gehören zusammen wie Hühnerkeule und Gänsehaut! ›Mord zwischen Messer und Gabel‹ ist ein Muss für krimiliebende Fein- schmecker. Passend zu den Storys Rezepte von klassisch bis exotisch. Inspirierend.
Der Feinschmecker

Von der Stiftung Buchkunst als »Schönstes Buch« ausgezeichnet

---

Mord zwischen Lachs und Lametta

21 Krimis und viele internationale Festtagsmenüs
Andrea C. Busch & Almuth Heuner (Hrsg.)
Illustrationen von Bengt Fosshag, 336 S., gebunden
3. erweiterte Neuauflage von *Mord zum Dessert*

Eine delikate Sammlung von Krimis und Rezepten für spannende Festtagsessen. Der Feinschmecker

Das Buch liefert beides: wunderbare, internationale Menüvorschläge für jeden Festtag, ob Wiedervereinigung oder Thanksgiving, dazu ein blutiges Bild von Bengt Fosshag mit passender Kriminalstory.
Hamburger Abendblatt

Mord im Grünen

20 Krimis mit vielen Gartentipps und Giftpflanzenplakat im Großformat
Andrea C. Busch und Almuth Heuner (Hrsg.)
Illustrationen von Bengt Fosshag
272 Seiten, gebunden, 4. Auflage

Es ist erstaunlich, was dieser Band an Informationen bietet. Selten wurden in Thrillern Tatorte so reizvoll mit Ergänzungen und Details versehen. Krimi- und Gartenfreunde kommen beide auf ihre Kosten. NDR